三圣小庙 著

酒谈

广西师范大学出版社
GUANGXI NORMAL UNIVERSITY PRESS
·桂林·

酒谈
JIU TAN

图书在版编目（CIP）数据

酒谈 / 三圣小庙著. --桂林：广西师范大学出版社，
2021.4（2021.5 重印）
ISBN 978-7-5598-3666-3

Ⅰ．①酒… Ⅱ．①三… Ⅲ．①随笔－作品集－中国－
当代 Ⅳ．①I267.1

中国版本图书馆 CIP 数据核字（2021）第 047230 号

广西师范大学出版社出版发行

（ 广西桂林市五里店路 9 号　邮政编码：541004 ）
（ 网址：http://www.bbtpress.com ）
出版人：黄轩庄
全国新华书店经销
广西民族印刷包装集团有限公司印刷
（南宁市高新区高新三路 1 号　邮政编码：530007）
开本：880 mm ×1 240 mm　1/32
印张：8.25　字数：200 千
2021 年 4 月第 1 版　　2021 年 5 月第 2 次印刷
定价：56.00 元

如发现印装质量问题，影响阅读，请与出版社发行部门联系调换。

目 录

引 言

余好饮而不善饮，喜欢喝，但酒量小。

可怜酒量虽小，酒瘾却极大，常为一杯美酒，流连于酒乡巷陌。

皖北小城本酒乡，窖池盈多，然则美酒却不常有。概因新工艺白酒兴盛，传统白酒式微，寻常不易得也。

传统白酒，俚语谓之"原酒"，特指"纯谷物固态法传统大曲白酒"。纯谷物、固态法、传统大曲，三要素缺一不可。

而新工艺白酒，则包罗固液法、液态法、串香法、调香法，与传统白酒大相径庭。

两者虽天差地别，但若仓促之间尝味道，却真伪莫辨。

小城酒徒，深谙其中机巧，常言非传统白酒不可谓之美酒也。如其不然，买醉何苦哉？

孰知美酒，香必清幽雅致，味亦醇和甘洌；酒酣之际，心不慌、口不干；气行血亦行，手足透汗，一时三刻酒意全消；方寸之间无酒臭，不令近者掩鼻；只觉步履蹒跚，绝无目眩头疼之不快；乃至烂醉如泥，好梦过后，不留一丝宿醉。

概而言之，香气优雅，口味美妙，通体亦舒畅，如细雨湿衣，似春风拂面。如斯若可买，何惜千金哉！

叹而今，世言美酒多鱼目混珠，勾调之法亦迷雾重重。

人心不古，纵使千金散尽，亦难复当初。

酒至穷途！

老五甑

一

新工艺白酒越来越多，传统白酒越来越少，如皖北小城偏僻所在，传统白酒未绝，一息尚存。

传统白酒酿造者的生存空间很小。如今不是古代，挖个池子就想酿酒，门都没有。酿酒必须有证，可办证殊非易事，很多从业者只能依附于有证有窖池的酒厂。

表面上看，酒厂都有窖池，你若去酒厂考察，或以为他们真有压箱底的好东西呢，可实际上却与我们想象的不同，这里面有许多潜规则，一环套一环。

按照《白酒生产许可证审查细则》的要求，在白酒的生产许可证上，会注明获证的产品名称，分别为：白酒、白酒（液态）、白酒（原酒）。如果注明的是"白酒（液态）"，那么生产的白酒产品中，就不能执行固态法相关的标准，例如GB/T 10781.1-2006浓香型白酒、GB/T 26760-2011酱香型白酒等，只能生产诸如GB/T 20821-2007液态法白酒等。

酒厂要想打起传统白酒的大旗，号称执行固态法相关的标准，就需要获得"白酒"或"白酒（原酒）"生产许可证才行，要达到这个目的，必须要具有发酵设备。你若连个窖池都没有，怎么好意思说自己是传统工艺呢，那是绝对通不过审查的。

酒厂为了获得想要的许可证，只能建设窖池，可是有些酒厂真正生产的往往却是新工艺白酒，等验收以后拿到了许可证，窖池就成了鸡肋。

窖池的特点是越用越好，不用则坏，如果把窖池闲置着，一年半载就废掉了，而许可证的有效期是三年，若三年后过不了审，许可证很可能会被收回。所以窖池必须要使用，要维护，要保持良好的状态。

若是酒厂把窖池用起来，从经济上说极不划算。酒厂生产新工艺白酒，原酒虽是原料之一，不过用量很少，最佳方式是买，用多少买多少。就好比卖馒头的不能因为要用到发酵粉，就去开个酵母厂一样。

窖池必须要有，自己又不便用，还不能置之不理，酒厂很为难。思来想去，最好的方法是把窖池租出去，让别人用。

谁来租呢，"烧酒的"来租。"烧酒的"这三个字是职业标签，在小城语境里，遇到带有这个标签的，他的职业就不言自明了。他们是距离传统白酒最近的人，是正儿八经的传统白酒传承人。

酒厂要把窖池租出去，"烧酒的"想把窖池租过来，两者之间就有了博弈。在酒厂看来，你用我的池子酿酒赚钱，你要付我租金；而"烧酒的"则认为，我是在帮你保许可证，你要给我钱才对。

博弈到最后，一般多是象征性地付给酒厂一点点，其实等于免费，但是呢，"烧酒的"把酒烧出来，卖的时候需要合法的手续，若借用酒厂的资质，可能每年就要付个仨瓜俩枣的，总之两家绞合在一起，谁能制约住对方，谁就能分一杯羹，生意场上没傻子，都精明得很。

那么，"烧酒的"为什么不自己建个酒厂呢？这就好比在问，开装修公司的干吗不做房地产开发呢？"老虎狮子豹，各走各的道。"

酿酒这行被称为"水中捞金"，从古至今，捞到金的并不多，"烧酒的"能安身立命已属不易。"劳心者治人，劳力者治于人"，通达的总是那些会卖酒的，酿酒的永远跟在后面当苦力。这并不奇怪，整天琢磨工艺的技术派，哪有时间摸索世态人心呢？

酿酒的隐藏在卖酒的身后，我们能看到他们的影子，却总也找不到他们的人。就算有一天见到了，千言万语也无从谈起，酒于他们只是工作，反正也不愁卖，反正也发不了财，谈什么呢？没什么可谈的。

传统酿酒人，绝大多数不是学院派，没有很高的学历，以子承父业者居多。处在行业的底部，往来多为市井人物，酿酒的诀窍，秘不示人。哪怕这秘密早就广为人知，可就算你在他们面前一口道破，他们仍是笑而不语，别指望他们去捅破那层窗户纸。

他们租来池子，依附在酒厂，运气好的虽然辛苦一些，但保一家人衣食无忧是没问题的。他们与流通市场隔绝，普通消费者很难与他们打上交道，除非是熟人，不然你贸然去酒厂找"烧酒的"，一说要买酒，他们会让你"找老板去"，他说的老板是酒厂的老板，这都是在租约上谈好的，对外绝不承认窖池是承租的。"烧酒的"与酒徒之间，咫尺天涯，遥不可及。

"烧酒的"酿出来的酒，不会几斤几十斤地零售给消费者，原酒与消费者之间山高水远，难以跨越。小城本地酒厂太多，到市面上零售几无可能，去外地卖吧，去哪卖呢？谁去卖？怎么送货怎么结账？都是问题。

哪怕这些都解决了，把酒送到了卖场，一缸酒朝那一放，谁能保证明天和今天是一样的酒？万一武二郎晃着脑袋过来说"老板娘，你这酒里掺水了"，谁又当蒋门神挨人家打呢！

能把散酒摆到消费者面前，已经千难万难，更大的问题是，卖不上好价钱。很多消费者见到散装酒就不出价，习惯性地认为，散装酒必须得是便宜货。他敢把市面上最便宜的瓶装酒做标杆，再好的散装酒，若价钱超过了最便宜的瓶装酒，他就认为贵了，不值得买。所以很多散酒售点的卖家，深知消费心理，也只能以新工艺白酒为主。

卖不出好价格，只能寄希望于卖起量来，销量大了利润自然也就有了。可是散酒售点仅能服务周边百姓，辐射能力有限，想提高销量就得多设销售点，这就又回到了原点上：去哪卖？谁去卖？怎么管理？

就算你千辛万苦，再把这些问题也都解决了，又迎来被人半路截和的风险。靠多售点大销量盈利，必然要用人，模式极易复制的散酒销售，用谁能放心？利字当头，干不上几天人家就另立门户了。总而言之，"烧酒的"做零售，想取得很好的业绩，几乎是不可能的。

诸位可能会想，那怎么不灌到瓶子里，做成瓶装酒去卖呢？要知道，一旦装到瓶子里，就成为预包装食品，是瓶装酒，是商品酒了，想进入流通市场，并让酒徒认可，难如登天。对于"烧酒的"来说，操那个心，作那个难，还不如老老实实地干老本行呢。

现实是白酒的所有经营通路，都已被卖酒的全部占据，不管是瓶装还是散装，全有营销策略在里面，传统酿酒人与消费者之间，根本无路可走。

那酿造出来的原酒都怎么卖呢？既然零售不行，就只能走大货，要么自己去联系几家酒厂，给酒厂送货；要么坐等中间商收购，"烧酒的"赚小头，中间商赚大头。

中间商多是空手道，打个白条就能把酒拿走，总要过个一年半载，分成若干次才给你把账结完，"烧酒的"还不敢轻易得罪他。

他凭什么如此嚣张呢？"烧酒的"多，竞争激烈，并不是主要原因。主要原因在于，有原酒需求的酒厂规模都不小，想把原酒卖进去，需要很多关系的疏通，其中艰难大家都懂得，这也是中间商能成为一个专门职业的原因。

中间商找货源，最看重的就是价格，小城酒厂多，"烧酒的"自然也多，价格战是必不可少的。价格越来越低，成本自然也越来越低，品质则必然堪忧。虽说厂子都冒烟，窖池在出酒，可想要很好的品质，如今也不是容易事。

其实"烧酒的"并不过于关心价格，供需之间互相影响，成本减无可减之后，自会出现均衡价格，"烧酒的"长期被价格牢牢地控制着，艰难地在盈亏线挣扎，想要发财几乎不可能。

严格地讲，"烧酒的"应该算是传统白酒酿造的组织者，并非实操者。好比是电影出品人兼导演，出钱雇佣专业人士，组织并领导他们共同完成作品，其他人干完活拿着工钱走了，作品是赔是赚，全由他来承担。

所以"烧酒的"务必要熟稔酿酒的各个环节，得是内行中的内行，高手中的高手，事无巨细，样样精通。手低没关系，但眼必须要高，好比游泳教练不会游泳，可学员照样拿金牌。

"烧酒的"酿酒，几乎所有工序都要雇人帮忙，被雇的也不是等闲之辈，能端得动这碗饭的，酿酒实操无比娴熟。在小城行业细分里，是专门的行当。

一般是"带班"组织十人以内的小团体，团体内分工明确，有下料的、有上甑的、有起窖的、有干杂活。"带班"负责联系业务，按窖池数量收工钱，有多少池子收多少钱，谈妥了酬劳，一家一家地去打短工。

"带班"是团队领袖，一般专职"掐酒"，但他不单掐酒，在整个酿造过程中，下料、拌曲、上甑、入池、蒸馏等所有的环节，都由他来决策把控。"带班"的本事大，成员执行力强，团队就能闯出名堂来，吃喝不愁，逍遥自在。

小城的"带班"，在南方称为"瓦片"，意思是和雇主谈妥了酬劳，把瓦片掰开，与雇主各执一片，作为契约的凭证。可见行业细分，由来已久。

各家烧酒都有自己的门道，"烧酒的"定规矩，"带班"听招呼，遵循古法也好，歪门邪道也罢，他们都能按照要求圆满完成。他们并不对酒质负责，只是出力干活，其他的从不多想。

他们常年围着窖池营生，几乎全是爱酒人，不爱也不行，酒山酒海里泡着，必然会熏陶出个好酒量。出好酒的雇主，最受他们欢迎，遇到好酒时，干完活也必要喝个烂醉。不过虽然随便喝，管够，但只准喝不准拿，也是行规。

或有酒友疑虑，刚蒸出来的酒能喝吗？有的酒友没见到过正宗传统白酒工艺，总以为酒刚蒸出来时味道极差，不能入口，由此认定未经勾兑的酒都不能喝，其实不然。

传统白酒刚蒸出来时虽然凉凉的，但小城称之为"热酒"，不仅能喝，而且还非常好喝，香味口感都好得很。冷却后口感会有稍许变化，主要体现在新酒的暴烈上，无须勾兑或勾调，就此放上几年后就是好酒。

传统白酒不勾兑，更不勾调，它的味道，蒸出来什么样就什么样，无须改变它。如果允许勾兑勾调后才有好味道，那"烧酒的"不如改行做"调酒的"算了。

"烧酒的"本事大小，全在出酒的刹那见高低。传统白酒止于蒸馏，酒好酒坏，功夫要用在蒸馏以前，一旦酒醅上了甑，就再也没有改错的机会了。

说穿了，酿酒是对人品的考验，只要认真谨慎，不投机取巧，"聪明人下笨功夫"，就一定能做出好酒来。

谁不想做好酒呢？但那要建立在不受市场环境影响的前提下，而就目前白酒行业现实来看，并不允许。"跳出三界外，不在五行中"，谁都想，可谁都做不到。

二

传统白酒酿造，发酵容器各地不同，若按照白酒香型分类，浓香型用泥窖、清香型用地缸、酱香型用石池。

虽然传统白酒原本不分香型，但此一时彼一时，现在白酒若不分香型，不仅酒徒不明所以，想上市销售都很难。以现行香型分类法分类，小城白酒全要归类于浓香型，发酵容器皆是泥窖。

窖池是酿酒的基础，"好池出好酒"，只有好窖池才能酿好酒，何谓好窖池呢？窖池好坏，全在窖泥的培养。

窖泥是酸类物质的主要来源，酸类物质结合酒精，转化为酯类物质。酯类物质呈香呈味，酯类物质越多，酒的品质越好，因此在传统白酒酿造中，窖泥的作用举足轻重。

若要窖泥足够好，窖池建造务必得当，只有窖池建得好，才能培养出好窖泥，有了好窖泥，才能称之为好窖池。窖池与窖泥，你中有我，我中有你，相互成全。

建造窖池要请专业的窖池师傅，他们是有传承的，建造的流程都能瞧见，可关键技术他们守口如瓶，只在师徒之间传授继承。

搭建窖池，首先要挖一个坑，上部稍大，底部稍小，近似于颠倒的梯形。

选址有三个条件：一是黄褐土地，土壤呈黄褐色或黄棕色，土质黏重，结构紧实，胀缩性强，渗透性低；二是土壤厚度在三米左右；三是要熟地，不要生地。所谓熟地，是指长期耕种农作物的土地，不同于自然土壤。

也就是说建泥窖窖池，只能在黄褐土地域的农田里，找土壤层厚度三米上下的地方，荒地不行、林地不行、草地也不行，必须得是耕种熟化后的土地。

选址挖坑后，在四壁用黄泥筑窖墙。黄泥，不是用地表黄土搅拌得来，而是地表以下黏重的自然土壤，类似于河床下面的黏土，小城称之为"胶泥"。把黄泥堆砌在四周，就像一座小小的城池，四周环绕着厚重的城墙。

为了防止城墙坍塌，把竹子削成竹钉，钉进窖墙里，钉与钉之间，用麻丝绳缠住钉头连接起来，均匀细密，牢牢地把窖墙固定住。

窖墙至此完工，其后建窖壁。墙和壁，乍一看好像是一回事，其实大为不同。

窖壁用的土，只有两种来源：一是熟表土，在农田里，农作物生长最茂盛的地方，作物根部的地表土，即是熟表土；二是老房土，原来的茅草房子是土墙，几十年过去，风化严重，把它拆了磨成粉就是老房土。

熟表土或老房土，和老窖泥、老窖黄水、大曲粉，以及其他小庙不知道的物质，拌和在一起发酵。发酵完成后，团成泥团，朝窖墙使劲砸过去，一团一团不停地砸，直到砸出二十厘米厚的又一道墙，表面抹平刮净后，就是窖壁。

窖墙与窖壁完成，才算是结束了窖池的土建部分。此时窖池还只是个坑，距离酿酒还差得远。

新窖池不能酿酒，新窖池中的细菌总数，不到老窖池的三分之一，必须要经过长期养窖，才能把窖池培育出来。再好的池子如果不会养，终必功亏一篑。

问题在于，土建部分咱们能看到，而养窖的过程，我们却见不着，这里面有玄机，小庙至今未探得其究竟。亦曾想为此投师，可人家收徒有门槛，小庙天资有限，无奈作罢。

谚语云"好池出好酒"，没有好池子，别想酿出好酒来，窖池是传统白酒酿造的基础条件。

谚语又云"好曲出好酒"，是说如果没有好酒曲，也酿不出好酒来。

或许把这两句谚语结合起来，更接近传统白酒酿造的真谛——"好池好曲出好酒"。

小城酿酒，窖，是泥窖，曲，是大曲。

大曲制作非常复杂，在酿酒的各个环节中，制曲可能是最难的部分。

简单来说，传统大曲原料为三种，小麦、大麦、豌豆。北方用大麦和豌豆，如汾酒、西凤酒；江淮地区用小麦、大麦、豌豆，如古井贡、洋河；南方只用小麦，如五粮液、茅台。

亦有例外，有在大曲里加高粱的，也有把豌豆替换成绿豆、赤豆的，不过应用并不广泛，可以忽略不计。就传统大曲来说，小麦、大麦、豌豆，这三种原料的搭配组合是主流。

大曲按照发酵温度的不同，大体分为三类：高温大曲，中温大曲，低温大曲。

酒曲进入曲房后，因微生物呼吸代谢的作用而产生热量，大曲逐渐升温。在此期间，根据所需，在达到工艺要求的温度时，通过翻曲来控制温度，低温曲40~50℃，中温曲50~60℃，高温曲60~65℃。

酒曲发酵温度直接作用于香型，高温是酱香，中温是浓香，低温是清香。诸位，香型的不同，即是酒曲发酵时的温度不同造就的，酒曲发酵温度决定白酒香型。

纵观中国白酒产地，最北边的酒曲发酵温度最低，由北至南越来越高，过了四川泸州，就几乎全是高温曲了。而无论南北，大曲的本质不变，"曲为酒之骨"，传统大曲，依然是传统白酒酿造中最重要的组成部分。

可而今新工艺越来越多，传统大曲有了替代物，"大曲"多种多样，并存着传统大曲、强化大曲、纯种大曲。很多"大曲酒"，并不是"传统大曲"酿造的酒。

从节约成本、降低耗粮、提高出酒率等角度来看，传统大曲处于明显的劣势，比不了其他曲种省钱省力。但从酒的品质来说，传统大曲的优越性，其他任何曲种都无法替代，只有使用传统大曲，才能酿造出正宗的、高品质的传统白酒。

所以咱们谈传统白酒，所言"大曲"，仅指传统大曲。传统大曲与高粱的搭配，是前人摸索出的最佳组合，它俩谁离了谁都不行。

三

传统白酒酿造，工艺的核心是"固态法"，"固态法"是传统白酒所特有的，也是所有酒类中最为独特的，若论其究竟，三言两语可讲不完，容小庙仔细想一下，该如何才能把它说清楚，以后再与诸君详谈。但就算谈，也仅是肤浅的表面，因为小庙原本就是外行，只能边说边想、边想边说，贻笑方家，诸君担待。

因传统白酒独特的"固态法"工艺，曾有术语把传统白酒描述为"纯粮固态发酵白酒"，使用中往往简称为"纯粮酒"。这三个字流传到酒徒耳中时，酒徒不明就里，常常误会，错以为白酒有"纯粮"的，也有"非纯粮"的，"纯粮"肯定要比"非纯粮"好，由此得出"纯粮酒"就是传统白酒的结论。

若仅从原料看,传统白酒、新工艺白酒、食用酒精全是纯粮酿造。小麦是粮食吧?高粱是粮食吧?玉米、土豆、红薯哪一种不是粮食呢?所以就算是食用酒精,说自己是"纯粮酒"也没错。

酒徒哪里会知道,传统白酒与其他酒类的区别,重点不在"纯粮"二字上,而是酿造工艺不同。传统白酒虽然也是纯粮酒,却和其他纯粮酒不是一回事,"固态法"才是传统白酒与其他酒类的根本区别,"固态法"才是传统白酒的精髓。

传统白酒的工艺核心是"固态法",如何实现它、运用它,实践中各地略有不同,例如老五甑法、原窖法、跑窖法等。但无论方法如何变化,都可以肯定地说,"固态法"的核心不变,北方纯浓派,南方陈味派,同气连枝。

小城酿酒,皆为老五甑法。"甑",通俗点理解就是蒸锅,它专为传统白酒而生,放眼世界是独一份,自传统白酒问世以来沿用至今。

如今常用的甑,上口直径2米,底口直径1.8米,高度1米左右,称之为锥台型蒸馏器。因为甑的容积有限,一个窖池里的酒醅,要分成五甑蒸出,"老五甑"就此得名。

要刚好分成五次,就能蒸完窖池里的全部酒醅,因此甑的尺寸,不能大也不能小;窖池里的酒醅,要保证恰好是五甑的当量,因此窖池的容积,也就有了定规。

两者互依互存,象征了"固态法"中各环节相互作用、相互制约、相互协调的关系。"老五甑"三个字,高度概括了传统白酒酿造的原理,折射出历代酿造者的集体智慧。

"老五甑"是酿造工艺的总称,在实践中,又细分为"混蒸续渣法"和"清蒸清吊法"。

　　"渣"这个字，在北方叫"糁"，在南方叫"沙"。"糁""渣""沙"都是俚语，说的是同一种东西，指的是蒸熟后的酿酒原料，它正式的学名叫作"酒醅"，待发酵蒸馏后，不含酒精的酒醅叫作"糟"。

　　原料上甑蒸煮糊化，然后拌曲，称之为"酒醅"，入窖发酵完毕，上甑蒸馏摘酒。

　　自酒头开始，随着酒液流出，酒精度从最高点逐渐下降，至酒尾露面即可掐酒。传统白酒"过花摘酒"，掐酒止于"小清花"，"小清花"之后即是酒尾，而此时，酒精度不低于50%vol，酒醅里还残存着大量酒精。

　　若就此"丢糟"，剩下的酒醅里面，不管还有多少酒精统统不要了，整个酿造工序至此全部完成，即是"老五甑"之"清蒸清吊法"。

　　"混蒸续渣法"则不然，"混蒸"是指酒醅和新料拌在一起，共同上甑，酒醅蒸馏摘酒，同时新料蒸煮糊化。"续渣"，是指"混蒸"完后，入池发酵的既有新料，也有摘过酒的老料。如此反复，只把每窖的最后一甑丢糟。所谓"千年老窖万年糟"，说的就是混蒸续渣法。

　　清蒸清吊法，每窖都要蒸两次，新料蒸煮一次，酒醅蒸馏一次，并且，残存酒精丢弃；而混蒸续渣法，新老混合，只需要蒸一次，反复发酵，酒精基本不浪费。

　　放眼四海，"混蒸续渣法"是白酒行业的主流，极少有酒厂沿用"清蒸清吊法"，原因当然有很多，但酒的成本高低，必是其中极其重要的考量。

　　"混蒸续渣法"与"清蒸清吊法"，同属于"老五甑法"，虽然工艺差别极大，而酒醅的原料组成相同。酒醅里的原料都有哪些呢？

　　传统白酒，全称为"纯谷物固态法传统大曲白酒"，"纯谷物"三字表明，用料必须是谷类作物。小城酿酒，具体来说是四种：高粱、小麦、大麦、豌豆。

豌豆、大麦和小麦用来做酒曲，配比一般是1：2：7，即100斤酒曲里，含10斤豌豆、20斤大麦、70斤小麦。

窖池普遍投料3400斤，其中必有高粱1800斤，酒曲600斤，酒曲里则含420斤小麦、120斤大麦、60斤豌豆。酒曲与高粱之外，剩下的1000斤上下，就全是"填充料"了。

"填充料"顾名思义，是掺和在原料之中的填充物，起到疏松、含氧的作用。传统白酒填充料中，除了汾酒用小米糠、西凤用高粱壳，其他多用稻壳，而如今，包括汾酒和西凤在内，几乎全用稻壳了。

稻壳的使用是有大学问的，若选料不对、用法不当，会带来很大麻烦。稻壳含有多缩戊糖和果胶质，前者产生糠醛，后者产生甲醇。甲醇在人体内氧化慢，不易变成二氧化碳被排出，会在体内被积蓄，氧化为甲酸和甲醛。

稻壳用得多，有害成分也就多，但没它又不行，因此填充料的使用，是考验酿酒技术的关键因素之一。

高粱、酒曲、填充料，组成了酒醅。那么，除填充料以外，高粱和酒曲，谁是主？谁是辅呢？高粱里的淀粉是酒精的主要来源，高粱用量大，酒友多把它当成主料，这是通行的认识。

而传统白酒酿造中，则有人把酒曲当成主料，因为直接影响酒质的就是酒曲，"将帅无能，累死三军"，酒曲若不好肯定不会有好酒。酒曲和高粱是君臣关系，酒曲是君，高粱是臣，所以酒曲是主料。

传统白酒酿造，基础用粮即此四种，小麦、大麦、豌豆、高粱。若是"五粮酿造"，无论是加玉米还是加大米、糯米，只是把其粉末在摊曲时撒入，用量并不多，完全凭各家经验，没有统一的标准。我们谈传统白酒的原貌，只究其本源，于此处亦可忽略。

但要说明一点，并不是五粮就比四粮好，六粮就比五粮好，要不然的话，那可没完没了，"千粮液""万粮液"早就铺天盖地多如牛毛了。

四大基础用粮是根基，不可动摇，多加一种锦上添花，再多则画蛇添足，过犹不及，反受其累。

四

高粱产酒香，玉米产酒甜，大米产酒净，大麦产酒糙辣，荞麦产酒苦涩。

诸多酿酒材料中，把高粱和麦曲作为固定搭配的方法，最早出现在明清时期。当时黄河闹水灾，需要高粱秆夯土来加固河堤，于是在黄河两岸广种高粱。高粱米有涩味不好吃，也不合适做饲料，但却适合酿酒。

高粱里淀粉含量多，蛋白质含量适中，蒸料后疏松，黏而不糊，用来酿酒非常有利，于是延续至今。这是高粱白酒产生的历史起源。

在高粱白酒以前，蒸馏酒也有很久远的历史。如果把话题放大，探寻酿酒的历史起源，归结起来多是一句"历史久远"。久远到底有多远呢？

"历史"二字是指人类社会发生、发展的过程，历史学家把这个过程划分为四个时代：史前、上古、中世、近代。

中国的"史前"是指夏朝之前，夏朝是从公元前21世纪开始，因此"史前"是指4000年以前。不过有不同观点，认为"史前"是指文字出现以前，根据文物遗留的考证，最早的文字是商朝才出现的甲骨文，所以主张"史前"应该是指商朝以前。

至于史前该从什么时候算起，酒徒无须探究。我们关心的只是，在根据文物古迹做出的历史判定里，有没有杜康或者仪狄的实证呢？根本没有。酿酒没有祖师爷，酒是劳动人民的集体创造。

从考古学来看，谷物酿酒出现在史前5000年，也就是距今9000年前，那时已是原始农耕时代，随着生产工具的进步，生产力提高，粮食有了剩余，具备了谷物酿酒的条件，才有谷物酿酒出现的可能。

原始农耕时代，北方种粟，南方种禾。禾是稻子的植株，也就是米；粟是草本植物，俗称"谷子"，去掉皮就是小米。如今北方，黄河流域仍有用小米酿的酒，小庙以为，虽然经过数千年的演变，早已不复原貌，但它仍然可以很骄傲，因为它源自史前文明，可谓"风流散尽，所留唯汝"。

自原始农耕时代至唐代，古代中国所谓的"酒"，全是指发酵酒。至于蒸馏酒，从信史看，早则出现在北宋，迟则出现在南宋。实证是两件文物，一件在黑龙江哈尔滨市阿城区，一件在河北青龙县，是上下两层的蒸馏器，上层冷凝器，下层为甑锅，年代都是南宋赵构当政的时期。

这两件器皿，到底是不是用来蒸馏酒的，有很多争议。就算它是蒸酒器，也仅能证明宋代才出现蒸馏酒的雏形，用它蒸馏的酒，也必然没有什么好味道。

或许酒友也有疑问，唐诗中有提到"烧酒"一词，这烧酒会不会是蒸馏酒呢？根据唐朝房千里的《投荒杂录》以及刘恂《岭表录异记》证实，当时所谓的烧酒，是把发酵酒加热的意思，并不是蒸馏酒。在发酵酒的历史上，酒经过了温酒、烧酒、煮酒的发展过程，这三种方法都是为了固定酒的品质，防止酒的酸败。

因此宋代以前，上至王侯将相，下至贩夫走卒，喝的都是发酵酒。宋代以后蒸馏酒渐次发展，直到明清时期，才形成如今的高粱白酒。

高粱与麦曲搭配酿酒，高粱的用量虽最大，但它只是辅料，酒曲才是主料。既然酒曲是主料，那么在计算白酒生产周期的时候，就应该把酒曲的制作时间算进去，酒曲培养周期一般四个月左右，因此传统白酒的发酵时长，整体算起来，最少需要九个月。

如果仅计算酒醅的发酵时间，按照传统白酒的要求，每年只出酒两次，春酒越冬，秋酒越夏，每次发酵不得少于五个月的时间。如今工艺经过多次改良，已与传统工艺要求相去甚远。

按照相关规定，固态发酵不低于十五天即为合格，实践当中多是在三十天内。一般"烧酒的"，普遍执行的发酵期是二十二或二十七天，科学认为在此时限内，酒精的发酵已经完毕，发酵期无须再延长。

唯科学论者，必唯酒精论，科学对酿酒的推动，总也绕不开"节约"二字，紧紧围绕着降低成本的主题。压缩发酵时间能显著提高出酒率，还能提高窖池使用率，成本自然降低不少。

科学能让白酒既能降低成本又能保证品质吗？在这个问题上，很多专家的看法与小庙的个人体验极为不同。

然而任科学机关算尽，依然对抗不了自然规律，传统酿酒受环境影响很大，尤其受限于温度，所谓"冷酒热油"，意思是入池温度每升高1℃，出酒率便下降1%，若入池温度高于30℃以上，出酒率便徘徊在24%左右，并且出窖入窖的过程中，酒精也会大量挥发。

这就意味着夏季不能酿酒，否则会出现"夏季掉排"现象。因此立夏前入池的酒醅，必须要越过整个夏季，立秋以后才能视天气情况出酒。

"夏季掉排"，他们觉得是坏现象，小庙却认为是好现象，就因为有了它，传统白酒才得以一息尚存，犹未绝也。苍天有眼！

虽然挨过炎天暑月，他们就会尽量缩短发酵期，使得春酒绝迹，然秋酒尚在，"蜀中无大将，廖化当先锋"，已然侥幸，时也，势也！

可叹传统白酒，乃上下五千年，无数代匠工钩深索隐、潜精积思，通过不断试错而艰难玉成，堪称登峰造极炉火纯青。而今短短几十年间，悄悄然土崩瓦解，烟消云散。

小城之"老五甑"，不过是她正在离开的背影，踟蹰徘徊不舍远行罢了。

及至一别，即为永诀。

酒徒无可奈何。

迷 航

白酒如以工艺分类，并存三大类别：固态法、固液结合法、液态法。

固态法源远流长，是以固态配料、固态发酵、固态蒸馏的白酒，是传统之法。液态法则反之，是液态配料、液态发酵、液态蒸馏，是创新之法。

固液法介于固态法与液态法之间，以液态法为主，要求添加一定比例的固态法白酒，把两种酒结合在一起，即是固液法。

固液法和液态法都是创新之法，采用的是酒精的生产方式，历史并不久远，其发展有迹可循。

按照熊子书先生的说法，白酒工业五十年的发展路线，是从"酒精兑制白酒"到"酒精配制白酒"，又到"酒精合成白酒"，其后是"串香法白酒"，最后是"调香法白酒"。

熊先生的提法虽细致，却过于专业，酒徒理解有困难。咱们不求甚解，简明扼要地来看，现代白酒工业的发展之路，其实就是"减少成本"之路。

最开始是对传统大曲的改造，用麸曲替代大曲，传统大曲的主要原料是小麦或大麦，麸曲的主要原料是麸皮。麸皮是麦子最外面的一层皮，原本只能用作动物饲料，用它制作酒曲，替代了小麦或大麦，自然能节省很多粮食。

其后引入液态法，对传统白酒"固态法"进行改造。液态法是酒精的生产工艺，我国的酒精工业原本基础就不行，生产不出高标准的食用酒精，并且酒精跟白酒的差距还是非常大的，食用酒精并不能替代白酒，哪怕做出优秀的伏特加来，咱中国老百姓照样不买账。

如何才能利用好食用酒精，使其成为白酒呢？诸多研究于此展开。

随之而来的是固液结合法。固液法白酒是以液态法发酵的白酒或食用酒精为酒基，与部分固态法白酒的酒头、酒尾勾兑而成。酒精用得多，固态法白酒用得少，尚能保留传统白酒的风格特征。

然后是串香法，把液态发酵的白酒或食用酒精倒在锅底，和固态法酒醅一起串蒸。

这些方法虽然节约，可节约的还不够，都还要用到固态法白酒，差强人意。既然要节约，务必尽全力，如果喝西北风饿不死，窝窝头咱都不该吃，节约尚需再进一步。

及至调香法时期，只要在食用酒精里添加白酒调味液和香精、香料调配即可，并且香型风格都能人为控制，摆脱了对固态法白酒的依赖，这才得偿所愿，称心如意。而传统白酒从此彻底靠边站，被淘汰了，哪凉快哪待着去吧。

固态法、液态法、固液结合法、串香法、调香法，在小庙看来，这些分法烦琐庞杂，应简洁明了地分为两类，即"传统白酒"和"新工艺白酒"。传统白酒仅指"纯谷物固态法传统大曲白酒"，其他所有的种类皆为新工艺白酒。

传统白酒和新工艺白酒，哪种酒好呢？我想酒徒皆有决断，无须多言。然而，唯科学论者则不然，他们认为传统白酒是有害的，只有新工艺白酒才是健康的。

　　咱们换个角度来看这个问题。以固液法白酒为例，国标GB/T 20822-2007中，明确固液法白酒是"以固态法白酒（不低于30%）、液态法白酒勾调而成的白酒"，是说在固液法白酒中，要添加不低于30%的固态法白酒，添加量可以高于，但不得低于。既然要加入不低于30%的固态法白酒，那么有没有给固态法白酒做减法呢？

　　假设原酒真包含了有害物质，应该把有害的物质剔除，然后再添加，对不对？而据小庙所见，并没有谁对原酒做了减法，"有害"物质没被剔除，就直接添加进了酒精里，原酒本身固有的物质未曾丝毫改变。

　　原酒一成未变，我单独喝它就有害，把它跟酒精掺和在一起，再喝就不仅无害，而且还非常健康，这是什么道理呢？很令人迷惑，越想越别扭。

　　添加进去的又都是些什么呢？在此也罗列一下，酒徒看看无妨，比如要添加的香料物质，名目繁杂，简单举例：乙酸、丁酸、柠檬酸、己酸乙酯、乙酸乙酯、β-苯乙醇、甘油……

　　可能会有酒友以为，添加的这些很多是调香调味用的，酒不是都要勾兑或勾调吗？不是说酒曲是基础、酿酒是关键、勾兑是技巧，"三分勾兑七分酿酒"嘛！这话也对也不对。

　　"勾调"与"勾兑"这两个词的含义差别巨大，"勾兑"是指把具有不同香气和口味的同一类型的酒，按不同比例掺兑调配。

　　"勾兑"也分传统方法和新方法，比如茅台。茅台传统勾兑是大酒坛勾小酒坛，酒龄长勾酒龄短，产什么酒就勾什么酒。现在茅台的传统勾兑方法，早已经被新方法取代了，传统勾兑已不复存在。

　　实际上，传统白酒中除了茅台，其他酒种的勾兑兴起较晚，甚至根本没有勾兑一说，直到20世纪70年代后期，才慢慢被重视起来。小城传统白酒，至今都不勾兑，蒸出来就能喝，放几年更好喝。

"勾调"，可简单理解为"调香和调味"，"以适合的白酒或食用酒精为基础，采用香味特征强的酒或有关香味物质，以调整成品酒的香气和口味"。很明显勾调适用于新工艺白酒，因为它包括了以食用酒精为基础的成品酒。咱们不能把勾调等同于勾兑，就像不能把新工艺白酒等同于传统白酒一样。

可现实是，传统白酒早就靠边站了，新工艺白酒才是主流，能熟练掌握并运用科学的，才是白酒行业的中流砥柱，其中调酒师是最具象征性的代表。

在新工艺白酒中，调香法是应用最广泛的方法，用多种化学成分来模仿传统白酒香味。确定了模仿对象后，对模仿对象进行全方位的分析，找出风味特征与微量成分的量比关系，按照量比关系拟定自己的配方，总要反反复复很多次，才能制定出一个优秀的配方来。

何谓优秀的配方呢？模仿得像，模仿得好，就是优秀的配方。优秀的配方，是绝不会轻易泄露出去的，牢牢地把控在调酒师的手里。别人只要得不到配方，就算进行二次模仿，也只能是近似，不能取代。这新工艺白酒，就像是一场大型模仿秀，火了几十年，至今没散场。

有本事开创或掌握某种风格的调酒师，如果走运遇到个好雇主，在酒行业里就可以尽情徜徉了。越是酒卖得好，调酒师越是举足轻重，没有哪个酒厂敢轻易替换调酒师。

既然调酒师这么厉害，有没有调酒师自己开酒厂的呢？小庙受视野所限，至今还没有看到过。原因很简单，假如你是他，有钱有闲的日子过得不亦乐乎，你会去开酒厂吗？"知足即是富，不假多钱财"，如果经济能力能满足物质需要，比如有一份小生意能生活得很好，何必再去铤而走险呢。

不过这只是咱小老百姓的心思，对于很多超凡脱俗的人来说则不然。"大丈夫当雄飞，安能雌伏"，他们普遍"具有强烈的事业心"，可他没去做学问，也没去搞艺术，更没去当志愿者、慈善家，他的"事业心"，仅仅只是想多赚点钱。"赚钱"居然成为"事业"，哈哈哈，容小庙大笑三声。

"万里长城今犹在，不见当年秦始皇"，比钱重要的东西太多了，咱不说什么高大上的道理，只说那份自在安宁，一旦忙丢了，多少钱能买回来呢？

道家言"守静笃"，咱不了解本意如何，只是想当然地以为，是指能守住安宁、守住自我，放下得失心、执着心，每天能安心地喝上一杯酒，安然地睡到自然醒。

"若悟生死之梦，一切求心皆息"，快乐未必要有所得，无所求何尝不快乐？

小庙牢骚满腹，请诸君一笑了之，喋喋不休是因为，这酒行业里啊，到处都充斥着拜金主义，想赚更多的钱，却只愿付出更低的成本，金钱至上！酒好没有用，钱多才是硬道理，会赚钱的是豪杰，钻研酒的没出息。

如此现实之下，谁还会一门心思只想把酒做好呢？所以，爱酒者虽众，往往却所爱非人，白酒早已不是原来该有的样子。

传统白酒几十年来被边缘化，如今处在行业最下游、最低端，只能小规模地生产，为新工艺白酒做原料供应。

咱们不能一厢情愿地以为，新工艺白酒它是以传统白酒为基础，不是的，它不是朝原酒里面兑酒精，而是朝酒精里面兑香精香料。

传统白酒的用量很少的，就算在使用固液结合法的酒厂，其添加用量也不过30%。生产调香法白酒的企业，理论上一滴传统白酒都不需要。

但事实上，哪怕是调香法白酒，或多或少也会用一些传统白酒，只是此时传统白酒只起到提味的作用，好比炒好了一盘菜，装盘时点上几滴明油。这几滴明油不可或缺，不然酒真的不好喝，要不然的话，他们早就把这几滴也省去了。

好酒难得，酒真就不容易，由真向好更是难上加难。咱普通百姓好酒不敢想，留给少数人去精益求精，咱们所要求的可以说只是最低标准，传统白酒，仅此而已。

只要是传统白酒咱就千恩万谢了，风格呀口味呀咱不计较。好比一个男人要娶老婆，只是想娶个女人，长得好看不好看、性格温柔不温柔、持家有方与否全都不管不顾，这要求能算高吗？

可就算如小城遍地酒厂的地方，徒有近水楼台之便，想找到正宗传统白酒也极不易。

正宗的肯定不实惠，实惠的又大多不正宗，此乃酒徒最伤心事。

固态法白酒

酒的发酵原理，分为两大类，单式和复式。

酒的主要成分是酒精，而自然界没有酒精，酒精要从糖分中转化得来。要想获得酒精，首先要获得糖分。最简便的方法是使用含糖量高的农作物为原料，把原料中的糖分转化为酒精，这就是"单式"。

"单式"，适用于各种果酒，例如葡萄酒，葡萄果肉中多是水和糖分，直接把其中的糖质发酵，就可以得到酒精。

"复式"，适用于含淀粉较高的农作物，例如高粱、小麦，它们几乎不含糖，主要成分就是淀粉。要把它们转化成酒，就先要把淀粉转化为糖，再把糖转化为酒精，分成了两个部分：一是糖化，淀粉变糖；二是发酵，糖变酒。

诸君看"单式"与"复式"，两者的区别在于，单式没有"糖化"过程，只有"发酵"过程，直接把糖变成酒；而复式，既要"糖化"，还要"发酵"，淀粉变糖、糖变酒。

"复式"，又分成两种，一种是"单行复式法"，把淀粉变糖、糖变酒的过程分成两个步骤，先糖化、后发酵。

"复式"的另一种方法，称之为"并行复式法"，也叫"双边发酵法"，糖化和发酵不分开实施，只需一个步骤，就把淀粉变糖、糖变酒一并完成。

"单行复式法"，像是一步迈一条腿，总共要迈两步；"并行复式法"呢，同样的距离，两腿一并就跳过去了。

打个比方，"单行复式法"像是原始的电动洗衣机，只能洗不能甩干，还得另配个甩干机，先洗后甩干，这就是分成两步走；"并行复式法"像是全自动洗衣机，衣服放进去就行了，不仅洗干净并且还给烘干了，一步完成。

全自动的先进吧？"并行复式法"就好比是全自动，它是"固态发酵"的基本原理，"固态发酵"与"固态蒸馏"组成的"固态法"，是传统白酒特有的酿造方法，有别于其他所有的酒类。

所以咱们别以为，一说"传统"就好像穿上了古装，愚昧落后似的，实际上固态法比其他方法高级多了，高级到不能标准化，很多内在关系，科学至今都没有搞懂。

概因固态法是通过试错的方式，不断吸取失败教训，最终摸索出的完美方法。"无心恰恰用，用心恰恰无"，蒙对了就万事大吉，至于成因是什么，酿酒的一点也不关心。

到底是怎么回子事呢？科学西装革履地站在那儿，紧锁眉头陷入沉思。固态法蒙着面，骄傲地冷笑着，轻轻哼唱着歌谣："我要人们都看到我，却不知道我是谁。"

虽然固态法难以标准化，但其基本原理可以科学表述。所谓"固态法"，无外乎"有机物作为电子受体的氧化还原产能反应"。这句话是真经，据说参详明白即可大彻大悟。不过小庙当初看了几十遍，依然搞不懂。想必诸君观之，也未必能即刻顿悟。咱们只能简单理解为，传统白酒是以"固态法"的方式生产，"并行复式法"是"固态法"的发酵原理。明白了发酵原理，咱们再看发酵过程。

大略来说，固态法的发酵过程，主要是靠"四大菌"起作用。它们是"霉菌""酵母菌""细菌""放线菌"。

窖池好比是个加工厂，四大菌就是流水线上的操作工，咱们把材料备好了给它们送去，约好工期届时来取，把它们加工后的半成品取回来，上甑蒸馏就能得到酒。

要问它们是植物还是动物，小庙没找到精准答案。据周恒刚先生说，微生物是植物，不是动物。其他人有说是动物的，也有说既不是动物也不是植物的。咱们换个词，说它们是"微生物"准没错，它们有生有死，有完整的生命过程。

四大菌分布在大曲与窖泥里，高粱、稻壳、大曲，三者组成了"酒醅"，高粱与稻壳一起蒸煮糊化后，拌入大曲，送入窖池的那一刻起，微生物就排着队上线开工了。

领军的是霉菌，霉菌是好氧菌，有氧气它才能生存，而严严实实密封着的窖池里，哪来的氧气呢？原来氧气全藏在稻壳里，稻壳作为填充料，它的使命就是起到疏松和含氧的作用。

霉菌利用仅有的稀薄氧气，一边进行有氧呼吸，产生大量二氧化碳，使酒醅逐渐升温；一边分泌着"淀粉酶"，淀粉酶通过水解作用，把高粱里的淀粉转化为葡萄糖和其他物质。

与此同时，酵母菌大量繁殖，只要有氧气，酵母菌就不停地繁殖生长，数量越来越多。直到窖池里的氧气，被菌群消耗完。

没有了氧气，霉菌迅速消亡；酵母菌则不然，它是"兼性厌氧菌"，有氧状态下它繁殖，无氧状态下，它分泌"酒化酶"，酒化酶将糖分发酵为酒精。

概括一下，酒醅装进窖池密封好，窖池里仍是有氧状态，在有氧状态下，霉菌将淀粉转化为糖，此即"糖化"，霉菌是"糖化动力"；当窖池内的氧气消耗完后，在无氧状态下，酵母菌把糖转化为酒精，此即"发酵"，酵母菌是"发酵动力"。

淀粉变糖、糖变酒，整个"糖化发酵"过程只需要二十天左右，其后发酵菌衰老死亡，酒精发酵基本停止。但是此时，虽然酒精转化已经完成，可酒还没有酒味呢，不好喝。因此传统白酒在此之后，将进入漫长的生酸期、产味期。

"无酯不呈香"，酒的香与味，源于酒中的酯类物质；而"无酸不成酯"，没有酸类物质，就无法生成酯类物质。有酸才有酯，有酯才有香。酸从哪来呢？它来自细菌的代谢活动，细菌带来酸类物质，所以说，细菌是"生香动力"。

例如窖泥中的"梭状芽孢杆菌"，在无氧状态下产生己酸，己酸结合酒精，受酯化酶催化，生成己酸乙酯。己酸乙酯，是浓香型白酒的主体香，如清香型的主体香是乙酸乙酯一样，两者虽有不同，可基本原理相近。

概而言之，细菌生成酸类，酸类结合醇类，转化成为酯类。所有酯类的生成，都源于酸和醇的酯化作用。

己酸和乙醇，酯化成己酸乙酯；乙酸和乙醇，酯化成乙酸乙酯；乳酸和乙醇，酯化成乳酸乙酯；丁酸和乙醇，酯化成丁酸乙酯。这四种乙酯，即是白酒中闻名遐迩的"四大酯类"。

至此，霉菌、酵母菌、细菌功德圆满，各自完成使命，随后放线菌闪耀登场。

放线菌，多存在于窖泥之中，只知道它具有脱臭和生香的作用，至于它是怎么脱臭的，又是如何生香的，科学对它的研究还不够，至今没有搞清楚。或许它就是那个蒙面人，袖里乾坤，最后关头画龙点睛。

由于"梭状芽孢杆菌"和"放线菌"只在窖泥里繁殖生长，咱们可由此认定，在传统白酒的酿造中，高粱只是贡献出了淀粉，大曲把淀粉变成了酒精，而窖泥，则赋予了酒精灵魂，使酒精最终成了酒。窖泥，是决定白酒品质的重要因素。

传统白酒的灵魂，就是酒中的酯类物质，酯类物质呈香呈味，决定性地影响白酒质量，酒中酯类物质越多，酒的品质就越好。

但是，酯类是由酸类和醇类酯化得来，所以酯类的生成需要消耗酒精，而且生成极其缓慢，只有发酵时间足够长，酯类物质才能足够多。而酯类物质越多，意味着酒精含量就越少，出酒率必然会很低，有多低呢？

大曲白酒的出酒率，规定了两种计算方式：一是淀粉出酒率，含曲；二是原料出酒率，不含曲。

含曲不含曲，究竟是怎么回事呢？小庙当初也懵懂了很久，后来才明白，因为制曲时，原料里的淀粉就已经被消耗，每50公斤淀粉要被消耗8%~12%，"淀粉出酒率"的计算方式，就是兼顾把制曲时的消耗算进去。

而"原料出酒率"的算法，只计投粮数。一个窖池下了多少料，酒曲多少斤，高粱多少斤，两者加起来就是总投粮数。比如说，酒曲800斤，高粱1200斤，总投粮就是2000斤，如果产出60%vol白酒1000斤，原料出酒率就是50%。

"原料出酒率"的算法，酒徒更容易理解，咱们知其一，不知其二也就足够了。如遇到有人跟您谈出酒率，别忘追问一句："是原料出酒率？还是淀粉出酒率？"对方听了，必然得谨慎回答，不敢信口开河敷衍你。

大曲白酒的出酒率，按照原料出酒率的算法，酒精含量以60%计，发酵30天，出酒率50%左右；发酵45天，出酒率45%左右；发酵60天，出酒率40%左右。发酵时间越长，出酒率就越低。若按照传统白酒要求，发酵期最少五个月，出酒率则低到尘埃，一般不超过25%。

酒厂由此陷入博弈：发酵期短，酒质差、产量高；发酵期长，酒质好、产量低。这个矛盾至今无解。所以直到如今，发酵时间的长短，依然是考量白酒品质的重要因素。

固态法的发酵原理，大概就是如此，咱们也不是搞科学研究，知道个大概的、主要的就行了，其他微生物的作用等等，就不深入聊了，不然无趣得很，并且小庙所知有限，也未必能讲得清楚。

综上所述，"固态法"所包含的"固态发酵"，其发酵原理是"并行复式法"，即"双边发酵法"。那么，如何识别"固态发酵"呢？

辨别"固态发酵"并不难，看一眼酒醅即可判断。酒醅里有可流动液体的是液态发酵，没有可流动液体的即是固态发酵。把固态发酵后的酒醅进行"固态蒸馏"，两个方面合并在一起，就是"固态法"。

请诸君留意，"固态法"，包含了"固态发酵"和"固态蒸馏"两个方面，两者兼有才是"固态法"，缺一不可。

固态蒸馏所用的"甑"，学名叫"固态法蒸馏器"，那是个了不起的东西，专为固态法白酒而生，放眼世界也是独一份，没什么可以取代它。说个小窍门，固态法蒸馏器和液态法蒸馏器有个明显区别，就是前者的底部有箅子。

"箅"字或许陌生，可实物大家都熟悉，家里的蒸锅里，用来隔离食物和水的带孔的金属片片，就是箅子。小庙爱把固态法比喻成蒸馒头，把液态法形容成煮滚粥，就是这个缘由。

固态蒸馏，是固态法中的关键环节，也是影响白酒品质的重要因素。咦，怎么又来了个重要因素？重要因素也太多了吧！

诸君不用奇怪，聊传统白酒的酿造，谈到每一项工序，都会不由自主地把它形容为"重要因素""关键因素"。因为固态法白酒，各环节互依互存，相互作用、相互制约、相互协调，哪个环节做不到位都会影响最终的品质，所以都"重要"、都"关键"。

有关蒸馏，酒徒熟知的是"掐酒"，大清花、小清花、云花、米花等，爱酒之人都能撂出一串词来。掐酒到底怎么回事，咱们以后专门谈，这里只举例说"上甑"。

酒徒对上甑不熟悉，可能觉得它无关紧要，事实上在固态蒸馏的工序中，"上甑"比掐酒更重要。

非是小庙小题大做、故弄玄虚，上甑若不过关，必会导致蒸馏效率低，"丰产不丰收"，品质难有保障，"掌甑"的掐酒技术再高，也只能干瞪眼，一点办法都没有。

咱们看熟练工人上甑，举重若轻，好像谁都能干一样，不就是把酒醅撒锅里嘛，有什么难的？难是不难，但要做到"松、轻、准、薄、匀、平"却不容易。

固态蒸馏，先使甑锅"上汽"，在箅子上薄薄地撒一层稻壳，起到蓬松的作用，防止酒醅闷住了酒汽。然后"见汽盖料"，哪里有雾状酒汽，就朝哪里迅速覆盖酒醅，务必保证"上汽齐、不压汽、不跑汽"。

酒醅要一层一层地撒，不能一坨一坨地堆，先撒进去的酒醅，遇见蒸汽很快受热，酒汽呼之欲出，随即又被新的一层给覆盖住。就好像你刚桑拿蒸了一身汗，猛地浇你一身凉水，然后还让你继续蒸桑拿，你难受不难受？

为什么要折磨它呢？因为只有汽化—冷凝—汽化，才能起到冷热交替的作用，使酒精以及香味成分充分挥发。

酒汽进二退一，缓步上升，挥发物质浓度逐层提高。如此反复，一层又一层，直至装平甑口，盖好了甑盖，须臾，酒汽喷薄而出，美酒即得也。

上甑六字诀，"松、轻、准、薄、匀、平"，哪一个字做不到位都不行。而这仅是上甑的基本要领，在上甑的过程中，更有诸多要点，亦必统筹兼顾，比如说"甑边效应"。

"甑边效应"，好比咱们煮开水，水是从边上开始沸腾，逐渐向中心点围拢。蒸酒也是一样的，热气从周边朝里走，边上先升腾酒汽。为了控制好"甑边效应"，连甑锅笆子上的孔，设计时都有很大的讲究，孔的分布由外向里，从大渐小；由里向外，从密渐疏。

所以在上甑时，务必要配合笆孔，让酒醅甑边高、中心低，使其呈凹状，先冒烟的地方厚，后冒烟的地方薄，酒汽才能均匀、平衡。不然的话，说得夸张点，中心位置刚出来酒头，边上却在出酒尾了，那肯定不行。

诸位，咱们说这么一大通，只不过是浅谈"上甑"。"上甑"只是"蒸馏"工序中的一个步骤，其他诸如分甑、上汽、掐酒等，咱还都没谈到呢。仅仅这些看完后，您觉得"固态蒸馏"难不难呢？

固态蒸馏不容易，否则不会把它单列出来，与固态发酵联合组成"固态法"。固态发酵与固态蒸馏，在传统白酒酿造中，同等重要。然而，咱们得知道，曲坯是微生物的培养基，若没有传统大曲，就不会有固态发酵，没有固态发酵，就没有固态蒸馏，"固态法"也就无从谈起。酒曲是固态发酵的基础，是整个酿造工艺的重中之重，"曲为酒之骨，好曲酿好酒"。

传统大曲出现在明代后期，距今不过500年，它的历史虽然不长，可其技术发展迅速，远远高于其他酒曲。传统大曲的制作原料，皆以小麦或大麦为主，尤其小麦制曲黏着力强，最适宜曲霉生长，因此大曲也常被叫作麦曲。

传统大曲以"伏曲"为佳，在夏季制作的大曲，即是"伏曲"。空气是微生物的运输载体，能将微生物迎来送去，而空气流动受季节影响，空气中的霉菌和酵母菌，夏天多于冬天，所以"伏曲"是上上之选。

传统大曲的制作，是微生物培养的工程。培养机理归纳起来共6

条——自然富集、开放作业、堆积升温、翻转调节、排潮降温、总温控制。

制作流程，共7个步骤。

1. 润麦：简单理解，就是把原料洒水浸湿，要求"水洒均、翻造匀"。标准是表面收汗，内心带硬，口咬不粘牙，尚有干脆声。

2. 粉碎：说是粉碎，其实达不到粉末的程度，仅是破碎成梅花瓣，烂心不烂皮。

3. 拌料：配料、拌料，"手捏成团不粘手"即可。

4. 成型：所有大曲的成型，全靠人工脚踩，没有什么特殊的原因，只是用手太累，用脚省力方便。百脚一坯，要求"紧、干、光"。

5. 入曲房：把曲块按规律安放，传统排列方式为斗形，每4块曲一个方向，曲端对准另一组的侧面，4组16块为一斗。盖上草帘、谷草之类的覆盖物，每100块曲按7~10 kg的量洒水，然后关闭门窗，"边安、边盖、边洒、边关"。

6. 打拢：顾名思义，就是集中起来堆放，保持常温，防止外界气温干扰，15~30天后，即可出房入库。

7. 贮存：酒曲入库以后，贮存不低于3个月，即可投入使用。

大曲制作就此7个步骤，其中第5步是整个工序中最关键的部分，酒徒关心的也多在此处。

酒曲在曲房要待50天左右，其间经历三个重要阶段——低温培菌期、高温转化期、排潮生香期。

低温培菌期，一般历时3~5天。酒曲进入曲房后，品温控制在30~40℃，24小时内微生物开始发育，48小时内大曲"穿衣"。所谓"穿衣"，可理解为曲块霉变初始，特征是表面生长出针头大小的白色圆点。

"穿衣"表明微生物群正常富集，培菌发展顺利。而且只要"穿衣"，大曲以后就不会裂口，否则曲块中心进入氧气，成曲"色不正、味不端、物不要"。"穿衣"好坏，决定大曲的品质高低，也是低温期的主要特征。

高温转化期，历时约5~7天，品温最高可达50~65℃。由低温进入高温，曲堆温度每天以5~10℃的幅度上升，一般在3天后就达到顶点温度，大量已经生成的菌类代谢，自此转化成香味物质。

排潮生香期，历时约9~12天，高温转化得来的香味物质，在此期间呈现。控制品温不低于45℃，保持5天不降，即达到要求。

诸君留意这三个阶段，由于微生物的呼吸代谢作用，每消耗1g淀粉，就产生19.07 kJ热量，酒曲品温上升相当快。

制作酒曲，考验的就是控温能力，"多热、少凉、不闪火""定时、定温、看表里"，只有精准把控温度，才能制作出优秀的传统大曲。

温度的不同，生成的酒曲类型也不同。"曲定酒型"，大曲决定酒的香型基础，酱香就得用高温曲，浓香就得用中温曲，清香就得用低温曲。

低温曲顶点控制在50℃；中温曲控制在50~60℃；高温曲控制在60~65℃。

控温只有一个途径，"翻曲"。方法是"底翻面、四周翻中间、中间翻四周"。翻曲不容易，不光要曲块翻转，还要把位置调换，要立体地、全方位地颠倒一遍，往往曲翻完了，人也晕头转向了。

反复升温、翻曲、升温、翻曲，大曲菌、酶、物三系逐渐形成，出曲房后的大曲称为"鲜曲"，贮存3个月后，即为"陈曲"。

成品大曲就像是一堆微生物军团，若放大到肉眼可见，全是活物，能把人吓一大跳。但您别把它们想象成一团蛆，实际上它们更像是一簇花朵。

高粱蒸煮糊化以后，摊凉拌曲，放入窖池，大曲里的微生物附着在高粱颗粒上，一系列的生物反应就开始了。高粱只是贡献了淀粉，如果没有大曲，它只能迅速腐朽，不会产出一滴酒。所以在传统白酒酿造中，大曲处于绝对的主导地位。

有关大曲种种，内容庞杂，难以三言两语讲明白，小庙所知有限，只能马马虎虎谈其概貌。请诸君谨记的重点是，所谓传统白酒，特指"固态法传统大曲白酒"，只有使用传统大曲，并以固态法生产的白酒，才是传统白酒。

划"传统大曲"为重点，是因为如今固态法并不纯粹。经过新工艺改良后，酒曲有了替代物，目前酒行业里面，许多虽然是固态法，却非传统大曲固态法，例如麸曲，就是典型的一例。

这可不限于香型，什么香型都一样，例如麸曲酱香型，就遍地开花。熊子书先生的著作《酱香型白酒酿造》里，就并列了两种酱香型生产方式，大曲法操作和麸曲法操作。

这就是为什么一说传统白酒，小庙总爱说"固态法传统大曲白酒"，就是因为固态法有传统的，也有非传统的，麸曲就是非传统的。它和大曲的作用虽然相近，都是糖化发酵剂，但本质截然不同。

举个例子，大曲和麸曲有个显著的区别：麸曲又叫"快曲"，不适合保存，出曲后要立即使用，不然的话就容易反火，造成淀粉的消耗和淀粉酶的下降，并且容易感染杂菌；而大曲恰好反过来，适合长期储存，时间越长杂菌死亡率越高，因此传统白酒都喜欢用陈曲，不用新曲。

有关麸曲详谈起来，那话题就多了，还是就事论事，只谈大曲与麸曲的差别为宜。小庙大概归纳了一下，有这么几条：大曲是中国人的发明，麸曲是日本人的创造；大曲的原料是小麦，麸曲的原料是麸皮；大曲是生料制作，麸曲是熟料制作；大曲是"块曲"，麸曲是

"散曲"；大曲是天然微生物，麸曲是人工纯菌种……

话说回来，其实麸曲的发明也很了不起，20世纪40年代从日本传到中国，启发了国人。麸曲发酵白酒，可以固态，也可以液态，大幅降低了成本，显著提高了出酒率，使用起来真是得心应手，很受白酒企业欢迎。如今几乎所有的专业书籍里，都会独立成章地去介绍它、讨论它、研究它。

可据此要说麸曲法先进吧，也不尽然，如今还有更先进的方法来替代它，用"糖化酶制剂"来生产白酒早已寻常可见。它制的是不是酒，暂且不论，就目前形势看，假以时日，被誉为"巧夺天工"的"酶制酒"，或许就后来居上了呢。

"世界极于大千，不知大千之外更有何物；天宫极于非想，不知非想之上毕竟何穷？"

今后会什么样，咱们当下用不着关心，总之麸曲法在过去的半个多世纪，对中国白酒影响巨大，周恒刚先生居功至伟。1949年时，周先生就在东北三省推广麸曲酿酒，1954年在山东创立添加酒精糟液制麸曲，1963年修订"烟台操作法"。

1964年出版的集大成之《烟台白酒酿制操作法》一书，小庙为了找一本正版收藏，定价0.26元的小册子，花了好几百才搞到手。包括1975年出版的《麸曲白酒生产基本知识》，也是经典之作，定价0.33元，如今若求本原版，也得原价的1000倍了。

麸曲法是题外话，以后可以专门再聊。总之，如今"固态法白酒"这五个字含义广泛，不管什么酒曲、什么原料，只要是"固态法"生产的白酒，都能叫作"固态法白酒"。

烧脑的问题来了，虽然只要是固态法生产的白酒，都叫"固态法白酒"，但是，"固态法白酒"却不全是固态法生产的。

在GB/T 15109-2008《白酒工业术语》里，对"固态法白酒"的定义是："以粮食为原料，采用固态（或半固态）糖化、发酵、蒸馏，经陈酿、勾兑而成……的白酒。"

意思是说，"固态法白酒"包括了固态法和半固态法两种生产方法，无论用其中哪一种方法生产的白酒，都称之为"固态法白酒"。

此外，《白酒工业术语》只规定了"以粮食为原料"，并没有对粮食的种类，以及酒曲做出要求，也没有规定发酵容器的类型。这就意味着，不管你是用谷类作物、薯类作物、豆类作物，也不管你是用大曲、小曲、麸曲以及其他任何酒曲，更不管你用什么容器，只要是用粮食作为原料，经固态或半固态糖化、发酵、蒸馏，经陈酿勾兑而成的白酒，就都是"固态法白酒"。

会不会是小庙对定义的理解有误呢？

在T/CBJ 002-2016《固态法浓香型白酒原酒》里，把浓香型固态法原酒定义为"以粮谷为原料，浓香大曲为糖化发酵剂，以泥窖为发酵容器，经固态糖化，固态发酵，固态蒸馏而成"；在T/CBJ 003-2016《固态法酱香型白酒原酒》里，把酱香型固态法原酒定义为"以粮谷为原料，以酱香大曲为糖化发酵剂，石窖为发酵容器，经固态糖化、固态发酵、固态蒸馏而成"。

"原酒"规定要用"粮谷"，"固态法白酒"只要求用"粮食"；"原酒"规定要用"大曲"，"固态法白酒"没有要求；"原酒"规定了发酵容器，"固态法白酒"只字未提；"原酒"只能是"固态法"，"固态法白酒"则包含"固态法"和"半固态法"。

由此可见，非是小庙会错意，而是酒与酒不同，定义才会不同。因此当我们描述"传统白酒"时，仅用"固态法白酒"来代指传统白酒是远远不够的，"纯谷物、固态法、传统大曲"务必要罗列清楚，名字长了点，可就得这么说。

实际上这还不够，具体到某种酒的时候，在这一串字前面还要再加词，如小城酿酒为"老五甑"工艺，小庙唯爱其中"清蒸清吊"之法，完整版即为"老五甑清蒸清吊纯谷物固态法传统大曲白酒"。

诸君，这一小段理解起来可能有困难，万一看不明白就跨过去吧，不用太费神。小庙水平有限，为了能表达清楚，已经抽完了一盒烟，干掉了半斤酒，只能言尽于此了，谁让咱是外行呢，请多体谅吧。

总之，"固态法白酒"不一定就是"固态法"生产的白酒，而"传统白酒"则特指是以"固态法"生产的纯谷物传统大曲白酒。

固态法原本是传统白酒特有的酿造方法，如今有真有假，有虚有实，但任你翻过十万八千里，总也越不过五指山，只要是固态法，不管是传统的还是非传统的，本质上都逃不出并行复式的基本原理。

然而基本原理只是理论的总结，对实操的指导作用有限，于传统白酒而言，科学明显滞后了，还没把它完全搞清楚。

不清楚就不清楚吧，这世上不清不楚的事多了，不在乎多一件还是少一件。

要是啥都想弄明白，那心得多累啊，嗯？

液态法白酒

很久以前，人约在20世纪90年代末，小庙曾听到过一句话，是对液态法白酒的定义，"从本质上说，它就是食用酒精！"

记不得是谁说的，也忘了是在哪听到的，但这句话却牢记在心，遇到有谁聊到此话题，小庙自然而然地就会用上这句话。

有一次出现了意外，那一日小庙偶遇街坊在街口聊天，听到他们在谈液态法白酒，小庙就顺口说了这句"从本质上说，它就是食用酒精"，原本说完想洋洋得意地潇洒离去，可老街坊眼一瞪，说："你说的不算！"

小庙心想这本来就不是我说的，于是答之："这不是我说的，这是我听别人说的。"

人家接着问了："你听谁说的？你把他叫来我问问。"

小庙那时阅历尚浅，当时竟无言以对。

从那以后，小庙见人就引这个话题，只要遇见说"液态法就是酒精"的，我就借斧子拿来砍："你听谁说的？你把他叫来我问问。"

非是小庙迁怒于人，而是真心希望能遇见明白人，给我答复个切实依据，好让我回头找老街坊报仇去。

皖北小城是酒乡，高手如云，不久就碰到好几位认真的，人家不仅把原理讲得头头是道，还能一条条一件件地把出处都交待清楚。

有了这些信息就好办了，该买的书去买吧，该找的杂志报纸去找吧。渐渐地，也积累了一小摞。

后来觉得证据充足了，足够一雪前耻的，就雄赳赳直奔街头而去，一路上念念有词："大圣，此去何为？""破天门、踏凌霄！""若一去不回？""便一去不回！"浑身是胆，痛快！

在街头装作闲逛两三天，才又把那老街坊遇到。等他慢悠悠地溜达过来站定了，小庙耐住性子，朝一帮闲汉发圈烟，明知故问道："现在这液态法白酒，大家知道是咋回事吗？"如意算盘是先引出问题，待他机关一露即决雌雄。

可没想到，那冤家毫不犹疑地抢了词，斩钉截铁地说："从本质上讲，它就是食用酒精。"

听他这么一说，小庙心乱如麻，顺着话来了句："你说的不算。"

他眼又是一瞪，说："这不是我说的，是我听别人说的。"

我说："你听谁说的？你把他叫来我问问。"

姜还是老的辣啊，人家用诚恳的语气亲切地说："行！宝贝，你明天还来，我把高人叫来让你开眼。只要我一个电话，指哪去哪。"

说完，老家伙一扭身，跟旁边的吹起来当年与高人如何相交莫逆，他又如何如何指点江山，再也不搭理我了。

有此际遇，小庙自然牢记液态法白酒是什么，并且每当再提起"从本质上说，它就是食用酒精"这句话时，必然把论据罗列，以示不忘前耻。

例如，酒业泰斗秦含章先生，就曾在著作《现代酿酒工业综述》里，把液态法白酒定义为："采用现代生产酒精的方式酿制白酒，称为'液体法'白酒。"

秦老先生在白酒行业的成就与地位，无须小庙传名。茅台酒厂、汾酒集团、稻花香、仰韶……很多知名酒企都立有秦先生的塑像，泰山北斗，熠熠生辉。

秦先生以外，大师周恒刚先生也在自己的著作里有表述。他在《麸曲白酒生产基本知识》里说："液态法生产白酒，等于酒精厂的粗馏酒。"

何谓酒精厂的粗馏酒呢？原来，酒精厂生产酒精分两步，先粗馏后精馏：粗馏是为了先把酒精从原料里提取出来，但提取酒精时，同时也提取了杂质，所以还要精馏；精馏有两个目的，一是把酒精提高纯度，二是除去杂质。

液态法白酒只需要实现酒精生产的第一步，粗馏即可。无须精馏，自然提高了效率，降低了成本。但包含的杂质部分，要想办法去除，否则酒中杂质不仅不安全，并且所具有的邪杂味，令人难以入口，根本咽不下去。

这一点与传统白酒截然不同。传统白酒纯净香醇无杂味，无须除杂，从来都没有除杂一说；而液态法粗馏酒精，务必要有除杂的工序。咱们看酒厂言之生产中，如何严谨地执行除杂工序云云，莫要错以为它是先进的、科学的，是传统白酒所不具备的，事实上恰恰相反，它其实是落后的，是迫不得已的。

秦周二位先生言简意赅，简明扼要地说明液态法白酒的本质。二位先生以外，各种例证更是不胜枚举。比如沈怡方先生，他在《白酒生产技术全书》里，也明白无误地定义液态法白酒为："采用酒精生产方式，即液态配料、液态糖化、液态发酵和蒸馏的白酒。"

除了大家的高论，在很多适用于高校教学的书籍中，对液态法白酒也有定论，例如《发酵工业概论》，就明确把液态法白酒生产定义为："是采用类似酒精生产的方法生产白酒。"

这样的例子还有很多，不过列书单无趣得很。罗列举证的目的，不是一定要让酒友信服，而是想说明，当我们说它是食用酒精时，是有出处、有依据的，并非信口开河。

细究起来，"它就是食用酒精"这句话并不全面，如果街头巷尾闲聊天，这么说没关系，大家能领会其概念。可如要描述得精准，这句话有毛病，不精确。因为生产出酒精后，还要再加工，才能称之为"液态法白酒"。仅仅是粗馏的酒精，严谨地看，它生产出来的只是酒精，不能称之为液态法白酒，粗馏只是工艺的一部分，虽然是最重要的部分。

秦含章先生对此解释得很完整，他说："白酒生产液体化道路，即发酵工艺改为现代化的酒精生产方式，先生产饮料酒精或中性酒精，然后再采用串香或调香方法，使产品风味达到理想程度。"

如秦先生所言，生产出酒精后，还要串香或调香，能使风味达到理想程度，才是成品的液态法白酒。秦先生说这番话的时候还是20世纪80年代，当时液态法白酒初创不久，对液态法白酒表述得虽然很完整，但不详细、不精确。

20世纪90年代，熊子书先生发表《全国新工艺白酒试点与发展》一文，文中指出"先用液态法生产食用酒精，再进行串香，调香或固液结合，又称新工艺白酒，即液态法白酒"，液态法白酒释义逐渐清晰。

新世纪后，白酒工业进一步发展，对液态法白酒有了更精确的表述，并统一了标准。

在GB/T 20821-2007《液态法白酒》里，给它的定义是："以含淀粉、糖类物质为原料，采用液态糖化、发酵、蒸馏所得的基酒（或食用酒精），可用香醅串香或用食品添加剂调味调香，勾调而成的白酒。"

这段话咱们有必要耐心解读。首先看原料，原料可以是含淀粉的物质，比如高粱、玉米、土豆、山药、红薯等，只要是含淀粉的物质都行；也可以是含糖类的物质，如葡萄、甘蔗、甜菜、蜂蜜等，只要是含糖类的物质都行。

其次看基酒，"采用液态糖化、发酵、蒸馏所得的基酒（或食用酒精）"，"或食用酒精"几个字用了括弧，酒徒难免疑虑，难道食用酒精和液态法基酒不同吗？液态法不就是酒精的生产方法吗？

其实没有不同，在 GB/T 20821-2007《液态法白酒》里，前言第一行说："本标准参考了 QB/T 1498-1992《液态法白酒》，并将其主要内容纳入本标准。"

QB/T 1498-1992 是 GB/T 20821-2007 的前身，在 QB/T 1498-1992 里，明确阐述："本标准适用于以谷物、薯类、糖蜜为原料，经液态法发酵蒸馏而得的食用酒精为酒基，再经串香、勾兑而成的白酒。"

"经液态法发酵蒸馏而得的食用酒精为酒基"，这句话点明了液态法白酒的酒基，就是食用酒精。

那为何在新国标里，却要把"或食用酒精"加括弧呢？小庙也曾迷惑很久，后来听闻专家解读，言之括弧的意义是，基酒，可以自行液态法生产，也可以自己不生产，直接外购食用酒精作为基酒。

如果没有括弧，仅是"采用液态糖化、发酵、蒸馏所得的基酒"，那么酒厂要生产液态法白酒，必须要具备"液态糖化、发酵、蒸馏"的设备，无论是窖、池、缸、罐，别管哪一种，一定得有，没有的话就会被视为不具备生产条件。

有了括弧"或食用酒精"以后，允许购买食用酒精为基酒，企业就无须具有发酵蒸馏的设备。既然买别人的可以用，能否自行生产就无关紧要了。

所以在《白酒生产许可审查细则》里，第三项的第二节"必备的生产设备"中，获证"白酒（液态）"产品的，只要求必须具备贮酒设备和灌装设备，不要求必须具备原料粉碎设备、蒸馏设备、发酵设备。

不知专家解读得对不对，但小庙深以为然。

最后再看工艺方法，在液态法白酒的定义中，请诸君务必关注"串香"和"调味调香"这两个词。这两个词所代表的含义是，液态法白酒包括了"串香法"和"调香法"。

串香法：以食用酒精为酒基，经固态发酵的香醅串蒸而成。

调香法：以食用酒精为酒基，调配不同来源的具有白酒香味的食用香味液，直接勾兑而成。

这两种方法，都是把食用酒精勾调成液态法白酒的方法，同时也意味着，液态法白酒，可以是串香法生产，也可以是调香法生产，两种方法都允许。

根据以上信息，我们可以这么理解：1."液态法"是发酵方法，用液态发酵法生产的是食用酒精；2."液态法白酒"是食用酒精经过串香或调香，勾调而成的白酒。"液态法"和"液态法白酒"，概念是不同的。

至于串香法和调香法，以及如何勾调，我们以后再谈，先说一说若是酒友去了酒厂参观，如何识别液态法。"液态法"究竟是什么样的呢？

要识别液态法，诸君切记十个字："无视蒸馏器，只看发酵法"。有酒友把固态蒸馏器作为固态法的标志，看到甑锅就信其为固态法了，其实不然，因为液态法也可以用固态方式蒸馏，即所谓"液态发酵固态蒸馏法"。这里面门道挺多的，咱们不必深究，总之，咱们就紧盯着发酵工艺即可。

识别方法简单粗暴，基于固态发酵的典型特点，"几乎没有能自由移动的水"，诸君如遇邀约到酒厂观瞻，无论是窖池，还是酒缸、酒罐，只需朝里面瞅一眼，看那酒醅里，如有肉眼可见的液体，用教科书里的原话说，"可流动液体"，那么，无须迟疑当即可断：它，就是液态法！

　　除非碰见"半固态法"，又恰好只看见了下集"发酵"是液态，没看见上集"糖化"是固态，或许会稍有争议。除此之外，则十拿九稳不露怯。一言以蔽之，见水即是液态法！即是食用酒精！

　　当然，食用酒精也可以说是酒，唯酒精论者以为，只要是含酒精的就都是酒，伏特加就是最好的例证。所以说嘛，存在即合理，咱们并不藐视液态法。况且液态法确实有长处，最起码它简便易行，价格便宜，很受老百姓欢迎。只要有人喜欢，能满足需要，那它就是好东西。

　　诸君读到这里，可能会有疑虑：液态与固态虽然方式不同，那么结果会不会一样呢？如果液态法能达到固态法同样的效果，那液态法替代固态法没有问题。事实是，它们方式不一样，得到的结果自然也不一样。

　　例如，液态法白酒中的杂醇油（高级醇），比固态法白酒高2倍左右；液态法白酒中的酯类，在数量上只有固态法白酒的三分之一左右，在种类上则更少；液态法白酒中的酸类，仅为固态法白酒的十分之一左右；液态法白酒的全部微量成分只有20余种，而固态法白酒却有近200种……

　　由此可见，液态法与固态法的差距，还是很明显的。但小庙在意的，并不是液态与固态的差距有多大，谁比谁更好，而是认为固态与液态，两者之间不该画等号，更不应该做对比。液态的就该去和液态的比，固态的就该去和固态的比，有效竞争才能促使进步，才能良性循环。

　　可是呢，无论是大企业还是小作坊，现实中往往把液态法掩饰为固态法，这却很难原谅。你若能把液态法做到最好，就足够骄傲的了，为什么偏要去混淆视听呢？

曾见过一家酒企业，明明是液态法，却执意要挂上"传统""古法"的招牌，在景区里建了个展示中心，气派得很。工作人员都穿着古装，所谓的汉服吧，不分男女都裹着头巾，系着腰带，领头的手里捧着"圣旨"，开口就是"奉天承运"如何如何，又是祭天又是拜神的，一旁还有个响器班，穿着马甲露着膀子演奏着《百鸟朝凤》。真好看，真热闹，愚人愚己，不亦乐乎。

要说这是因为企业家没文化？那可不见得。现在的企业家舍得花钱去受教育，水平都高着呢。他或许是觉得，如果不弄得低俗点、粗鄙点，咱老百姓就欣赏不了，实际上他是在迁就咱们呢。

不过也有一些，虽然七歪八扭的，却未必是主观故意。例如某位企业家，素来光明磊落，性情坦荡，常谈自己的酒如何受欢迎，估值达到多少个亿。可是呢，他那酒是什么酒，他自己未必是明白的。毕竟跨行做酒，想把酒行业里的东西全搞清楚，不是一朝一夕的事。但这并不影响他言必提"古法"，而且，还是"千年古法"。

"是技皆可成名，天下唯无技之人最苦；片技即足立身，天下唯多技之人最劳。"诸君意会吧。

新工艺白酒

"新工艺白酒"这个名字，泛指除传统白酒以外所有的白酒，包括固液法、串香法、浸蒸法、调香法，等等。

其实新工艺白酒一点也不"新"，回顾新工艺白酒的发展，往事历历在目。

1955年11月，第一届全国酿酒会在北京召开，会上有人提出"酒精兑制白酒"的研究课题，这是新工艺白酒的开端。

同一年，周恒刚先生主持著名的"烟台操作法"试点，"麸曲法"正式走向前台。

1962年，轻工业部动议"利用酒精兑制白酒"，熊子书先生承担了这个课题，由轻工业部发酵所与上海香料所协作，发酵所负责生产工艺，上海所提供白酒香精。

试制样品送部食品局等单位征求意见，又送到了第二届全国评酒会进行鉴定，经过10名评委尝评结果，最高得分87.6，最低分78.9，平均得分82.1，试制样品质量得到了认可。原本要在北京试销，但因有人反对而终止。

1963年的第二届全国评酒会，认可了酒精兑制白酒的质量，也同是在这届评酒会上，汾酒排名得了个倒数第二。汾酒请轻工业部支援提高质量，于是轻工业部发酵所所长秦含章先生带领课题组去汾酒蹲点，熊子书先生任技术秘书。

据熊先生说，他们用医药酒精配制了一个样品酒，请主管质量的人品尝，结果人家一尝，认为这就是汾酒，而且还是一级品，使人大吃一惊，就此开启了新的大门。

到了1965年9月，全国白酒专业会议在烟台召开，会议决定在山东进行新工艺白酒总结试点。为了落实会议精神，1966年，熊子书先生在临沂主持串香法试点，用90%的液态法酒精与10%的固态香醅进行串香，标志着用液态法生产白酒获得了成功。

1967年，熊子书先生又在青岛主持调香法试点，以饮料酒精为主原料，配入白酒中部分香味料而成，经过鉴定组鉴定后，建议有关单位组织这项技术的推广。

至此，麸曲法、固液法、串香法、调香法，技术层面已然成熟，新工艺白酒的篇章全面展开。所以说，新工艺白酒一点也不"新"，自20世纪50年代发轫，到了80年代时就颇具规模了。六十年沧桑砥砺，一甲子日月如梭。

新工艺白酒的四种主要方法中，麸曲法是对传统酒曲的改造。麸曲涵盖了所有的白酒种类，"固态法白酒"和"固液法白酒"以及"液态法白酒"一样，并未规定酒曲的品类，所以麸曲法恰到好处，无论固态、液态、半固态，它都能左右逢源。

"固液法白酒"单独发布了国家标准GB/T 20822-2007，是"以固态法白酒（不低于30%）、液态法白酒勾调而成的白酒"。

"串香法"和"调香法"，一起归类于"液态法白酒"。GB/T 20821-2007《液态法白酒》的定义是："以含淀粉、糖类物质为原料，采用液态糖化、发酵、蒸馏所得的基酒（或食用酒精），可用香醅串香或用食品添加剂调味调香，勾调而成的白酒。"

也就是说，液态法白酒，可以是串香法生产的，也可以是调香法生产的。问题在于，液态法白酒的成品酒，并不注明使用的是哪种方法。酒徒若买到液态法白酒，难免会疑虑，它会是哪种方法生产的呢？

在液态法白酒的两种方法中，串香法需要复蒸操作，相对繁杂，亦有酒精消耗。而调香法，省略了酒精复蒸操作，避免了酒精损耗，节约蒸汽与劳动力，生产效率高，不同的风格香型还可以人为控制。

那么，在两种方法都允许使用的情况下，您觉得酒厂会用哪一种呢？我们完全有理由认为，液态法白酒中的绝大多数，就是调香法白酒。

如果仅是液态法白酒才会使用调香法生产，那样倒也简单，酒徒沽酒，只需留意执行标准，想买什么就选什么，万无一失。

但是，事实上有很多白酒，标注执行的虽是固态法标准，可生产中一样用的是调香法。要讲清楚它们为什么能够阳奉阴违，成功地用调香法生产固态法白酒，那将会牵涉到另一个重要话题，咱们留待以后详谈。

总而言之，在新工艺白酒的众多方法中，调香法出现的时期最晚，或也意味着它更先进，它是所有方法之中，最简便的方法，也是众所期望的好方法。所以我们在说新工艺白酒时，虽是泛指传统白酒以外的所有白酒，但实际上就是特指调香法白酒，因为调香法应用得最广泛。

把新工艺白酒特指为调香法白酒，非是小庙哗众取宠，耸人听闻。熊子书先生在著作《中国名优白酒酿造与研究》里明确提出："白酒生产液态化，即改为现代化的酒精生产方式，先生产食用酒精，再采用串香或调香的方法，使产品质量达到理想的程度，称为新工艺白酒。"

诸位请看，熊先生说得很明确，串香和调香，都称之为新工艺白酒，所以咱们把新工艺白酒，特指为调香法，没有任何问题，毕竟串香是新工艺白酒，调香也是新工艺白酒。

新工艺白酒好不好？很多专家觉得好，白酒企业就更不用说了，可以用欢呼雀跃来形容。摆脱了传统固态法的烦琐工艺，不仅生产简单可控了，而且产量大幅度提高。

据沈怡方先生讲，"如有10吨固态法白酒生产能力，就可以搞出100吨以上的新型白酒"。好家伙！生产新型白酒，能把产量增加十倍，哪家企业不欢迎呢。

况且，不仅产量增加了，因为工艺简单可控，成本也降低了。更妙的是，产量增加、成本降低的同时，缴税也少了。

在1994年税改以前，白酒的产品税统一是35%（扣包装纳税）。税改以后形势大变，其中包括，如生产传统固态法白酒，要缴纳25%的消费税，按照销售收入计，全额纳税；而生产配制法白酒，则只需缴纳10%。

咱们平时只是模糊知道政策提倡新型白酒，具体措施并不清楚。"提倡"绝非是喊喊口号那么简单，税改就是例证之一。把传统白酒和新型白酒区别对待，一个缴25%，一个缴10%，产量低成本高的缴税多，产量高成本低的缴税少。老板，阳关道还是独木桥，你自己选！

自此新工艺白酒一骑绝尘，"藏九地之下，动九天之上"，把传统白酒远远地甩在了身后。传统白酒默默地低下头，悄悄退到角落里，"千万亿劫，以此连绵，求出无期"，幽幽一缕香，飘在深深旧梦中。

而新工艺白酒则不负众望，"无边风光一时新"，凯歌频奏。据赖高淮先生说，在"1994年，调配白酒（新型白酒）已占白酒总销量的50%，也就是说，560万吨白酒中有近280万吨是新型白酒"。经过了二十多年的发展，如今的占有率自然更高。

当年两条路摆在那里，选择走独木桥的毕竟是极少数，还是阳关道上风光好。就算当初有个别固执的，到后来也基本都"从善如流"了，"白沙在涅，与之俱黑"。唏嘘！

现在新工艺白酒的占有率有多少呢？小庙见过不同专家和机构的统计数字，数字之间虽有差异，但总体上相差不远。数字是多少？不谈为宜，以免时下伤感。

新工艺白酒的大潮，谁也拦不住。存在即合理！小庙讲这么多，旨在把新工艺白酒捋清楚了，客观介绍，让酒友们有个清楚的认识，并非是在贬低它，也没有不恭敬的意思。老话不敢忘啊，"骨宜刚、气宜柔"。

在新工艺白酒的生产中，无论是串香法还是调香法，食用酒精都是最主要的原料，酒精质量自然成为产品质量的关键。

然而，据20世纪90年代末出版的《白酒生产技术全书》里介绍，咱们国家的酒精标准，与国际酒精标准相比是有差距的，咱们的优质酒精，只相当于苏联第三类酒精的质量水平。您没看错，不仅是苏联，而且还是第三类。

可就算是这样，咱们优质酒精在新工艺白酒中的使用比例也很少，大部分用的是普通食用酒精。普通食用酒精杂质含量高，如果不经过处理，直接用来兑酒的话，质量水平不会很高。

酒徒常会听闻酒厂处理基酒，又是高锰酸钾，又是活性炭、精制重蒸等等，好像多么严谨多么一丝不苟似的，其实那是酒精品质不行，他们不得已而为之。

真正高水平的优质酒精，除酒精分子外，不含其他任何微量成分，就好比一张洁白的纸，可以画出各式各样精美的图画，无须任何处理，用水稀释后只有轻微的香气和微甜的味觉，绝无丝毫"酒精味"。

酒徒常见的"酒精味",是酒精品质不高,其中杂质造成的邪杂味;有"酒精味"的白酒,说明不仅酒精质量不高,并且除杂亦不彻底。

因此业内专家有识之士,一直都在呼吁酒精标准要继续修改,增加高质量酒精级别,提高食用酒精等级。

酒精以外,在新工艺白酒中,还要添加三类添加剂,分别是调味酒、调味液、调味剂。

调味酒,是"以特殊固态法生产的酒为主体,酒精含量一般在60%",意思是用固态法白酒来调味。新工艺白酒是以食用酒精为基础的,几乎没有酒的味道,要想向传统白酒靠拢,或者说要想模仿传统白酒,就必须添加一些固态法白酒进去。

在新工艺白酒里,评价酒好不好的因素之一,就是看固态法白酒放了多少。小庙曾讲过,用原酒好比炒完菜点几滴明油,就是这个意思。

调味液,是"非粮食原料发酵、浸取或用其他方法制作的"。这里是个重点,首先注意它是"非粮食"的,意思是它还有其他来源,可以是植物,也可以是动物。诸君别笑,真的可以是动物。

举个例子吧,例如"酱香型白酒调味液",就兼有植物和动物的来源。并不是要黑酱香型,无论什么香型都一样,新工艺白酒没有办不到的。之所以用酱香型来说事,是因为它的配方和工艺流程是公开发表了的,有据可查。

酱香型调味液的制作,简要流程如下:

将蛋白质含量高的谷物,动物的肉、骨和带有酱香的植物、花草,分别进行蒸、煮处理,调整其水分含量在60%,加入高温黑色麦曲和蛋白质分解酶并保持在一定的温度内，进行发酵和分解。1个月后，再加一次高温曲和分解酶，进行第2次发酵，此时发酵物酱香气味很浓。用酒精含量30%的液态法白酒，加入此发酵物内，用量为1∶3到1∶5之间，进行浸泡提取酱香气味的香味物质，浸泡30天以上，取上层清液过滤或蒸馏，馏液（滤液）即为酱香调味液。

制作看上去也烦琐，但是有专门生产它的，市场上堆山堆海，酒厂买来就能用，方便得很。有了它，其他环节就轻松了，食用酒精组合好，香精香料添进去，再加上它，就是酱香型白酒，喝起来味道好得很，正宗极了。

调味液神通广大，不仅可以模拟各种香型，还能更进一步地调整口味。酒徒里有"口味党"，对酒的评价仅从口味上来判断，还往往对"陈味"特别在意。其实酒的"陈味"不是非得经过窖藏才能呈现，调味液也一样能模仿，很多所谓的"老酒""年份酒"就是使用了"陈味调味液"。

陈味调味液比较有意思，在已经公开的资料里，明确了制作所使用的植物和动物的品类，并没有遮遮掩掩。

据资料显示，"有少数植物和动物很近似酒中的陈味，菖蒲、陈皮、蟑螂以及曲虫、沙蟹腐烂均有酒中陈味感。植物类的一般采用水和酒分别浸取后过滤或蒸馏制得；动物类采用加菌发酵腐烂（或自然腐烂）后，再加入酒精含量60%的液态法白酒浸取后，用高分子过滤或蒸馏制得"。

这里面说的蟑螂，一直面目可憎，看一眼心情就很不好。小庙曾想，如果按资料所言，先令其自然腐烂，再用酒精泡一泡，最后用过滤法萃取精华，那滤出来的玩意儿，直接来一杯，会是什么滋味呢?

有关调味液言尽于此吧,提请注意的是,大家别因为不了解,就把它想象成不太好的形象。实际上,这类物质的研究和开发利用是显学,硕果累累,业绩辉煌,是正经的行当。反正能抄近道的,咱绝不走远路,谁不想本小利大挣快钱呢!

至于调味剂嘛,简单说,就是"用各种香精、香料等配制而成,基本不含酒精"。

天然香料是以植物、动物或微生物为原料,经物理方法、酶法、微生物法或经传统的食品工艺法加工所得的香料;合成香料是通过化学合成方式形成的,化学结构明确的,具有香气和(或)香味特性的物质。

至于香精,则是由香料和(或)香精辅料调配而成的,具有特定香气和(或)香味的复杂混合物。香精多用水溶性香精,如橘子香精、柠檬香精、菠萝香精等等;香料常用的有柠檬油、橘子油、甜橙油等等。

列举的这些,别看都有个好听的名字,这个水果那个水果的,可它们却和水果没关系,名字是表示它的香味和水果的味道相近。和什么近似,就叫什么名字。

好比"芝麻香型"的白酒,芝麻香型里有芝麻吗?一粒芝麻也没有!之所以叫芝麻香型,是因为口味有点像炒煳了的芝麻,是种比喻。

香精香料也是如此,用水果来比喻它的味道。在调味剂的生产中,就是把这些精和油以及"酸酯类化学试剂"组合搭配。

怎么搭配呢?小庙可以举出三五个香精香料的名称当例子,但转念一想,既然都啰唆到现在了,也不怕多占一些篇幅,索性列出一个完整配方来,以便诸君有直观认知。

在诸多配方中，清香型所用的品类较少，咱们就以清香型为例，配方如下：甲酸0.015 g/L、乙酸0.096 g/L、丙酸0.006 g/L、丁酸0.009 g/L、戊酸0.001 g/L、己酸0.002 g/L、乳酸0.28 g/L、乙酸乙酯3.10 g/L、己酸乙酯0.026 g/L、乳酸乙酯2.30 g/L、乙缩醛0.50 g/L、乙醛0.16 g/L、丙酮0.002 g/L、丙醛0.025 g/L、异丁醛0.003 g/L、丁酮0.006 g/L、异戊醛0.015 g/L、糠醛0.004 g/L、己醛0.001 g/L、丁二酮0.016 g/L、3-羟基丁酮0.08 g/L、丙醇0.09 g/L、仲丁醇0.02 g/L、异丁醇0.10 g/L、异戊醇0.50 g/L、正丁醇0.01 g/L、3-丁二醇0.016 g/L。

酒精稀释以后，配合调味酒与调味液，把这二十七项香精香料——添加进去，就是具有典型风格特征的清香型白酒。

如果细细解读这些微量成分，很有一些内容值得玩味。

比如说，常被诟病的"杂醇油"，就是"异丁醇、异戊醇、正丁醇"等组成的；乙醛、糠醛等也不是什么好东西。当我们谈传统白酒时，他们说传统白酒含有这些有害物质，不健康，然后说新工艺白酒有多绿色，酒精除杂过滤后，如何的干净卫生。可咱们一看这配方，才明白这些有害物质，酒精里面确实是没有，可是调味剂里又给加回来了。

为什么要加回来呢？因为新工艺白酒要模仿，比如它要模仿传统汾酒，它就得化验分析传统汾酒里面都有什么元素，搞清楚了以后，按照分析结果，再一一添加进去。传统汾酒有什么，它就得加什么，少了哪一样，模仿得都不会像。

当然，由于新工艺白酒添加剂量可控，确实安全系数高点，说它很健康没错。可要说它比传统白酒更安全，更健康，则难服众。

当我们谈安全的时候，不能以优秀的新工艺白酒，跟粗制滥造的传统白酒做对比，那样得出的结论肯定是新工艺白酒更安全。

同样，也不能以优秀的传统白酒，去跟低劣的新工艺白酒做对比，否则，传统白酒肯定要比新工艺白酒安全。

两者若做对比，双方一定都要足够优秀，对比出来的结果才可信。注意咱说的是都要优秀，并非仅是旗鼓相当，不然那爱抬杠的会说，用低劣的新工艺白酒与同样低劣的传统白酒做对比，谁比谁安全呢？

那样比的不是谁比谁好，而是谁比谁差，就像"好"没有上限一样，"差"也没有下限，咱们不攀比谁更流氓、谁更混蛋。

在同样优秀的条件下，新工艺白酒与传统白酒，都是安全的、健康的。如果非要一决高下，窃以为，优秀的传统白酒，比优秀的新工艺白酒更安全、更健康。理由是什么？我不想说。

仅从安全角度说，如同优秀的传统白酒很安全一样，优秀的新工艺白酒也同样安全，毕竟它微量成分可控。例如清香型的完整配方，所有微量成分的剂量，都在国家允许的范围内。

但这个配方，并不是所有的清香型新工艺白酒都用它，不同的厂家之间，配方是不同的。"调味剂的组合是根据本企业的实践经验和所规定的微量成分的量比关系来进行，没有统一的模式"，"每一个企业、每一种产品都有自己独特的工艺和方法"。

也就是说，在调味剂的使用上，如今仍然是八仙过海，只要在 GB 2760-2014《食品安全国家标准　食品添加剂使用标准》规定范围内，企业可以根据自己的设计，任意地把这些物质组合调配。

咱们经常听闻的一些神秘分分的所谓"设计"，基本就是这个组合搭配的过程，不过是某个成分添加量大一点，某个成分添加量小一点，并没有太大的不同。

调味剂的使用，在酒企业里也是严格保密的："你使用的东西，你不知道是怎样制作的，只知道它的作用和使用方法；同样，你知道自己制作和生产的那部分产品，但不知道使用方法；……基酒是怎样生产的，组合人员不应知道；基础酒是用哪些基酒组合的，调味人员不应知道；调味人员不应知道调味物质怎样制作的，只知道使用方法。"

不知道诸君看到这些，心情如何，反正小庙有些不自在。

其实，小庙并非反对新工艺白酒，如果新工艺白酒别老想着取代传统白酒，而是二者并行，那样的话，小庙不仅不反对，反而认可新工艺白酒是进步，是了不起的大好事。

如周恒刚先生所言："不要再'犹抱琵琶半遮面'了，要大力宣传酒精勾兑的合理性"，"宣传新工艺白酒的目的并不是以新工艺取代和改变传统工艺白酒"。

是的，新工艺白酒的科研目的，不是取代和改变传统工艺，而是要并存。传统工艺好，新工艺也不差；传统工艺贵，新工艺便宜。把这些说清楚了，让老百姓明明白白地消费，各取所需，多好啊！

小庙要为前辈们说句公道话，方心芳、秦含章、周恒刚、熊子书等诸位先生，高贤大德，研究新工艺白酒是工作，是任务，是使命！"科研"没有任何地方可以诟病，小庙对他们的科研成果绝无成见，并且还万分敬仰，崇拜不已。

如今白酒行业的现状，不是坏在科学家身上，是坏在了商人手里，咱不能把商人的过错怪罪到科学家头上。商人不关心新工艺的初衷，虽然卖的是新工艺白酒，却高高地挑着传统工艺的幌子。

好比周瑜刚生出来，就逼着卧龙先生去死，卧龙还没咽气呢，周瑜就公开宣布自己是诸葛亮了，咱酒徒看在眼里，怎么能不生气？

新工艺白酒能说清，可这世上有些事啊，还真说不清。新工艺白酒并不"新"，它的面貌大概就是如此吧，小庙水平有限，所言粗糙、笼统，看见此文想要单挑的想必很快会动手，小庙没少挨批，我活该！

可如今多少聪明了一点点，学会了紧要处尽量不用自己的原话，在此提醒摩拳擦掌的好汉们，本文中重要部分皆是引用专业教材的原文，或知名专家公开发表过的言论，所以，敬请瞄准，莫放空枪。

品 酒 物 语

评价一个酒好坏与否，如今可不是件容易事。

价格早已不能说明问题了，贵的未必就好，便宜的未必就差，酒是自由定价的商品，价格与品质早就不能画等号了。

有酒徒习惯看酒花、挂杯等外在表象，以此判断酒的品质，殊不知添加剂可以把这些做得真假难辨，哪怕在一杯水里点几滴进去，酒花也好，挂杯也好，都能令人满意。

亦有酒徒执着于口味，以为自己能凭口感辨别酒的品质，言过其实，你能辨别的只能是口味好坏，根本辨别不了品质高低。香精香料能调出任何口味，骗不过你这张嘴他还怎么混。

新工艺白酒的高低，比的就是模仿传统味道像不像。做得特别好的，能把细微处模仿得惟妙惟肖，好比两个不相干的人，出身不一样，可长得跟孪生兄弟似的，不查查户口本，分不出都是谁家的孩子。

但能做到这个地步的不多，绝大多数似是而非，有传统的影子、轮廓，可面目模糊，充其量算是高仿。

酒徒若高仿见得多了，慢慢地就不太确定哪是真哪是假，渐渐会以个人好恶来权衡，喜欢的口味就是真，不喜欢的口味就是假。这也理所当然，谁不把自己的感受放在第一位呢。只有自己喜欢的才是真、才是好，无可厚非。

但有人却不能如此随性，一个酒怎么样，他不可以只考虑自己喜不喜欢，而只能客观品评口味。他既不是勾兑师，也不是酿造师，他是品酒师。品酒师可以完全不懂白酒生产，只负责对口味的客观表达以及比较。

如拿两杯不知底细的酒请品酒师尝，问他哪一杯是真、哪一杯是假，面对这样的问题，好比猜硬币的正反面，他也全靠蒙。既然是蒙，自然不会每次都能蒙对，而错了任何一次，都会成为一段笑谈。

皖北小城，捉弄品酒师是长盛不衰的笑料。一有机会就有人跃跃欲试。问题在于，还经常有人得手，屡屡得手，你说气人不气人！

但玩笑归玩笑，却也没人会质疑品酒师的专业技能，自己的酒出来了，还得诚惶诚恐地请他来品尝。大家都明白，品酒师的培养目的，根本就不是用来辨真假的。出的题不对，考生蒙错了也不失分。

按照《白酒感官评定方法》，品评白酒要求严谨规范，要有专门的品酒室，光线充足、柔和，温度为20~25℃，湿度为60%左右，恒温恒湿，空气新鲜，无香气及邪杂气味；品评白酒要用专用的品酒杯，分为无脚杯和有脚杯，容积为50~55 ml，但评酒时只注入15~20 ml，酒样温度要在20~25℃之间。

品评白酒，主要是四个方面：外观、香气、口味、风格。评语要使用专业术语，两个熟悉术语的人，哪怕相隔万里，三言两语就能说清酒的外观、香气、口味、风格。

所有的术语，详记于国标《白酒感官品评术语》中。这个标准里面还公布了"白酒风味轮"，一张图就把品评白酒可用的术语展示得明明白白。品评白酒，要熟悉掌握这些术语，不能乱用，更不能自己造词，例如常见的"绵柔"，这个词在标准里就不存在。

但是呢，咱们酒徒哪能如专业人士那么严谨呢？若按照要求，品评白酒要在上午9~11点，下午14~17点，试问，这两个时间段谁会在喝酒呢？

酒徒喝酒是需求，不是工作，咱不能把自己的体验当回事，喝着酒吃着菜，下出的评语只能是表述自己的感受，与事实可能并不相符。

只有品酒师能客观评价酒，酒行业也能客观对待品酒师，然而社会上就不那么客观了，往往对品酒师寄予更多的期望，以为他们只需用嘴巴尝一尝，就能品出口味以外的更多内容来，津津乐道于超出其实际能力的幻象，如"口味党"，就赋予"品酒"二字很多玄妙的意义。

若遇到某仁兄端起杯子呷一小口，眯着眼睛咂巴着嘴，侃侃而谈"此酒用的什么什么原料，使用什么什么工艺，酒曲如何，水质如何……"，诸位不必自惭形秽，这位仁兄并不是比咱们聪明，而是比咱们都傻，腾出手来赶快鼓掌吧，"逢人戴帽，见物增价"，咱们惯着他。

在传统白酒与新工艺白酒并存的时代，从口味上哪里还能喝出这么多内容呢？商家背后是强大的实力支撑，人家用昂贵到咱老百姓都不敢听价钱的设备跟咱对赌，你甩甩舌头就想赢？让专家还怎么混！资本家才不养饭桶呢。

所以啊，号称一入口就能尝出若干内容的，未必是真的神乎其技，往往他手里捧着的只是窝窝头，却品出来肉包子的味，云山雾罩地说来说去，其实仅要表达一个意思，那就是："我牛！我特别地牛！"

牛人不常见，偶然遇到可谓难得，更难得的是三五位这样的牛人凑在一起，那才真的让咱们开眼界呢。

曾碰巧陪同焦兄待客，几位酒中高手来小城考察。主客寒暄以后，焦兄把酒摆上请他们品尝，几位尝后陆续开言，甲曰："焦总，这个酒是几年的？"

焦兄答之："三年左右。"

甲曰："我口中有一丝不快，原来是三年前的酒，那年高粱成色不好，果然如此。"

乙曰："不对，我尝出来此酒是放了三年零八个月，因此是用四年前的高粱酿的酒。"

甲赶紧又喝了一口，皱眉思考了一下，曰："是的，确实是四年前的高粱，而且是东北大高粱，味中的缺陷是水汽，因为那年东北雨水偏多。"

丙插进话来，曰："虽然有水汽，但味中重感尚可，单宁的含量还是可以的。"

众曰："是极，是极。"

如此这般评价了一两个小时，把历史、人文、历法、气候、耕种等都尝了一遍。小庙自知涵养不够，只能笑而不语。焦兄正襟危坐，全神贯注地倾听并做沉思状。

小庙不由心生钦敬，我敬爱的老大哥，面对一屋子的魔幻，却能沉住气，满脸凝重，不时还瞪大了近乎惊恐的眼睛，与几位高人逐一再次握手，并致以诚挚地赞叹，高呼"高山啊！知音啊！"

可焦兄这单生意后来也没谈成，据说是他们从酒中尝出来酒厂风水不好，所以这一番际遇录在此也无妨。

其实，人和人没有不同，舌头上的味蕾都一样，别人能尝出来的，咱们一样能尝出来，没有谁的舌头长得比别人都高级，更没有那些个神神道道。

在传统与现代并存的当下，虽然好酒依然是好味道，但并非所有的好味道都是好酒。味道好坏都能尝出来，而真不真，假不假，就算是品酒师，也和咱们一样没用。

但话说回来，咱们虽然也能尝出好味道，可会尝却不会说，说也说得不清楚不客观，而经验丰富的品酒师，不仅能够准确地表达出来，还能和其他酒做比较，这才是品酒师这个职业存在的意义。

品酒师一点也不神秘，只要你愿意，稍加努力亦能求得。

各地每年都会举办"白酒尝评勾调技能培训"，或"品酒师考核培训班"。参加这个培训，经过学习并通过鉴定，就能获得"品酒师资格证"。

以"三级品酒师"为例，报名条件中第四项要求，有专科以上学历并从事本职业1年以上，就具备了报名资格。

专科学历是否全日制没做要求，所学专业也相对宽泛，可以理解为，只要拥有专科学历并连续从事本职业1年者就行。

如果没有专科学历呢？那也没关系，申报条件的第一项："至少连续从事本职业工作5年"的，也可以报名。朝极端里想，假设你都不识字，只要有酒企业给你背书，证明你已在企业任职达5年，也就符合条件了。

具备了报名资格，缴费以及参加培训，培训时间一般为6天。6天学完后，缴一份鉴定费，参加考核，考核通过即获得职业资格证书。

要是想拿二级品酒师怎么办呢？拿到三级品酒师证后，从事本职工作3年可申报，再缴一次鉴定费参加考核。

一级品酒师呢？拿到二级品酒师证后，从事本职工作3年，缴费考核。总之吧，只要你有钱有闲有意愿，经过学习以及通过鉴定，理论上七年内能拿到"一级品酒师职业资格证书"。

几乎每个省，每年都会有团体组织举办这样的培训，小庙建议大家都去学，越多越好，或许学的人多了，就能把这"品酒师"的门槛提高提高。

小庙真心希望，所有这些职业资质的门槛，都越高越好。抑或"宽进严出"也行啊，入门容易出门难，没学到好本事不发证。

又岂止是品酒师呢？"品酒师"以外，还有"酿造工""酿酒师"等一系列国家职业资格的资质。如果有一天，证书真正能代表能力，有证就有好本事，相信这世界就好相处了，省去多少无端的猜疑。

而就目前来看，职业资质与执业能力有时会有出入，毕竟南郭先生还是有的，参加培训无非是给自己镀镀金，酒宴上不经意地亮出来，慢悠悠谈起"当初我考品酒师的时候……"，反正有证在手，货真价实的品酒师，已然足够。

当然，瑕不掩瑜，真心热爱且又勤奋努力的专业人员，拿证实至名归，培训班是他们的必由之路，不经过培训，不拿到这个证书还真不行。

成为品酒师，入门并不难，但小庙以为其他一些职业，例如调酒师，门槛就应尽量高一些。

若把品酒师比喻成食客，那调酒师就好比是大厨，做饭的比吃饭的责任大啊，必须慎之又慎。

假如一位小青年，二十郎当岁就瓶瓶罐罐地给咱们调酒，咱能放心吗？可去商场里买瓶酒，哪里知道调酒师是十八岁还是八十岁呢？无从得知，再高明的品酒师也尝不出来。

品酒师也好，酿酒师也罢，在酒徒看来或许高深莫测，实际上和水电工、厨师一样，都不过是有职业资格的普通人。

酒徒若有兴致，求一本证书傍身当然可以，但仅限于品酒师，赏玩白酒足矣。至于其他，奉劝诸位还是别去学。好比吃货能当个美食家就很了不起，不必非要去做名厨。

古人云"身怀利器，杀心自起"，怕只怕学成归来，忍不住技痒，淘宝来这香那料的在家就干上了。自己勾调自己喝倒也罢了，可是有胆大的，平时鲜蛇泡酒都敢和别人分享，如今能勾调美酒，谁还能拦得住他炫技？忍不住啊。

"君子不立于危墙之下，焉可等闲视之。"防祸于先，还是离调酒技能越远越好。当然这话是说给酒友们听的，在酒行业里，有机会去多学一些技能的，还是应该尽量去学，艺多不压身嘛。

由此引来一个假设，会不会有人，能把这些证全集于一身呢？所有的证他全都有。理论上说，还真有可能，但那又如何呢？全才不如专才，都会等于都不会，韩昌黎云："闻道有先后，术业有专攻。"如是而已。

相信未来随着社会进步，法制更加健全，白酒行业进一步规范，从业人员素质提高，酒徒也会慢慢地舒心起来。

那时候，白酒必须在包装物上标明是否固态发酵，先画道线，把传统白酒和新工艺白酒区别开，酒徒们只要在符合条件的酒里选择谁的更便宜，谁的更好喝，那就简单了。

但是现在，与梦想的距离还很远，商家展现的信息往往有很多不可告人的埋伏，咱们很难从商品的外在辨别，凭口感更难对酒下结论。

一个酒摆在咱们面前，可以评价它口味善恶，却很难辨别酒质好坏，尤其是在人们对传统白酒普遍陌生的当下。

酒友早已习惯了新工艺白酒的浓妆艳抹，乍一尝传统白酒，都感觉怪怪的，觉得不好喝，有股怪味道，跟让喝惯了可乐的小伙子去喝茶一样，一时还真适应不了。

所谓的怪味道，不过是对传统白酒的陌生感，有别于以往的体验，所以用个"怪"字。

然而传统白酒本来就是这个样子，很难让人有乍见之欢，但只要你愿意去接近它，定会令你久处不厌。

可是，当我们品评传统白酒时，尤其是把传统白酒与新工艺白酒做对比时，不能仅仅通过口味辨别，把好喝的判断为传统白酒，不好喝的判断成新工艺白酒，那样的话，准确率会很低。

咱们不能以为只要是传统白酒，就一定会比新工艺白酒口味好。如果对比双方实力差距过大，在优秀的新工艺白酒面前，粗制滥造的传统白酒很容易就会被比下去。

事实上从口味来说，用高质量的酒精勾调出来的白酒，往往一入口，就令你赞叹。虽然它是模仿传统白酒，但它模仿得好，模仿得像。

卓别林参加卓别林的模仿秀，本人模仿本人，结果只得了个第三名，别人模仿的自己，比自己更像自己，哪说理去？

口味的对比，双方务必要实力相当，都要足够优秀才可以。问题是，新工艺白酒是显学，其中高手如云，大多数还是有文化的学院派，而传统白酒恰恰相反，更大的问题是，传统白酒的传承有断代。

有人以为，传统白酒工艺不难实现，到大酒厂去找找老师傅请教，他们一定会知道。这话如果放在30年前，是没有问题的，如今则问题很多。

您想想，酒厂里的老师傅，把退休后返聘的都算上，你能见到的年龄最大的，70岁算是可以的吧？如今一位70岁的老人，他参加工作的时候是哪个年代？

绝对不会早于20世纪60年代。假设他15岁就参加工作，也已经是1965年以后了，更何况那时是计划经济时代，没有民营经济，15岁就能进国营酒厂的，家庭条件一定很好，生产第一线估计看不到他。

就算找到一位80岁的老师傅，他参加工作也不会早于1955年。

参考一下白酒工业的发展历史，您可能会发现，这些老师傅，恰恰是第一代新工艺白酒的传承人。说难听点，他们也是传统白酒的掘墓人，起码是扛着铁锹干粗活的那部分。

现在去酒厂找老师傅学传统白酒，就好比你找个百岁老人谈唐朝，他对唐朝的认识未必比你多，因为他不擅长使用智能手机，百度不如你熟练。

现在很多第一线的传统白酒传承者，其实是传统白酒的再传弟子，并没有第一手的实操经验。在恢复传统白酒工艺的实践中，又赶上市场经济环境下新工艺白酒的大流行，很多人难免受影响，许多虽然是传统工艺，但做法不够地道，有麸曲、有串香、有短期发酵等等，酒的品质并不太好。

这样的传统白酒在口味上，是绝对比不过新工艺白酒的，毕竟新工艺白酒的全部功力几乎都用在了口味上。

只有优秀的传统白酒，才可以在口味上与新工艺白酒比高下、论高低。

虽然卓别林模仿自己只得了第三名，可卓别林就是卓别林，别人能模仿他的外表却无法复制他的灵魂，以及非凡的魅力。

优秀的传统白酒所具有的独特风味，再优秀的新工艺白酒也无法比肩。比如在白酒品评中，论香气大小，传统白酒在山腰；而论香气悠长持久，传统白酒凌绝顶。一杯酒放到第二天，酒香依然浓郁，新工艺白酒做得到吗？

酒徒品评传统白酒，并无太多复杂的条件限制，只有一点请诸君牢记，务必要有"醒酒"的过程。提前20分钟，倒入酒壶里，醒一醒。

小庙仅是个人体验，窖藏经年的传统白酒，"久在樊笼里，复得返自然"，必须要给她一点时间让她尽情地舒展舒展，才能焕发出她该有的魅力。醒与不醒，差别是极大的。

这是从红酒那里剽窃来的吗？不是。传统白酒历来要用酒壶，酒壶本身就具备醒酒的功能，只不过用惯了的东西没人认真去对待它。红酒的醒酒器，高大上得不得了，说穿了就是个酒壶的作用。

酒壶谁还在用呢？极少极少，如今想买个趁手酒壶都不是容易的事。现在都图方便，瓶装白酒拧开盖子就倒，倒不完还得赶紧把盖子拧紧，生怕跑了气。传统白酒不怕跑气，多跑一会才好呢。

传统白酒要醒酒，新工艺白酒才怕跑气，因为香精香料模拟出的香和味，与空气结合后衰减很快，往往一杯酒几个小时后就没味了。为了让香味持久，他们想过很多办法，例如"塑化剂"就能固定香气，使香气持久不散，但持久是相对的，新工艺白酒的香味无论如何持久，都无法与传统白酒比拟。

传统白酒的优点太多，新工艺白酒莫说超越，想接近都不容易，所以这传统白酒的旗号，白酒企业是不舍得丢的，还得继续扛着。

但有一些人扛着红旗反红旗，一边卖着新工艺白酒，一边不遗余力地对传统白酒进行批判。

有的说传统白酒不健康，有的说传统白酒太浪费粮食，最愚蠢的论点是诟病传统白酒口感不统一，做不到所有产品完全一致。大凡遇见持这种观点的，咱就给他鼓鼓掌，不要争论了，让他糊涂一辈子去吧。

传统白酒不同批次之间是不可能完全一致的。何止是传统白酒呢，所有的酒类都有这个特性。

比如1982年拉菲。1982年被称为波尔多地区的"世纪靓年"，这一年的酒水品质非常好。在我们赞赏1982年拉菲的时候，同时也接受了1981年、1983年等其他年份不如1982年这一事实。

这说明红酒的品质是不统一的，1981年的就可以和1982年的不一样，传统白酒为何就非得统一呢？不是嚷嚷着要走向世界，要让白酒国际化吗？吹捧拉菲的时候兴奋不已满面红光，怎么到了传统白酒这里就双重标准了呢？

事实上传统白酒不仅年份不同、品质有异，若是细分的话，同一批次的不同窖池也有不同。每一个窖池都是独一无二的，哪一个窖池哪一次的酿造会是最好的，谁也不知道，刻意地追求可能一无所获，确实要靠运气。

很多年以前，曾经有朋友包到一池子极品，我有幸尝过一口，美好的感觉难与人言；之后那个池子被追捧了不短的时间，却再也没有弄出先前那个味道。这或许就像1982年拉菲一样，天时地利人和，百年不遇的机缘巧凑。

如今回想起来，也可能是那一池子的酒出得少，大家都追捧却很少有人能尝到，有情绪渲染的原因在里面，好酒确实是好酒，但当时氛围也有所加分。

酒嘛，只要氛围、趣味到了，什么酒都醉人，怎么喝都舒畅。

小庙平生所遇最美的酒，是大概三四岁时，在夏日的夕阳下，小院子里的晚餐，四方小桌矮板凳，我高高地仰起头，迎来长者蘸在筷子上的那几滴酒。

恍如隔世，却常在心头。

话说从头

1952年秋末，第一届全国评酒会在北京召开。

当时酒类属于专卖物资，由财政部下属的中央税务总局管理。税务总局在各大行政区成立酒类专卖公司，其中的华北酒类专卖公司代行中央职责，咱们可以把它视为酒类专卖总公司。

首届评酒会，原本是华北公司召开的全国酒类专卖会议，由来参会的各地专卖干部们携带酒样，在会议后期评酒，评酒只是会议的议题之一。

在小庙看来，把第一届评酒会称为"品酒会"亦无不妥，因为它虽叫"评酒会"，却不是专门的评酒会议。各地专卖干部聚在一起，大家把各自的酒拿出来，一起喝一喝，品一品，风雅愉悦。恐怕当时谁也没想到，它会带来巨大的社会影响。小庙总以为，这世上许多惊天动地的大事，往往不过是一时兴起。

本届评酒会，只设"主持评酒工作专家"，分别是朱梅先生和辛海庭先生，没有其他评委。

当时辛海庭先生25岁，北京大学理学院化学系毕业，刚参加工作一年，还是风华正茂的年轻人。

朱梅先生曾游学海外，专攻酿造学。1936年学成归国，曾任职张裕葡萄酒公司技术副经理，主管酿造技术。1952年时，朱先生正值壮年，他作为海外归来的专家，又是华北公司的工程师，是本次评酒工作的主要负责人。

在朱梅先生和辛海庭先生的主持下，第一届评酒会评出了"八大名酒"，并将这八种酒命名为"国家名酒"。其中黄酒1种、葡萄酒3种、白酒4种，分别是：绍兴鉴湖加饭黄酒；张裕红玫瑰葡萄酒、张裕金奖白兰地、张裕味美思；山西汾酒、贵州茅台酒、四川泸州老窖特曲、陕西西凤酒。

1963年第二届评酒会，主办方换成了食品工业部食品工业局，格局大为不同，制定了评酒规则，从全国选了11位评酒委员，把白酒单独评比，不仅评选"国家名酒"，还评选了"国家优质酒"。酒徒常见的"名优酒"的称呼，就是"国家名酒"和"国家优质酒"的合称。

小庙曾粗略数过，在1987年以前，前四届评酒会，获得过"国家名酒"称号的共13种，获得过"国家优质酒"称号的共34种。酒徒熟知的"八大名酒"，就是指第二届评酒会评出的八种"国家名酒"，它们分别是：五粮液酒、古井贡酒、泸州老窖特曲酒、全兴大曲酒、茅台酒、西凤酒、汾酒、董酒。

这届评酒会，是白酒行业的转折点。在这次评酒会上，由于汾酒、茅台酒排名落后，从而引发具有重大意义的"汾酒试点""茅台试点"，中国白酒行业，由此进入新的历史时期。

1979年第三届评酒会，主办单位是轻工业部，汾酒、茅台酒"王者归来"，给第二届评酒会画了个圆满句号，并开启了新的历史篇章，中国白酒从此划分了香型。

在第三届评酒会以前，传统白酒是不分香型的，白酒的生产，只考虑怎么让酒好喝，重在口味而非香味，该什么样就什么样，顺其自然。而自第三届全国评酒会开始，中国白酒开始分了香型。

073

据辛海庭先生说，当时提出分香型，是因为评酒时不同香味的酒放在一起，香气大的总是盖住香气小的，为了品评方便，就先依照香味的不同大体分类，以便于品评和排位。

诸位酒友，香型并不是酒的评价标准，酒质有好坏，香型无高低。划分香型只是为了品评方便而对白酒进行分类的举措而已。那么，这个举措好不好呢？

划分香型的弊端，在当时就已经显现。例如西凤和全兴，在第二届评酒会上都获评了"国家名酒"，但是在第三届评酒会上，却落到了"国家优质酒"队列。据说一个是自己报错了香型，另一个则因为没有符合自己的香型，只好放到相近的香型进行评选而遭淘汰。

有关白酒划分香型的利弊，至今言论不一，有的干脆果断，如赖高淮先生说"白酒香型可以废除，我没有任何异议"；有的理性客观，如胡永松先生认为"不应该围绕香型谈香型"，范仲仁先生认为"要少香型、多流派"。

多数的反对者，观点集中在酒厂为了追逐"香"，而失去了原有的特色；只有共性，没有个性，束缚了白酒的发展和多元化。还有人说，白酒是嗜好品，不能简单地作为一般工业品对待。

在这些传言里，重若千钧的是，周恒刚先生晚年说过的："白酒在味不在香，再这样搞下去，中国白酒没有希望了。"

全国评酒会共举办过五届，周恒刚先生参与并主持了第二、三、四届。在第三届全国评酒会上，就是周先生首先提出按香型分类的举措，由此这届评酒会才把过去的混合编组，改为按香型分组进行评酒。

周先生为什么会提出按香型分类的举措呢？要交代清楚来龙去脉，将会是一个很长的故事，以后再谈。

周先生和耿兆林先生是这届评酒会主持评酒工作的专家，评酒委员共22位，熊子书、沈怡方、刘洪晃、梁邦昌、李大信等光辉闪耀的名字俨然在列。

第三届评酒会影响深远，中国白酒有了香型之分，但随之也带来诸多问题，例如香型到底该由谁来划分，划分的标准是什么，却没有官方规定。

客观上看，由于约束不够，香型划分的标准不统一，香型名称也比较混乱。有根据香味浓烈程度划分的，如浓香型；有根据香味所体现的口感特征划分的，如酱香型、芝麻香型；还有直接以产品名称命名的，如凤香型、老白干香型；还有类似"特型""陶香"这样的名称，到底都是什么香呢？令人费解。

白酒香型的划分或有利有弊，但它最初只是品评白酒的分类举措，小庙从不认为后来种种怪香的恶果，是第三届评酒会种下的恶因。

1984年第四届评酒会，以及1989年第五届评酒会，全由中国食品工业协会主办，亦是硕果累累，比如"芝麻香型"就是在第五届评酒会上被确立并定名的。

"芝麻香"这三个字，首创是沈阳老龙口酒厂。20世纪60年代初，他们产的一批酒因销售不畅存在仓库里，几年后打开，居然非常好。中央领导来沈阳，市领导用这批酒接待，意外获得很高的评价，调往北京2吨，定酒名为"陈酿"，说它是芝麻香。但后来折腾了几年，也没再搞出来那样的酒来，老龙口芝麻香昙花一现。

到了1989年，在第五届评酒会上，因麸曲酒特有的焦香，与焙炒芝麻的香气颇有相似之处，就把当年老龙口的"芝麻香"借用了过来，"芝麻香型"自此成为独立香型。

细数过往几十年间，中国白酒经历了天翻地覆的变革，其中最重要的里程碑，要数1987年3月22日，由国家经委、轻工业部、商业部、农牧渔业部，共同主持召开的"全国酿酒工业增产节约工作会议"，又称"贵阳会议"。这次会议对酿酒行业发展进行的规划决策，至今仍发挥着极为重要的作用。

会议提出，"必须坚持优质、低度、多品种、低消耗的发展方向，并逐步实现四个转变"。"四个转变"，即"高度酒向低度酒转变；蒸馏酒向酿造酒转变；粮食酒向果类酒转变；普通酒向优质酒转变"。

贵阳会议不仅提出了"四个转变"，并且还提出了具体的"措施要求"，其中有关白酒方面的具体措施，小庙摘录了《全国酿酒工业增产节约工作会议纪要》里的两段原文，咱们一起来回顾。

> 所有生产白酒的企业，要采取多层次、多结构、多品种的做法，普遍开展白酒降度工作，力求全国至少要有三分之一的白酒产品降下酒度10°；对55°以上的白酒除名优酒外，普遍要降到55°以下，白酒的降度要在不改变质量风味的基础上，以低酒度、低消耗、低成本三者一体来进行，要迅速大力研制和生产40°以下的低度白酒。要通过价格政策和税收政策，促进扶植低度白酒的发展，限制耗粮高、成本高、质量差的白酒产品生产。
>
> ……
>
> 对于液态法白酒，要进一步提高产品质量风味，提倡在保证质量风味的前提下，发展利用食用酒精采取串、调、勾法制造白酒的生产。

这两段话包含的信息非常丰富，比如说"对55°以上的白酒除名优酒外，普遍要降到55°以下"。从这句话来看，当时"名优酒"

里，起码有一部分是高于55%vol [1]的，不然为什么要把"名优酒"除外呢？而当年的那些名优酒，现在还有多少高于55%vol的呢？

"要迅速大力研制和生产40°以下的低度白酒"，小庙对这句话的理解是，当时可能还没有40%vol以下白酒，不然应该用"改造""完善"等字眼，而非"研制"二字。并且，不仅要"研制"，还要"迅速大力研制"，说明形势之迫切。

"力求全国至少要有三分之一的白酒产品降下酒度10°"，这句话耐人寻味，因为当时40%vol以下的白酒尚需研制，所以"三分之一"降下来10%vol后，酒精度不会低于40%vol。而如果降下来10%vol后，仍不低于40%vol，那么在降10%vol之前，就肯定高于50%vol。

并且，"三分之一"是"力求"要达到的数量，说明当时高于50%vol的，必然多于三分之一。究竟有多少，咱们不猜，仅从字面理解，最少会有三分之一是高于50%vol的。可是现在呢，每三瓶酒里面，会有一瓶高于50%vol吗？

至于文中所提倡的液态法白酒，其实早在1956年12月就已发轫，在《1956—1967年科学技术发展远景规划纲要》里，就把酒精改制白酒的研制列入其中。

1966年，熊子书先生主持临沂试点，总结串香法白酒技术，宣告用液态法生产白酒获得成功；1967年，熊先生又主持了青岛试点，总结调香法白酒技术，再获成功，液态法白酒百尺竿头，更进一步。

然而液态法白酒技术层面虽已完善，可是发展并不如意，熊先生回忆说"到了70年代，液态发酵白酒的研究成为热门课题，当时研究液态法发酵的白酒单位较多，发表的文章也不少，但是没有一家

1　本书采用现行通用的酒精度标注方式。

酒厂投入生产"。

　　直到1976年，熊子书先生协助河南张弓酒厂，试制38%vol浓香大曲酒，成为最早的低度酒厂家之一，算是从科研到应用的成功案例。

　　整个70年代，虽然串香法、调香法技术已经成熟，但市场上传统白酒、高度白酒依然是主流。据沈怡方先生讲，此前白酒都是以65%vol为标准酒度，直到70年代中期，始由高度向降度、低度白酒转化。

　　直至"贵阳会议"召开，一举把液态法白酒、低度白酒推动到一个崭新的阶段。

　　"观今宜鉴古，无古不成今"，回顾贵阳会议，当年对白酒所提出的措施要求，如今看来，可以说无一遗漏，全部得以实现。"高度酒向低度酒的转变"，不仅转变得成功，而且转变得彻底，包括名优酒在内，55%vol以上的白酒，再也难求。

　　现在液态法白酒，40%vol以下的白酒，是白酒总产量里占比最大的部分。究竟占比是多少，无法估量，没有精准的数字。

　　唯一能确信的是，我们的现在，就是曾经畅想的未来。

少喝点，喝好点

一

皖北小城酒厂多，酒徒也多。在小城酒徒看来，酒量大不算能耐，因为酒量大的人太多，一山还有一山高。传说中的"酒漏"，一顿三斤五斤像喝水似的，总也喝不醉，估计他自己也觉得没意思。

真正"能喝"的不是一次喝多少，而是一天能醉几次。早餐喝三两，一个上午精神抖擞；午饭大喝一场，醉倒小憩，醒来该干啥干啥；到了晚上杯到酒干，哪怕酩酊大醉依然酒酣耳热状态正佳。达到这个境界的，方担得起"能喝"二字，堪为酒神。

一片地方出个酒神不容易，从酒徒到酒神的路上有酒精中毒这一关，开饭时间不喝酒就没精神，手抖腿抖。

这一关很少有人跨得过去，不少酒徒都栽倒在这里，倒下去的这些好汉，小城土话叫"喝烂酒的"。"烂"字可通"滥"，见酒就喝，逢喝必醉，是酒鬼。有位小老弟，三十岁不到，多年前骑着摩托车走街串巷，等红绿灯的空隙，从兜里掏出来小酒壶，咕咚咕咚就是二两下去。

小老弟爱酒如斯，酒量自然也大，一顿一斤多酒不在话下，可无论谁请客，都不愿邀他作陪。他在任何场合眼里都没别人，只盯着酒瓶子，菜没上桌他已经把酒倒杯子里等着了，东家端起杯子刚想寒暄两句，小老弟半斤酒已经不见了。也不懂什么客套应酬，但凡有酒先得把自己整醉了。目的简单直接，就是要"把头搞晕"，不喝醉了不高兴。他算爱酒人吗？非也，他那喝的不是酒，酒是他的药，其实他是爱自己。

而酒神则不同，令人起敬的民间高手，任何场合皆游刃有余，一桌子人别管你多大酒量，都能奉陪到底，从不过量出丑。不过呢，当一个人在家独酌时，却常常把自己灌醉了。

有一位老同志，是公认的酒神，人前没醉过，从不出洋相，好饮但不滥饮。平常开包花生米，倒一茶缸白酒，从《新闻联播》开始能喝到《晚间新闻》结束。

"醉里乾坤大，壶中日月长"，这喝慢酒的功夫，最能体现酒徒是爱酒还是爱自己。爱酒者沉浸于酒之美，一杯又一杯，根本不舍得醉。

慢酒喝的才是酒，能沉下心来喝慢酒的，小庙从来都很钦佩，可自己总也学不来。

犹记当年，街头巷尾都是小商店，进门一列柜台，掌柜的柜台后面一坐，面前放一小杯酒，从早上开张到晚上收门，酒杯里面不会空，隔一会儿嘬一口。没有下酒菜，就算偶尔弄点花生米，也藏得严严实实的，绝不会放在明面上，你啥时候去，那柜台上都是干干净净，只放一杯酒。

他们从早喝到晚，打烊后上好了门板，临走把杯中余酒一饮而尽，回家吃了晚饭倒头就睡，这也算爱喝慢酒的共同点，每天既早睡也早起。

如今想来，这慢酒功夫应该也和那时单调的生活有关，没手机没电脑，电视也是很稀罕的东西，一个人坐在柜台后面干点啥呢，干啥都不如喝点酒。

　　大凡这样的酒徒，酒量不见得有多大，酒德也未必人人嘉许，但长期从早喝到晚，品酒确实都有一套，酒与酒的细微差别，他们可谓浅尝即知。

　　这些爱喝慢酒的，还都有共同嗜好，爱杯子。用惯了的杯子珍惜着呢，万一被谁给摔了，那可得伤心一段时间，酒杯是他们最好的朋友。

　　杯子无须名贵，虽也听闻谁有古董杯，但从没看见过。见过的皆是小城常用的"酒盅"，多是瓷杯或玻璃杯，每盅半两上下，普普通通。

　　他们喝完了酒，习惯认真仔细地洗杯子。装过酒的杯子不能见热水，哪怕是用温水洗，都会有持久不散的酒臭味。因此不管天多冷，都要把杯子放冷水里泡一会儿，再用干毛巾使劲擦，擦完顺手包起来，第二天打开就能用。

　　杯子务必要擦得锃光瓦亮，早上来到店里，里里外外打扫完卫生，好整以暇地把酒杯朝柜台上一放，满满地倒上酒，赏心悦目，不由得人不爱它。

　　日复一日，年复一年，酒是喝了一坛又一坛，毛巾也换过好几条，而杯子还是那个杯子，日月轮换间就和杯子有了感情了。

　　一个爱喝酒的人，假设一天半斤量吧，一年起码要180斤，按照常规算就是30箱，再假设连喝了十年，那可就是300箱，堆在一起也很是壮观啊。可不管喝过多少酒，都是这个杯子一口一口伺候着的，怎么会不珍惜呢，怎么能不爱它！经常有老人说，别看我这杯子普通，可陪了我半辈子了，给我十箱茅台都不换！

　　其实咱百姓居家，也一样爱杯子，用惯哪个杯子就常用哪个杯子，万一哪天没找到，酒就喝不出味来，非得翻箱倒柜找到了才罢休。爱酒之人都爱杯子，只不过呢，不如喝慢酒的人对杯子的感情更深、更真挚。

二

爱酒之人，与酒为友，相处融洽的话，漫漫人生长旅，还真是个不错的伴。

酒喝得高明，是以酒为辅，以酒来调节自己，让酒把自己伺候得舒服、高兴，有她其乐融融，无她自在安宁，这是高手、是酒神。

若是翻过来，成了你伺候她，到点就得喝两口，不喝醉了不高兴，以酒麻痹自己，则是低手、是酒鬼，是中了酒的毒。

"酒是穿肠毒药，色是刮骨钢刀"，若是中了酒毒，开始是不喝酒吃不下饭，后来喝了酒不想吃饭，到最后宁可不吃饭，也必须要喝酒。"有酒胆，无饭力"，大凡到了这个层次，用不上几年，多数大病一场甚至性命堪忧，足为爱酒者戒。

爱酒不能痴迷酒，酒于酒徒，只能算是爱好，是消遣、是娱乐、是玩。

众生皆苦，谁不需要点爱好呢，喝酒打牌唱歌跳舞下象棋……不爱这个爱那个，任谁都逃不脱，都得给自己找点乐，要不然，这人生无趣得紧。

爱下棋的未必能成国手，爱写字的也不一定是书法家，爱酒则更需低调，因为就算泡到酒坛子里，也不可能把酒量练到天下第一。

可总有酒徒爱逞能，执着于和别人比一比酒量高低。其实吧，酒桌上拼来又拼去，你能赢得到的，不过是让爱你的人们伤心。

酒徒不该比酒量，要比就比谁命更长，比谁能把酒喝到老。

爱酒得法，有益身心，鹤发童颜的老酒徒最令人羡慕，大多这样的老神仙，都爱喝慢酒，量也不大，但喝得讲究，喝得美。如同坐在柜台后面的老掌柜，朝云暮雨一杯酒，安然与自己相处。酒于他，只是私密爱好，其中欢愉，唯自己才能体会。

酒酣之际，不悲不喜，沉醉甚至幻听，悄声自语，像是从别处传来。那个时刻很曼妙，仿佛灵魂蜷缩到躯壳的最深处，静静的，像只猫。

三

如果人生能剪辑，只留下美好的片段，那片长可能只剩一瞬间。去日苦多啊，"不如意事常八九，可与言者无二三"。幸好还有杯中酒，不管生活压力多大，遇见多闹心的事，举杯的一刹那，如释重负暂得片刻欢愉，就像久游水底的鱼，总要偶尔露出水面，探出头来，呼吸！呼吸！

"从前种种，譬如昨日死；从后种种，譬如今日生。"三杯过后，再看人生不过如此，"除死无大事"，没有什么过不去的，也没有什么放不下的。

所以这酒啊，不光是个爱好，她还是咱的精神寄托，因她而对这美好人间无限眷恋。

哪怕科学一再告诫我们，酒会给人带来危害，我们也不必完全理会。喝出毛病的是酒鬼，绝非爱酒人，酒好酒坏，在人不在酒。

大凡能让人上瘾的，哪一样没有危害呢？烟、酒、茶、咖啡、槟榔、奶油、蛋糕、咸鱼、腌肉，甚至咱自家腌点小咸菜，理论上说也是有害的。可咱老百姓才不管那么多呢，今天就有许多机会死，何必担心明天才要命的病。若只从科学的角度来取舍，这不能吃、那不能喝，咱小老百姓还有什么乐趣呢？

"酒为百药之长"，爱酒得法，有百益而无一害，"开胸膈之痞塞，通经络之凝瘀"。何谓"得法"呢？小庙以为，爱酒莫求醉，少喝点、喝好点，喝出健康来。

酒能喝出健康吗？我觉得能。无论中医西医，都不能反对健康的首要条件是要保持心情愉快吧。而酒，恰恰就能让咱心情愉快。

当然，若真被科学吓住了，戒酒的办法也不少。戒酒是极有趣的事，能跟自己过不去，并且还胜利了的人，最是令人起敬。总说人要战胜自己，可能做到的真不多。没有谁能给咱们一个普世方法，让咱能克服自身缺点和欲望都成为完人，要不然怎么有"修炼"一说呢。窃以为，能成功戒酒戒烟的人，也完全有能力成为一代高僧。

戒酒，最好的办法是爱酒、惜酒。多思考酒的酿造、多实践酒的窖藏、多琢磨酒的喝法。

从谷物到美酒，一放许多年，无数心思花在里头，你还舍得滥饮吗？家有美酒精雕细刻，任槛外浓妆艳抹，庸脂俗粉你还下得去口吗？

人呐，得把爱好弄精致了。

四

酒有三赏。

一曰赏花，每年农历二月，惊蛰后桃花盛开。这时节春寒料峭，最是乍暖还寒时候。邀三两好友或携荆妻幼子，至山中野外，寻一树桃花，陈年老酒佐淡淡春风，微醺时候息语凝思，感受万物复苏，泥土芳菲。

二曰赏雪，"晚来天欲雪，能饮一杯无"，刘十九闻白居易此问，焉能无动于衷。冬夜寒彻，雪落无声，知己好友围着火炉烫壶酒，浅酌三杯，感天地悠远、今古浩荡，醉人的又岂止是酒。

三曰赏月，赏月最宜秋夜水边，"星垂平野阔，月涌大江流"。平生所愿，望能秋夜泛舟洞庭，带一坛好酒，醉入张孝祥的境界，"尽挹西江、细斟北斗，万象为宾客，扣舷独啸，不知今夕何夕"。

咱一介百姓，日出而作日落而息，没有大起大落也没有大悲大喜，能安安稳稳、平平淡淡，有点小爱好，把日子过得安宁，一辈子匆匆过去，夫复何求。

五

小城酒徒，虽粗犷亦不失精致，如春酒以后，改酒者渐众。

所谓改酒，即各种泡酒尔。小城虽为"中华药都"，可泡药酒的却很少见，或因深晓其中关隘吧。

改酒多用酒头，但非科学意义上一甑酒的头两斤，而是泛指一甑酒前面二十斤以内。酒越靠前，度数就越高，头二十斤内，酒精度一般不低于68%vol。

泡酒用的酒，度数一定要高点，尤其是泡桑葚、杨梅等浆果，果实本身水分大，酒的度数若低了，泡出来口感寡淡，不好喝。当然也可以减少比例，酒多点，水果少点，但那样度数虽然合适了，可水果的味道就不足，喝起来也很无趣。

小庙喜用各类浆果泡酒，尤其爱杨梅，一上市就赶快买，最好是刚从树上摘下来的，清水放盐浸泡一会儿，晾晒一晚，放到窖藏两年以上的酒头里。半年后，酒呈鲜艳的红色，口感酸甜，特别平滑。虽然用酒度数高，但此时口感也就40%vol的样子，毕竟泡水果，等于是朝酒里加果汁嘛！可口味虽鲜柔，酒劲却没减多少，只是醉得慢，但会醉得更沉。

小城酒徒，多爱花卉泡酒，如桃花最受女子欢迎。春暖花开之际，大姑娘小媳妇们找棵桃树，树下铺条毯子，抱着树干摇。从摇下来的花叶中，捡出一瓣瓣完整无缺的，放进小坛子里，泡上一两斤或者两三斤酒。就等着到过年时候，衬映着窗外积雪，和姐妹们围着炉火品尝春天，说说笑笑，打打闹闹，谈谈过去一年里的快乐与哀愁。间或聊到一些小委屈，也不吝掬一捧香泪，倾诉到伤心欲绝。而待到酒罢宴撤，醉眼朦胧地搂着闺蜜作别时，却小声耳语，一字一顿："今、天、我、是、真、高、兴!"

酒徒泡酒，百无禁忌，泡花、泡叶、泡果，甚至有用蔬菜泡的，曾有小友居然用凤爪泡，美其名曰酒菜合一。既有酒又有菜，两全其美，当然结局很失败，至今羞与人言。

小庙年轻时最喜欢的，是泡樱桃。那时少男少女，于春夏之交，去城外的乡村摘樱桃，一路欢歌笑语。樱桃摘回来，用井水反复冲洗后，按照个人口味不同，一比一或二比一的比例泡进老酒中，封上坛子。

等到了秋天，把春天泡的樱桃酒拿出来，呼朋唤友，三三两两地找个草地一坐，你一口我一口，看着夕阳等星星出现。

往往不经意间，就被一缕清风，拨动了心弦。

传统白酒的显著特征

传统白酒度数有下限，下限是55%vol，低于55%vol时，香就淡了，味也寡了。

若酒精度低至50%vol以下，不仅味道差，而且酒色浑浊不堪，像饺子汤似的。降度即浑浊，此即所谓"浊变"也，是检验传统白酒的重要方法。而降度，常见方法就是加水，酒厂行话称之为"加浆"，所以只要是传统白酒，加水必浑浊。

但请诸君留意，加水法检验的是"加水不浑浊的，绝不是传统白酒"，并非"加水浑浊的，就肯定是传统白酒"，这两个意思差得远着呢。就好比，咱们说的是"没有馅的不是饺子"，千万别理解成"有馅的就肯定是饺子"；咱们说的是"没有水印的是假钞"，千万别理解成"有水印的就肯定是真钞"。

加水法是排除法，加水浑浊是传统白酒的显著特征，如果一个酒无此特征，那就是自证其伪，可以毫不犹豫地从传统白酒队列里排除掉。尤其对于那些号称传统白酒，一本正经说假话的，加水法就像是照妖镜，是人还是妖，镜下现原形。

为什么传统白酒加水会浑浊呢？

"引起白酒浑浊是由酒中高级脂肪酸及其酯类所造成的，即油性成分（包括杂醇油在内）。……棕榈酸、亚油酸、油酸等高级脂肪酸在酒中形成浑浊能力较小，在酒中形成浑浊的主要罪魁祸首，是这3种高级脂肪酸在窖内发酵，经酵母菌酯化而生成的高级脂肪酸乙酯。……高级脂肪酸乙酯是醇溶性的，而不溶于水。……醇少水多，很容易被析出而形成浑浊。"

这段话发表在《酿酒科技》1995年第4期，作者是周恒刚先生。试问白酒业内，无论是谁，周先生的这段话有人敢反驳吗？

此外，秦含章先生也在《现代酿酒工业综述》里发表过一段话："当白酒稀释降度后，由于酒精本身的溶解性能降低，因而立即出现乳白色浑浊，失去原来酒度时所呈现的透明度。"

可见白酒加水浑浊没错，如同喝开水烫嘴、吃太多会撑，是简单事实。秦周二位的原话都抬出来了，咱还有什么可说的？

又何止秦周二位呢？沈怡方先生在著作里也曾谈及："在传统固态发酵法白酒的生产活动中……随着高度白酒的加水降度，出现了白色浑浊物。"

赖高淮先生说得更实在，他说："加水过量蒸馏白酒就浑浊，这是中国白酒的属性和特征，否则它就不是中国白酒了。"赖先生硬气、有担当，说得既直接又果断，毅然决然！

列举出这几位老先生的言论，用来证明传统白酒加水必浑浊，算不算是重锤？实际上，对此发表过公开言论的，又何止是这几位酒界高山呢。随便翻开哪一本与此相关的资料文献，都有明确记述。比如《食品发酵与酿造》，是高等教育"十三五"规划教材，书里面就说了："高度白酒加水降度后立即产生乳白色浑浊。"

如要一一列举，就小庙手头掌握的资料而言，不同版本的教材拿出几摞来没啥困难，可炫耀这个没意思，窃以为就证实加水法来说，有以上佐证就足够了。传统固态法白酒加水浑浊，明白无误。

这个现象又是怎么引起重视的呢？还得从周先生的论文里找线

索。文章说："采取固态法生产的白酒，经兑水而成低度白酒。此法面临两项问题：一是白酒降低酒度以后酒味淡薄；二是降度以后出现浑浊，除浊以后酒味更加淡薄。"

原来如此，是为了生产低度白酒，给高度白酒加水降度，由此加水浑浊的问题才引起了重视。

为什么加水浑浊的现象，生产低度酒的时候才引起重视呢？因为在没有低度酒之前，白酒都是高度酒，高度酒透明清澈不浑浊，谁去重视加水浑浊现象呢？重视它有什么用！

那既然加水会浑浊，为什么不能直接蒸馏成低度酒呢？岂不是就不用加水了？

这个问题咱都多余问，专家们哪能连这都想不到呢。实践证明，直接蒸馏成低度酒的话，酒中的香味平衡会被破坏，口味直线下降，根本不具有白酒应有的风味特征，并且白酒的蒸馏，酒尾以后的酒是什么样，大家也都清楚。所以低度白酒的生产，只能以高度酒降度，不能直接蒸馏而成。

结合周先生的文章，咱们能看出来，生产低度酒，要把高度白酒兑水降度，结果降度后不仅酒味淡薄，并且出现了浑浊现象。除浊以后，酒是清澈了，但酒味更加淡薄。小庙理解"更加淡薄"这四个字，是指比淡薄还要淡薄。

酒味淡薄的原因容易理解，引起浑浊的高级脂肪酸乙酯呈胶状，能带来圆滑感，使人感到酒味浓厚，同时对香味也起到协调作用，若把它从酒中去除，以使酒恢复清澈透明，则必致酒味淡薄。

那么，后来有没有解决这两个问题呢？就小庙的观察，仍然没有圆满解决，如今可能已经放弃解决了。

浑浊的问题好解决，可以把酒冷冻，然后把冷凝物滤出来，因为高级脂肪酸乙酯遇冷凝结。也可以降度后过滤或吸附，如传说中的活性炭就擅长干这个。但是，不管用什么方法，解决浑浊的同时，酒味淡薄的问题就出来了。

顾此失彼，要清澈就没酒味，要酒味就不清澈。跳出来一看，清澈透明没酒味，那不就是食用酒精嘛，还麻烦那些劳什子干吗！尤其到了20世纪90年代中后期，新工艺白酒大行其道，用固态法生产低度酒的话题就绝少再听到了，其中缘由，诸君意会。

用固态法生产低度酒而引起的技术难题，成了酒徒鉴别传统白酒的手段，加水法是歪打正着，不过却特别管用。

但得申明，加水法于低度酒不起作用，鉴别的对象只限于高度白酒，因为咱们说的是，加水法是传统白酒的显著特征，而传统白酒是没有低度酒的。并且，所有的低度白酒，要么是新工艺白酒，要么原酒降度时已经除浑，加水必然不浑浊。

咱们只能说，只要50%vol以上的白酒，如果加水不浑浊，就肯定不是传统白酒！也可以说，所有低于50%vol的白酒，都不是传统白酒。

可又有人说了，很多"大企业"有钱，买得起设备，就算是高度酒，经过了设备的处理照样加水不浑浊。要知道在白酒的生产中，只有降度产生了浑浊现象，除浊设备才有用武之地，而生产50%vol以上的白酒时，本来就清澈透明不浑浊，他为什么要处理呢？难道就为了让加水法无效？

况且，飞天茅台加水都浑浊，它怎么不处理？还有比茅台更大更有钱的酒企业吗？成本省都省不过来呢，你会再去添一项？还不惜冒着破坏酒味的风险？真担心他累坏了豌豆大的脑子。

当然，非要给"处理"找个理由的话，也有。防止遇冷凝结啊！不然的话，北方冬天寒冷，万一酒冻着了，消费者一看酒里面棉絮似的，会投诉的。好杠喜欢抬！最爱言之有物的争论。

　　如果酒企业这点都想到了，小庙先赞一个，好！接下来再说难听的话。如果是为了防止冷凝而处理了酒，那么，高级脂肪酸乙酯本来起到呈香呈味的作用，处理掉它们以后，则必然香味淡薄，那又是如何解决的呢？你的酒虽然不浑浊但是酒味还很好呢，是不是也"处理"了？怎么处理的？除了加东西去弥补之外，还会有其他办法吗？白酒工业又不是玄学。

　　处理了引发浑浊的物质，又添加补充了香和味，那么，它还是传统白酒吗？别说后来补充香味，就算仅仅处理浑浊，就已经改变了酒的属性。拉个双眼皮都不再是天然美女，更别说整过容了。或许整了容更好看，但咱谈的是天然不天然，不是好看不好看。

　　加水不浑浊的绝不是传统白酒！小庙到如今依然斩钉截铁，绝对不含糊。并再次强调，加水浑浊的，并不全是传统白酒。

　　这逻辑一点也不绕，加水法是排除法，加水浑浊是传统白酒的显著特征，无此特征的，就是自证其伪。加水法的作用，就是把明显不是传统白酒的排除掉。

　　那么加水浑浊的里面，又有哪些是哪些不是呢？至于这些嘛，咱们还有其他方法来肯定或否定，不过那又是另一个话题了，按下不表。诸君也别追着问，谁不给自己留几手小花招呢，说不定哪天就用上了，如同孙行者的救命毫毛。

　　有兴趣的酒友可以做实验，向传统白酒里加纯净水，慢慢加水，轻轻摇一摇，酒会逐渐变混浊。新工艺白酒则不然，怎么加水都清澈，就是因为酒中缺少了高级脂肪酸乙酯。高级脂肪酸乙酯，是高级脂肪酸与醇结合而来，在漫长岁月中使酒产生绝妙的变化，传统白酒缺了它是万万不行的。

　　此外，也可把酒放冰箱冷冻来验证，根本原理是一样的。原酒遇冷，脂类会析出，行话叫"冷凝"，先是蒙蒙的一层，其后凝结成絮状物在酒中漂浮，轻摇一下，絮状物分散飘洒如飞尘。而新工艺白酒，冻多久也看不到变化。

当然，基于白酒行业现状，诸君可能试上几十次，也没见到哪个酒加水变浑浊了，冷冻成絮状了。您想想，如果超市里随便买瓶酒，加水即浑，遇冷凝结，那小庙还码这些字干吗呢？不要灰心，继续试，早晚会遇到的。

传统白酒，酒少水多必浑浊，加水法没问题。可又有人说了，新工艺白酒如今也有办法让它加水浑浊，高级脂肪酸乙酯而已，给它另外加进去，不过增加点成本，太容易办到了。还别说，有迹象表明，确实已经有人在动脑筋了，道高一尺魔高一丈，聪明得很。

但小庙以为，不能因为社会上有假币，咱就把真钞给废了吧！

所以说，加水法依然有效。

白酒窖藏概要

"酒是陈的香"，白酒需要长期储藏以改善风味口感，这个改善的过程，就是酒的老熟陈化过程。

传统白酒的老熟，关键因素分为外因和内因，外因是物理因素，主要是三个方面：光、温度、空气。三者都会给白酒的老熟带来重要影响。在白酒窖藏中，要避光、避严寒酷暑、避漏气跑气。

内因是化学因素，是指酒本身产生的变化。酒中的主要成分是乙醇和水，两者都是极性分子，有很强的缔合能力，时间长了会构成大的分子群，乙醇分子受到束缚，刺激性减弱，会令人味觉上感到柔和；而香味成分，会起到氧化、酯化和还原作用，增加酒中有机酸和酯类物质，使香气浓郁，口味醇厚。

这些聊起来极其无趣，酒徒对老熟陈化的原因可能并不关心，原因不重要，重要的是该怎么办。怎么办呢？归结起来就一句话：装起来放着！

用什么装呢？细说起来比较复杂，白酒的传统储具有两种：酒坛和酒海。

酒海所用材料南北有别，北方用荆条，南方用竹篾。把荆条或竹篾编织成筐状，用猪血拌石灰调制成泥，成为具有可塑性的蛋白质胶质盐，把桑皮纸或麻纸裱糊在内部，遇酒精形成半渗透的薄膜，透水不透酒。在很久远的以前，酒海是使用最广泛的贮酒容器，酒厂用的都很大，储酒多，所以叫"酒海"。普通百姓用的比较小，编织成箩袋状，称之为"酒篓"。

酒海找点荆条竹篾就能做，成本低廉，储酒量又大，但是储酒效果却不如酒坛好，血料容器容易有异味，是最令酒徒头疼的事。为什么非要用酒海呢？归根结底还是酒坛使用成本高，莫说酒徒，甚至酒厂都不怎么用。

酒坛越大成品率越低，运输又极其不便，价格必然昂贵。其实又何止是酒坛呢，那时候只要是陶瓷用品，都非常珍贵，谁家里要摔破个碗，是不舍得扔的，得找专门的"锔匠"把它修补好。鲁迅先生《风波》一文里，六斤手里的空碗掉在地上，破了一个缺口，七斤气得一巴掌打倒了六斤，跑到城里用了十六个铜钉才把碗钉合好，铜钉三文一个，总共花了四十八文小钱。

如今谁家的碗摔破了还会去修呢？就算锔匠还有，干半天修个碗，该给多少工钱？够你买一堆的了。酒海酒篓，就像锔匠手艺一样，如今只适合用来观赏，实用价值微乎其微。

酒海不再具有实用价值，传统储具就只剩酒坛。酒坛材质要求用素陶土，因此称之为"素陶坛"，产地主要在江苏宜兴、广东佛山和四川泸县。宜兴的陶土颗粒较粗，佛山和泸县的较为细腻。素陶坛是网状微孔结构，窖藏时酒会从微孔中挥发，有时坛体会有轻微的湿润感，称之为"冒汗"。素陶坛无釉，因此塑型不易，成品率非常低，储酒后还会有一定的损耗，所谓"皮吃"，意即酒会浸入到坛体材质里。

酒徒自家窖藏白酒，素陶坛当然是上上之选，可合格的素陶坛并不容易买到，寻常能见的多是土陶和瓷，尤以瓷最多见。瓷器，毋庸置疑是咱中华文明的瑰宝，然而用瓷器藏酒当否，尚待商榷。

从食品安全来说，在 GB 12651《与食物接触的陶瓷制品铅、镉溶出量允许极限》里，根据器物的大小、形状、使用性质不同，理化指标不一，如铅的溶出量从 ≤ 0.5 mg/L ~ ≤ 7.0 mg/L 不等，镉的溶出量从 ≤ 0.25 mg/L ~ ≤ 0.50 mg/L 不等，分成了十个不同的等级，试问酒徒如何搞得清？

稳妥起见，如果找不到可靠的素陶坛，最好的替代用具是玻璃制品。从理化指标来看，玻璃制品优于陶瓷制品，比如"大空心制品"，《食品安全国家标准 陶瓷制品》里，规定铅 ≤ 1.0 mg/L，镉 ≤ 0.25 mg/L；而《食品安全国家标准 玻璃制品》里，则规定铅 ≤ 0.75 mg/L，镉 ≤ 0.25 mg/L，两相比较，玻璃的理化指标优于陶瓷。

这还必须是"食品接触用陶瓷制品"的理化指标，如果是非"食品接触用陶瓷制品"，理化指标相差就更大了。瓷器的品类又实在是多，比如常见的青瓷器，就分为日用青瓷器、陈设艺术青瓷器、纹片釉青瓷器、青瓷包装容器，有的可以藏酒，有的不可以藏酒，酒徒哪能分得清，哪是哪不是呢？不如干脆用玻璃的，不仅安全而且价格便宜，与瓷器比起来，玻璃制品跟不要钱似的。

用玻璃制品藏酒，无须担心"透气性"的问题，要知道除了素陶坛，别的任何材质都无"透气性"可言。道理很简单，瓷器经过高温烧结后，釉面已经形成玻璃质，跟用玻璃制品几乎是没有差别的。

若是实在忍不住非要用瓷器，咱拦不住，只提请留意，泡清水后晾干，闻一闻可有气味，只要有气味就坚决不能用，不管是好闻的气味还是难闻的气味。

再多言几句，不管买来哪种储具，那卖家标配封口盖上的塑料胶垫一定要去除，千万别用，切记切记。此外，更别图方便用带龙头的，所有的龙头都有金属镀层，把金属镀层浸泡在酒中，必然会对酒质产生影响，并且长期浸泡后镀层还容易脱落，结局会很惨烈。

总之酒徒贮酒，素陶坛为上、玻璃次之、瓷器再次之。素陶坛于酒的老熟陈化最为有利，但熊子书先生当年曾言，用陶坛储酒，每年白酒耗损为 3%～6%，更高可达 9.7%。几十年过去后，从实践中来看，如今白酒窖藏不管是用陶、玻璃、瓷、不锈钢，还是其他任何材质的储具，每年损耗普遍在 1.4%～4% 之间。

只要是白酒窖藏，损耗在所难免，如果一坛酒真放了几十年，结果一想便知。可酒厂在宣传上，从来不提这茬，都是不厌其烦地告诉我们，他的酒都是动辄放了几十年的好东西。

当然，真逼到角落里时，他也有托词，他会说三十年窖藏并不是指真放了三十年，而是酒的口味与窖藏了三十年的口味很相像。这么解释也说得通，因为新工艺白酒原本就是模拟原酒的口味，和多少年的口味相近就可称为多少年。

但问题是，谁又知道真正的三十年是什么口味呢？到底像不像，根本无从查考。小庙谈这些是想说对年份的盲目迷信，延伸出了一个重要问题，不光是消费者，甚至连很多酒企业都真的以为，白酒储存的时间越长越好。

白酒的储存时间，是不是真的越长越好呢？小庙明确地告诉大家，不是！

曾经，小庙也相信"时间越长越好"，因此年轻时候没少藏酒，可二十多年过去后，把当初的酒拿出来一尝，结果很令人意外，越品越不对劲。所以才去找原因、找答案，毕竟仅以自己的体验做判断是不可靠的，还要看看专家们怎么说。

在《白酒生产技术全书》里，有关的论述是："并不是所有的酒都是越陈越好"；《白酒酿制配方创新新工艺应用于勾兑窖藏新技术及生产定额质量评鉴手册》里，用的句子是"绝不是所有的酒储藏期越长越好"。

　　还可以举出第三本、第四本，以及很多本的白酒专业书籍，在此问题上，几乎全都含糊其词，"绝不是所有的""并不是所有的"……这些书籍看多了会发现，其中很多内容都是抄来抄去，雷同的内容非常多，由此引发疑问，"并不是所有的"这个提法，最早出自哪里呢？

　　小庙是外行，仅从目前掌握的资料看，"并不是所有的"这个提法，最早出现在1981年《黑龙江发酵》里的一篇文章，题目为《关于蒸馏酒贮存老熟的情况》，作者是熊子书先生。1963年轻工业部发酵所成立白酒组，熊先生任组长，熊先生言论的重要性不言而喻。

　　他在文章里说："如果生产的原酒，酒质较差，虽经贮存，也不会变好的。对于白酒老熟也应该有个限度，并不是所有的酒都是越存越好，如老熟过头，其质量和风味也不一定好。"

　　诸位请看，"并不是所有的"这句话是有所指的，是说只有好酒储存后会变好，质量差的储存没效果。并且熊先生也明确表示，如果老熟过头，其质量和风格也不一定好。"老熟过头"，这四个字表达什么意思呢？请诸君细品。

　　熊先生这段论述，时隔十五年，在1995年出版的专著《中国名优白酒酿造与研究》中，又再一次提及，书中他说："如果生产的原酒，酒质较差，虽经贮存，也不会变好的。对于白酒老熟也应该有个限度，不是所有的酒，经过贮存，就会变好的；更不是所有的酒都是越陈越好，如老熟过头，其质量和风味也不一定好。"

　　所言论点没有变化，但在本书中，何为"好酒"，熊先生给出了明确的定义："酒度为50°～65°，常以酒度高，香气纯正，口味醇和，无邪杂味者为好酒。"达到这个条件的白酒，才是可以长期贮存的好酒，并再次重申，白酒老熟要有限度，不能令其老熟过头。

　　又过了五年，在2000年《酿酒科技》第三期里，熊先生发表署名文章，文章题为《中国白酒贮存老熟的研究》，文中他再次说明：

"贮存老熟要科学合理，一般掌握在1~3年。但贮存的白酒，如酒质较差，虽经贮存，也不会变好的。对于白酒老熟也应该有个限度，不是所有的酒，经过贮存就会变好的，更不是所有的酒都是越陈越好，如老熟过头，其质量和风格也不一定好。"

熊先生20年内，两篇文章一部专著，有关白酒贮存的结论是相同的。咱们把它们找出来是想证明，后来有关白酒窖藏时间的"绝不是所有的""并不是所有的"等说法，都应该是以此为依据的。

为什么要以熊先生的论点为依据呢？咱得把来龙去脉捋清楚。

国家层面对白酒老熟的探索源于1953年，当时地方工业部部长沙千里向周总理汇报工作，周总理对他说："你们八大名酒的质量有所下降，应该注意。"沙部长回答周总理："质量确有下降，主要原因是酒的贮存期太短。"后来经过研究决定，八大名酒贮存期暂定为3年。

1955年，北京召开了第一届全国酿酒会，会议正式规定了白酒的贮存期，名酒为3年，优质酒1年。

很多年过去后，20世纪70年代有位记者在贵州采访，发现某酒厂酒库地面湿润，尤其是用陶坛贮酒，漏酒的情况更为严重，据说漏出的酒都能洗脚。于是这位记者写了一份内参材料，引起中央领导的重视。

1980年，轻工业部把"大容量贮酒容器研究"列为重大课题，熊子书先生任课题组组长；1985年，又把"白酒贮存老熟机理的研究"课题，也交给了熊先生主持。

诸位，那可是计划经济时代，动用国家力量完成的大规模科学研究！熊先生对白酒贮存老熟的言论，是研究成果的总结，是权威论述。试问天下爱酒人，谁能视而不见？谁又能不以此为凭呢？

其实，就算忽略前辈们的科研成果，也不管专业书籍里如何定义，咱们脱离实践，抽象地来看这个问题时，我们会发现有一个事实无法否认，那就是"酒的储存时间越长，酒精损失越多"。

大家知道酒如果不密封，一两天后就没酒味了，这是因为乙醇氧化成乙醛的原因。那么，当密封储存的时候，酒与空气隔绝，还会不会降度呢？肯定会！几乎没有谁在窖藏白酒时，把酒灌得满满的，一点空隙也不留。密封后，只是与酒坛外的新鲜空气隔绝，酒坛里的空气还在。

更何况水是由2个氢原子和1个氧原子组成的，虽然水分子中的氧原子很稳定，但光线以及其他因素会促使其分解成氧气和氢气，所以氧化会一直持续。因此，只要是含有酒精的液体，窖藏都会使酒精度降低。

或许有酒友猜想，酒精降低的过程，会不会出现"无限接近曲线"的情况呢？答案是不会，无限接近曲线在实际生活中，在已知的物质中是不存在的，根本没有发生过。

这世间没有永恒的东西，更不会有越来越好的东西。所有的物质都会盛极而衰，酒自然概莫能外，只要时间足够长，必将消亡或转化为其他物质。

没有专家能推翻"时间越长酒精度越低"的自然法则，因此我们可以确定，真相是，所有的酒都不是储存越长时间越好。这个结论包括了所有含酒精的饮料，只要时间足够长，酒精度都会朝0的方向一去不返。

但在此过程之中，随着酒精度的逐渐降低，会有一段最佳赏味期出现，然而人各有异，并不能一概而论。

比如酒徒言中所谓的"绵柔"口味，酒精度降低，对口腔黏膜的刺激相应减弱，"辣味"越来越不明显。很多酒徒推崇"绵柔"的概念，以为越绵柔越好，还经常举出洋酒的例子，言之凿凿中国白酒至今不能走向国际化，就因为没有改造成西方人喜欢的柔美样子。传统白酒太"辣"了，别看西方人高大威猛的，论起对辣的耐受力，施瓦辛格都跟娘们似的。真汉子还得看咱中国人，能忍，能吃苦。

但是，中国白酒为什么要国际化呢？白酒又怎么可以不辣呢？

白酒就得有点辣，在北方，尤其是古典汉语传承还一息尚存的偏僻所在，如皖北小城，白酒在民间依然被叫作"辣酒"。古人云"吃香的喝辣的"，喝的这个"辣的"，指的就是白酒，《党史纵览》有记，毛主席在延安跟米高扬也是这么说的。

"辣"是什么？它不是味觉，味蕾感受不到辣。咱们常说的"五味"为"酸甜苦咸鲜"，而非讹传的"酸甜苦辣咸"，在味觉中，根本就没有"辣"这个味道，辣是口腔黏膜受到刺激感受到的痛觉。白酒品评中，国标《白酒感官品评术语》把辣归类于"口感"，而非"口味"，就是这个道理。

一言蔽之，辣，是一种痛！

那"痛"又是什么呢？痛是身体的感受，这个"痛"字不褒不贬。痛不全是难耐的，在一定范围内，轻微的痛觉令人愉悦，痛得舒畅，是享受。

比如说，吃饱喝足泡个澡，扬州师傅捏着拳头把你从头捶到脚，这种痛就是痛快，痛得舒畅。可如果舒畅完，过足了瘾，不付钱就想扬长而去，小师傅一着急，把你从头到脚再捶一遍，此时的痛觉就是痛苦了。

你看，同一个人同一双拳头，前后捶你两次，一次感觉痛快，一次却感觉痛苦，区别只在于拳头力量的大小，捶得轻了是享受，捶得重了是受苦。跟你给不给钱没关系，就算你给了双份钱，小师傅不小心手一重，依旧能引发一声响亮的惨叫，如猿啼鹤唳。咱一旁听到了，不免猛地一精神，舒心地嘿嘿笑出声来。

同理，"辣"这种痛觉，如果轻柔，就令人舒畅，心荡神摇；若辣得重了，就带来痛楚，辛辣难当。

轻柔的辣像一团团云，粗野的辣像一根根针。

所以呢，白酒长期窖藏后，酒精度降低，辣味感减弱，也要有个合适的范围，并非越"绵柔"越好，绵柔到极致跟水的味道一样，还喝酒干吗？凡事不能走极端，小庙以为，对于多数酒徒来说，"辣酒"还是要有点辣才行。

那么，窖藏多长时间适宜呢？第一年是老熟最快、变化最大的一年，其后老熟速度逐渐减缓，在第三年时，老酒的"陈味感"开始出现，三年到五年之间是最佳状态，因此"一年可饮，三年为佳"是普遍共识。

五年后，酒的品质开始发生变化。从此开始，酒中出现"二乙氧基甲烷"，也叫"甲醛酯"，或者"二乙醇缩甲醛"，这玩意儿是什么？有没有害？在此不讨论。想用它来说明的是，宇宙法则说的没错，只要时间足够长，所有的物质都会消亡或转化为其他物质。

"酒是陈的香"，新酒务必要放一放，让时间赋予她最醇美的口味，但是，咱不能因此就以为越陈越好，"月圆则亏，水满则溢"，凡事宜适可而止。归根结底一句话，窖藏是为了好喝，不是为了考验耐心。

酒的窖藏时间好比人的一生，最好的时光全在前面的三分之一。如果人生分四季的话，三十岁后就几乎把春夏秋都过完了，窖藏时间过长，如同错过了人生最美好的年华，"最是人间留不住，朱颜辞镜花辞树"。

于传统白酒而言，三到五年间，是最佳赏味期。五年后的酒开始缓慢衰老，十年后喝起来或许也不差，但与最佳赏味期相比，则不可同日而语。放上几十年的白酒老态龙钟，一点也不好喝。

当然，话题都讲到这份上了，有酒徒没听进去，因情怀关系非要窖藏几十年，也不是不可以。自己的东西想放多久都行，但从酒的老熟陈化来说真的是没必要，任何物质都会从鼎盛走向衰竭，包括普洱茶。

揪一下普洱茶的耳朵，是想说，不只是白酒，这世上有很多美好的误会；我们往往因为热爱，而忽略了自然规律。其实我们只有客观地去看待它们，了解它们，才能更好地去欣赏它们。

如白酒窖藏，只能让其自然老熟，安静地等候她成长，直到她迎来最美好的刹那，"花开堪折直须折，莫待无花空折枝"，不要错过时机，不要让她老去。

自然老熟，务必遵循自然规律，切不可投机取巧，要知道迄今为止，在传统白酒窖藏中，没有任何"人工催熟"的成功经验可借鉴。种种所谓的"人工催熟"，不仅会产生非传统白酒应有的成分，并且还会容易导致"回生现象"。

别取巧，取巧必上当，藏酒是笨功夫，是慢功夫。耐得住寂寞，把握住火候，则酒不负我。酒徒别怕慢，人生那么漫长，不急于尝那口时间的味道。

此外，酒入坛以后还要注意避光，禁止阳光直接照射，且对空气温度有一定要求。温度过低或者过高都不行，这是最能改变酒味的一条戒律。

窖藏温度控制在5~25℃之间最合适，过低时酯类会析出，先是蒙蒙一层油脂状，后如飞尘状，继而因冷凝结呈絮状。虽然温度升高后絮状物还会消失，酒体恢复澄澈，但味道会有变化。

遇到高温也是如此，温度过高更能改变酒的品质。若在盛夏把酒放在汽车后备厢的话，不管这瓶酒窖藏了多少年，一天之内全部清零，并且变化不可逆转。

然而，咱普通百姓哪有保持恒温的条件呢？但因陋就简也得避严寒防酷暑。万一过冬没防冻夏天没防暑，那酒绝对就坏了。酒徒八仙过海，因地制宜各显神通吧。小城这边多数的懒货，不过就是放在家中储藏室里，多用点破棉被一盖就完事儿了，效果也挺好。可虽说因陋就简，却也不是找个旮旯一丢就不管不顾了，因为白酒窖藏过程中不能一直静止，多年一动不动也不行。

"若言琴上有琴声，放在匣中何不鸣"，再好的琴也得人去演奏它，所以别偷懒，空闲时候拿块布，擦擦坛体上的灰，随手抱着坛子晃一晃，让酒中分子通过震动均匀混合，用科学的说法这是"促进形成分子均匀协调的最佳缔合群"，总之，隔段时间晃一晃可有效促进酒的老熟陈化。

若是把坛子埋在了地下，不能晃动怎么办呢？那也没关系，地面上和地面下陈化效果不同，实践证明种什么因得什么果，地上窖藏的香气大，地下窖藏的味道好。

怎么才能让酒既能香气大，又能味道好呢？

古人云："逐二兔，不得一兔。"

老酒回收

街头巷尾热闹处，偶能瞧见有回收老酒的，海报架朝路边一摆，愿者上钩。有酒友看不明白，这是怎么回子事呢？其实这摆摊回收老酒的啊，醉翁之意不在酒，表面上声称是回收老酒，实际上他是要卖老酒。

他卖老酒不说卖老酒，得绕个弯子，给你留出些想象的空间。他若直说是卖老酒的，你会质疑他手中老酒的真假，一搭话先关心老酒的来源，酒从哪来的？会不会是假酒？等等吧。反正人要是怀疑起什么来，可疑的地方就多了。

而当他竖起"回收老酒"的招牌，等于是你还没提问呢，就先把答案抛给你，先声夺人，再搭话时聊的就基本不出圈了，会紧紧围绕在"回收"二字上。因此，他虽然为了卖老酒才把摊子摆到你面前，但话却得翻过来说，得说自己是回收老酒的。

逻辑链是：既然是回收老酒的，那么他的老酒就都是回收来的，既然敢经营这个生意，他也必是识货的专家。当我们以为他是"识货的专家回收老酒"时，就会由此得出结论：他手里面的都是真老酒。

这是很精巧的设计，把诉求迂回两三层再委婉地暗示出来，一旦你接收到这个信息，或许就相信他的老酒不会假。简简单单的一个"回收老酒"的旗号，就巧妙地介绍清楚来龙去脉，和酒徒建立起互信的基础。当你看见这个招牌时，如果家里有老酒，你会想找他估估自己存的老酒值多少钱；如果你家里没有老酒，你会想买瓶老酒尝尝什么味道。

家中藏有老酒的，很少会有人愿意卖，最多找他估估价。可你若真的要卖，他也不说不收，只不过会给你开个很低的价格，让你不舍得卖，不情愿卖。当然，万一出价再低你都愿意卖，那人家买走也是得了便宜，也只有遇见这样抄底的机会，他才可能弄假成真，要知道，他本来就不是真要回收老酒的，回收的招牌虽然摆在那，可心心念念想招揽的，是那些家里没老酒，又想尝尝老酒滋味的；以及家里存了点老酒，还想再添点新品种的。

只要在人流量相当的地方把摊子摆上，就不愁没有生意，一天哪怕来一位也行，三天来一位也可以，如果运气好，选对了地方，一天来十位八位都有可能。只要有人凑过去，开口问了价，这"回收老酒"的招牌就算成功"拴马桩"了，挣你的"杵"自然不在话下。

做老酒生意的，"盘道"是真功夫，一旦你凑过来，且得引着先让你说，观察出你的深浅后，才能放胆施展自己的手段。你若生性淳朴，谦逊天真，他就侃侃而谈，讲一些神奇的故事，例如什么酒原来多少钱，现在涨了多少倍，再例如自己错过了哪个酒，少赚了多少钱，再聊聊这老酒如何不易得，如何口味绝佳，等等，不由得你不心痒痒，这是最理想的情形。

但你若充起了内行，忍不住指点江山，哪怕你说得错漏百出，他也不会点破，而是揣着明白装糊涂，甚至还会主动请教你，听你讲完必然还会装作恍然大悟，一番遇见高人不虚此行的感慨，为的是让你盲目自信起来。

当你有了自信，你就会去辨别，去挑选，人家不动声色地引着你，请你看看这个，请你谈谈那个，让你主动去发现他手里的"尖货"，再一脸茫然般的"悄悄中了你的计"，让你高高兴兴的捡个漏回家。人呐，谁不爱捡漏呢，尤其是又当自己特别"内行"慧眼识珠的情形下，这份开心，没有一壶好酒三两知己大肆开怀一番是不能平静下来的。

可事实是，你再怎么内行，用你的经验和人家的专业怼，总还是会有差距的。当然，不是没有真内行，只不过太少，被他们遇到的概率可以忽略不计。再说了，真的内行人，谁又会朝他们那里凑呢！所以他们坚信，只要走到跟前来的，统统都是"空子"。你如果是空子，他还有什么好客气的呢？端的就是这个碗，吃的就是这行饭，没有什么不好意思的。您还别可惜他浪费了一身的才华，"怜之一字，我不乐受，盖有才而徒受人怜，无用可知"，在他眼里，有一技傍身，江湖中走走停停，惬意非常。

小庙原来不爱谈这话题，事关江湖人家的"杵门子"，点破了不厚道，"人生至恶，善谈人过"。再说这也不是新发明，而是一脉相承流传下来的传统套路，卖古董的，卖神药的，卖各种奇珍异宝的，上当的多了去了，不在乎再多几个，毕竟只是挣你几个钱，又要不了你的命，点破他干吗呢。况且，如此精巧的套路不中一次也是缺憾，扔几个糟钱，权当给江湖点赞了吧。

摆摊回收老酒的，只是老酒现象的一个侧面，展开了看，传统套路也在升级。比如开店回收老酒的，闹市里租个门面房，装修得用心精致，墙上挂着字画，柜台摆满老酒，老板笑容可掬地在大板上摆好茶具，穿一身非僧非道的宽松衣服，手腕子上挂着串，好整以暇地陪你盘道。

也有不走寻常路的，把店面装得跟博物馆似的，几个姑娘小伙穿着正装，一脸严肃地站在那，里里外外透着高端、贵气，仿佛你要不攥个十亿八亿的，都不该推人家的门进来。以财欺人，先用气势把你镇住，把你镇服了，你还敢怀疑人家吗？

然而，亲切自然的也好，高冷贵气的也罢，不管这店再怎么大气，怎么高端，那门口"回收老酒"的牌子，却是绝对不敢摘下来的。

因为套路无论怎样升级，套路的本质不变。老酒的来源问题如果不交代清楚，就不能与消费者建立起信任关系。只有把来路说明、固定，和客人达成了共识，这才有买卖的基础。

进店来的那些胖子，手里拿着钱，虽然也着急扔出去，但必须要让他觉得自己猴精猴精的，从来都不会上当，然后才能一掷千金，欢欢喜喜地捧着"心头好"，着急忙慌地赶回去放到宴会主桌上，接受一众惊喜的赞许。

特会来事的还不说是刚买来的，得神秘莫测地介绍是哪位朋友的老爷子放了多少年送给他的，由此宣扬老酒的来源可靠，从而以证这瓶老酒不仅不假，而且还有故事、有情怀在里头，倍儿有面子。

也有讨巧拿着老酒去送人的，买老酒去送人，跟自己存了老酒去送人，完全是两个概念。自家存的老酒去送人是真汉子，送的也定然是真朋友。

买老酒送人的，他要说"哥哥，我买了一瓶老酒送你，可贵了"，那哥哥必定不心疼他花了多少钱，而是会疑虑这钱花得值不值，真不如来两瓶茅台实在。但要是说"哥哥，我家老爷子放了多少年的一瓶酒送给你"，或者说"是从老丈人那顺出来的"，那效果就不一样了。总之，要么自己爹存的，要么别人爹存的，反正有位存了好多酒的某某的爹，那这来源就合情合理有光彩了。

看，说明来源多重要。做老酒买卖的，必须要在这个节点做文章，来源的文章做得好，才能事半功倍，才见功夫。

但是呢，这开店做生意，与摆摊走江湖还是有区别，因为既然开店，品种就得多，存货也得多，又是长期经营的坐地户，常客积攒得多了，难免会有人多想一两层。来路解释得不完美，早晚要露怯。

　　要说是某个爹存的，指定不靠谱；说是当年供销社的遗留，过于牵强；说全国收老酒的都能发货，这倒可以有，或许还真是，不过那招牌就得改成"回收二手老酒"才贴切，因为有了中间商，并且这中间商还是走街串巷的江湖人，所以这个说法也勉强；有的说是从酒厂买的仓底，可是经不起推敲，老酒品种那么多，何况有些酒厂都倒闭多少年了，哪能让你都买到；也有说是网上回收的，咱打开网页一搜索，满页"高价回收老酒"的广告里面可能还真有他，可在那里竞价排名打广告的，反而更令人生疑；要不就耿直些，指着门口挂的牌子，坚称"回收老酒"的招牌就是货源，都是别人送上门来回收的，行不行呢？不行。一个店面辐射的半径能有多少，周边老百姓存的老酒的都送来，又能有多少？何况回收一瓶少一瓶，总有把周边老酒收完的时候。

　　那能不能说，不光是周边百姓，很远的地方也有人把老酒送来呢？也不合理。因为城市里头，回收老酒的可不止一家。北城一个百姓，想卖两瓶家中老酒，附近的都不去，非得跑到南城来卖给你？

　　就算有舍近求远的，总要有个理由吧，这世界上没有无缘无故的爱。除非，除非你出的价格比北城的高。然而这又带来另一个问题，如果你收的价格高，那你卖的价格自然也会高。等于是不打自招，你卖的肯定贵。

　　这些要是辩论起来，没完没了，纠缠不清，他的老酒是不是回收来的，咱都不用抬杠，蹲他门口守几天，看看有多少人扛着老酒送来回收的，是否名副其实就一目了然了。

　　如果真有送来回收的，还别成群结队，每天来几个，十天八天的没看见熟脸，那咱放心去买。为什么要看有没有熟脸呢？如果你排队买过奶茶，就该明白是怎么回事。

　　总而言之吧，开店回收老酒，跟走街串巷回收老酒的不一样，必须要有个能符合自身规模的合理货源，或者说货源的解释、说明。不然的话，遇到和小庙一样轴的，搬个板凳坐他店门口，每天给他记着回收了多少瓶，卖出去了多少瓶，试试真金到底怕不怕火炼，那得多闹心！

　　合情合理地解释货源，其实不容易。如今最常用的或者最好用的，是号称与拆迁公司有合作关系，跟房地产挂上线，契合了时代特色。

　　拆迁公司跟老酒有什么关系呢？关系就是当一处地块拆迁时，拆迁户都要搬家，搬家自然要清家底啊，谁家没几瓶老酒呢，回收老酒的就上门去买。在这个逻辑链里，解决了回收老酒的规模问题，还解决了货源不断的问题，因为城市化还在进行时，拆迁每天都在发生。拆迁、搬家、清家底、回收老酒，完美！

　　说了这么多，可见"回收老酒"不简单，里面很多精巧的设计耐人寻味。"闻人善则疑之，闻人恶则信之，此满腔杀机也"，小庙虽说怀疑很多老酒不真，可没说就一定假，绝对不是全部否定，开店回收老酒的人里面，有些是因爱酒而入行，相对而言还算靠谱。况且近几十年来，老百姓生活条件好了，家里存点酒很正常，尤其好酒之人，总会有些存货，老酒当然有的是。

　　小庙疑虑的是，虽然民间藏酒丰富，但它存量是不是足够多，多到像现在随处可见，多到可以当成生意去经营，这点很值得怀疑。甚至那旅行线路上，偶然闯进一个小山村，小卖部的货架上都摆着十年二十年前的酒，老板还一脸诚恳地告诉你，当初多少钱进的现在还多少钱卖，不由得你不把酒都买走，不把钱花光了都感觉吃了大亏一样。很奇怪不是吗，这老酒怎么就越来越多呢？

　　小庙平头百姓下里巴人，从个人经验来说，好东西能轮到我买得起的时候，也不是什么稀罕物了。既然老酒越来越少，那它就该越来越贵，距离我就该越来越远，在我的生活里啊，就不该见得着它。

奇了怪了，事实上它不仅没越来越远，反而离我越来越近。微信上就有几位搞老酒收藏的，要买什么有什么；生活里也有摆摊回收老酒的；街头开店的也看见好几家；饭局上自然也碰见过，居然还尝到了几次。这老酒就好比古玩字画珠宝翠玉，这些不能再生的好东西，怎么可能沦落在我的眼前呢？真能让我也碰上的话，这福分可就大了。

问题是，身边哥们好像都挺走运的，就算没喝过，也肯定在朋友圈看见过，这年头谁还不趁几瓶陈年老酒呢！抄起来都是放了几十年的，这严重不合逻辑、不科学。因此小庙斗胆持疑，在这浩如烟海的老酒里面，真的当然有，假的肯定也不少，一定有滥竽充数的，有以假乱真的。

然而更奇怪的是，那些假老酒，虽然生产日期标注得越来越久远，可做旧的水平却在下降。按说老酒这么受追捧，技术应该持续升级才对，没想到却在不断地降级。比如说吧，曾见过一瓶标记20世纪80年代初期生产的，标贴居然是电脑打印，还是仿宋体，用双面胶贴得整整齐齐，横看竖看都别扭啊。

可能是这商家啊，揣摩透了酒徒的心理，觉得酒徒多是忠厚善良之人，"君子虽不过信人，君子断不过疑人"，只要敢把生产日期喊出来，就会有人信，做旧水平的高低并不引人关注。

毕竟卖老酒不同于卖古董，如果是卖古董，那做旧一定要专业，一点瑕疵也不能有，因为敢买古董的多多少少都学习过、钻研过，"一眼真不算真，一眼假必定假"，若做旧做得不严谨，一处出错就全部完蛋，所以处处用心，不敢丝毫马虎。

卖老酒就不同了，买老酒的多是普罗大众，目标人数实在是太多太多了，不可能都像收藏家买古董那样内行，多数并没有辨别能力，很多还是冲动消费，做旧根本无须逼真，于是技术一再降级，甚至粗制滥造，一点诚意都没有。有点像传说里的电话诈骗团伙，一口南方话，却声称是东北黑社会，故意不真实，目的是把警惕性高的先过滤掉，因此不必认真，更无须严谨。

不严谨倒也罢了，居然还能见到恶作剧的。比如江苏有个品牌，做了一款复古风的产品，包装是那种20世纪六七十年代工人、农民、子弟兵的形象，窃以为，就这复古的感觉就挺有情调，直接卖情怀应该也不错。可是人家也要赶老酒的风口，小庙所见的这一瓶呢，生产日期就标注为1976年9月9日。

年头是挺长，比我岁数都大，可挑的日期也太敏感了，所有的历史书上都记着这一天，这天居然还在生产酒？不应该啊。就算这天真的生产了，后来他也得把日期改一改吧，不然实在是说不过去啊。

这或许是商家聪明过了头，忍不住沾沾自喜，又不敢明目张胆地庆贺自己赶对了风口，就故意露个破绽，打个哑谜，隐蔽地嘚瑟起来，怀揣恶意一脸坏笑地嘲弄着酒徒可欺。

还曾见过一瓶标注1995年生产的白酒，标贴上全部用的是繁体字，乍一看挺古朴，不由得你不相信，问题是，在1994年2月的时候，国家颁布实施了白酒标签的国家标准，标准中规定，1995年2月份开始，要求使用"规范汉字"，如果使用繁体字必须要与简体字并行，那么这瓶1995年7月份出厂的繁体字标识的白酒，是怎么获准上市的呢？

就这么开玩笑似的老酒，市面上一抓一大把，层出不穷。包括曾风头无两的发霉老酒。其实发霉老酒和那"回收老酒"的精巧套路相比，要粗浅得多，它的逻辑是，因为经过长期窖藏，所以酒坛子会发霉。以此暗示，长毛发霉的坛子里面，装的都是经过了长期窖藏的酒。

长期窖藏的酒坛子会不会发霉？答案是不会！因为酒的窖藏，要求环境通风、干燥，根本不允许滋生霉菌。埋入地下时，除非刻意为之，否则更不会长毛发霉。所谓的发霉老酒，不过是抹点人尽皆知的那点东西，几天时间就能长出白毛来。道理很浅显，然而酒徒却不明就里，如同不断降级的老酒做旧，别管包装有多新，就看谁敢把更早的生产日期喊出来。

这是怎么个心理呢？小庙以为，就俩字——"浮夸"。

浮夸者，虚夸也，不切实际也。为了表示朴素，新衣服要缝上旧补丁；为了表示富贵，十根手指都戴上金戒指，这就是浮夸。老酒如今像是什么呢？偶然头上戴朵花挺别致，一看获赞了，连忙你追我赶，你昨天插了一百朵？那我今天插上十公斤！插得头皮都不够用的。这不是浮夸是什么呢！

对于老酒的爱好，只要是酒徒则在所难免，但是咱们得知道，窖藏白酒的目的是为了好喝，不是为了考验耐心。没有任何一本专业书籍、教材以及专家敢斩钉截铁地说"白酒窖藏时间越长越好"，这世界上所有的物质都会走向消亡，根本没有越来越好的东西，白酒概莫能外。

一瓶放了十来年的老酒，你说它很好喝，小庙点赞，可要说放了四十年五十年的更好喝，那绝无可能。因为白酒不管怎么存放，酒精度每年都会降低，一瓶酒放上四十年五十年，酒精度所剩无几，哪里还能称得上是酒。

尤其是低度瓶装白酒，较长时间贮存后，酒质不升反降，越放越差，而在老酒潮流里，恰恰低度酒是出镜率最多的。

低度白酒贮存后的质量变化，一直都有相关的研究探索，并且成果卓著。如20世纪90年代中期，四川食品发酵工业研究设计院、五粮液酒厂、沱牌曲酒厂等单位，就联合对低度白酒贮存过程中质量的变化做了研究。

研究发现，瓶装低度白酒即使密封较好，贮存6~9个月后也会出现不愉快味道，贮存时间越长，这种味道会越重，酒味也随之变淡。酯类减少，酸度增加，酸酯比例失调是主要原因。不过专家言中的变淡，在所谓的"老酒圈"则被描述为"绵柔"，"是是非非谓之知，非是是非谓之愚"，实在令人啼笑皆非。

大量的相关研究证明，无论什么香型的低度白酒，在装瓶时原本是勾调好的，微量成分平衡、协调，经较长时间贮存后，有机酸增加、酯类减少、醛酮类上升，使微量元素平衡关系失调，从而引起酒质变化。尤其是酯类普遍降幅在10%以上，如果装瓶时酯类指标接近国标下限，长期贮存后必然达不到理化指标的规定。

可而今很多"老酒玩家"是根本不管这些的，仅仅只用时间来衡量价值，才不管什么科学不科学呢，信马由缰地瞎折腾。按照这般势头，想来用不了多久，咱们就都能尝到康乾年间的酒滋味了，好期待啊！

闲谈酱香及其他

一

偶见某君雄文，大赞某酱香型白酒时，不忘用"垃圾浓香"四字，以示对浓香型的蔑视。仿佛把别人贬得越低，自己就越高贵似的。

很像无赖撒泼，有点理的话，他得理不让人，曰"咱有理讲理"；若他没理，他就骂街，一骂三分理，气势要上去。他相信只要骂声洪亮，就会获得支持。

这风格还真能吸引不少眼球，普罗大众谁不爱热闹呢，哪怕半夜里听到高声喧哗，再困都得爬起来，躲在窗帘后头，支起耳朵睁大眼睛，不放过任何的风吹草动，谁是谁非不关心，就图个消遣。

小庙以为，这位"公知"活脱似一只"茅贼"。小庙亦曾访仁怀，遇见的都是谦谦君子，如"茅贼"者绝无仅有。他可能茅台镇都没去过，只是听闻厂家宣传，就以为自己融会贯通了。这般货色要是活在一百多年前，练上三天二踢脚，真的会相信自己刀枪不入呢。

小庙本不想驳他，原本传统白酒就不分香型，"白酒在味不在香"，以香型而论白酒极其无聊。但谈兴已起，欲罢不能，索性借机捋一下，他口中神秘莫测的那些都是什么。

　　说酱香型白酒，自然要从茅台谈起，说好说坏，茅台可能并不关心，得罪的往往是其他人。茅台酒和酱香型白酒之间，关系微妙，你若对酱香型语出不敬，他们指责你说"你竟敢污蔑茅台"；你若给茅台点赞，他们伸着大拇指说"酱香型就是好"，好像所有的酱香型都是茅台似的。

　　谈酱香型，就绕不开"生产工艺最难"这个梗。每当谈到品质，他们总爱说这句"酱香型的生产工艺最难"，然后意味深长地看着你，等你自己下结论。言下之意是，只要生产工艺难，品质就一定好。

　　工艺难的，品质就一定好吗？小庙不敢苟同。我觉得回锅肉的工艺比清炖燕窝难，但我从不认为回锅肉比清炖燕窝好，并不是谁难谁就优秀。

　　你看考得上北大清华的，几乎都不觉得学习难，"难者不会，会者不难"嘛。当然，被学习难住的也不是不优秀，只不过后来都跟小庙差不多，几十年过去，还在人海里浮沉呢。当初吃不了学习的苦，如今什么苦都得吃。

　　况且，回锅肉也并不是真的难，它其实是烦琐。"烦琐"这个词很贴切，更接近真相，咱们不能以为，烦琐的就是难的。

　　比如说，炒鸡蛋比煮荷包蛋烦琐，但要说难度系数，荷包蛋难度更大。能煮出完整荷包蛋，一点蛋清都不散的，一百人里找不出一两位来。难易与否，不在于工序烦琐或简单，烦琐的未必难，简单的也未必容易。

　　"难"是什么呢？好比让你写命题作文，你不会写，抓耳挠腮写不出来叫作难。什么是烦琐呢？殚精竭虑把作文写完了，老师让你再从头抄一遍，这叫烦琐。厨子若把烦琐当成难，一脸严肃地告诉咱们"回锅肉工艺最难"，那指定不是炒菜的厨子，而是炒作的厨子。所以哪怕酱香型是烦琐的，也不代表它就是难的，何况它也并非我们以为的那样烦琐。

对酱香型的误解，多是从"四高两长一大一多""12987"开始，因为表述方式过于抽象，我们理解起来有些吃力。

咱们能体谅厂家，大把的银子花出去当然要用来夸自己，哪怕夸张一些也情有可原，天经地义。可咱们却不能把宣传材料当教材，不然越学越糊涂。

学校里老师传道授业解惑，要求深入浅出，怎么便于学生理解怎么讲，三言两语能把复杂的问题讲明白的，才是名师。酒厂的宣传正好相反，它是要把简单的问题搞复杂，目的不是为了让你理解，是要让你觉得他厉害，特别的厉害。

咱们聊这些，并不是要说谁的坏话，而是试图了解那些传闻的真相究竟是什么，例如"四高两长一大一多"，酒徒耳熟焉，却未必能详也。

这段话出现的时间并不太久，回顾起来，要追溯到1987年6月23日。这一天在北京总政招待所，召开了全国酱香型白酒风格质量研讨会，主持人是白酒协会秘书长辛海庭，参会的有方心芳、周恒刚、熊子书、季克良等。

研讨者，研究、讨论也。为什么要研讨呢？肯定是有了大的进步，新的成果，才会召集大家一起研讨。就是在这次会议上，首次提出了"四高一长"，这是对酱香型白酒工艺的概括、总结。

这个提法在后来三十年中，不断增加补充，最终形成现在的"四高两长一大一多"，高温制曲、高温堆积、高温发酵、高温馏酒，生产周期长、储存时间长，大用曲量，多轮次取酒。

"四高两长一大一多"，是概括，是总结，从来都不是秘密，外行看起来神秘莫测，内行看起来轻描淡写。

先谈四高中的第一个"高"，高温制曲。若要酱香型，就必须要高温制曲，没有高温酒曲就做不成酱香型白酒。同样，没有中温酒曲也做不来浓香，没有低温酒曲也做不出清香，做什么酒用什么曲。在酒曲的制作过程中，高温、中温、低温，都要控温，并不是说"高温酒曲"里面有个"高"字，它就比别的酒曲高明了。茅台也只能说自己"独特"，没说是高明，是高贵，是最好。

好比杂酱面用黄酱，炸酱面则用面酱，黄酱和面酱是两种不同的酱，它们并没有高低之分，哪种面更好吃，要看厨子的手艺，食客的偏好。咱不能因为爱吃杂酱面，就吧唧着嘴夸黄酱是世界上最好的酱。

高温曲跟中温曲、低温曲以及其他曲，各有其特点，不存在谁比谁更好。若非要比出个高低，得各自跟同行比，高温酒曲只能跟高温酒曲比，才能分出高下好坏来。

小庙视野有限，目之所及，茅台的酒曲在酱香型白酒中是最好的，夸张点说"没有之一"都不算过分，但只限在高温曲中做对比，若把它隐喻为高温曲是所有酒曲品种中最好的，则有失公允。

虽然茅台的酒曲好，可是呢，也不应该把它神奇化。比如说"踩曲"，无论什么酒，只要是大曲，成型都要靠人工脚踩，都有"踩曲"的工序。可茅台剑走偏锋，据说他们的酒曲不仅要踩，还得是年轻女子去踩，是自古就有的传统技艺。

小庙孤陋寡闻，窃以为这若真是传统技艺，那可太难为古人了，在盛行"缠足""束胸"两大陋习的古代中国，找大脚板的姑娘去踩曲，可不是件容易事。

踩曲本身没问题，问题在于，是否必须女人去踩曲？茅台酿酒又是否全是踩曲？真相是什么，耐心寻访亦可见蛛丝马迹。

科学出版社曾在1991年出版了一本书，书名由王震将军题写，名曰《茅台酒厂志》，这本厂志的编纂委员会名誉主任邹开良，主任杨良全，副主任季克良、王胜涛，成员共17位，包括李兴发、宋更生、汪华等前辈，囊括了茅台酒厂的顶级精英，他们是茅台酒厂历史进程的见证者。在这本厂志里，有关踩曲是怎么介绍的呢？

如果真的必须女人踩曲，一般来说，厂志里会点明要点，然而并没有。在厂志的第三节"茅台酒独特的酿造工艺和特色"中的第一段落"制曲"，是专门介绍茅台酒曲的篇章，其中并未提及"女人踩曲"。整本书里，从茅台起源讲到茅台现状，也都只字未提"女人踩曲"。

不过在厂志全书里，载录了一张有关踩曲的图片，标题是"五十年代的人工踩曲"，图中是两个人在踩曲的场景，没有文字说明他们是男人还是女人。这两位戴着解放帽、穿着中山装的踩曲工人，咱们不能认定就是男人，咱们只能说，图片上踩曲的两个人，并不具备女性的显著特征，反而有鲜明的男性特征。这张图片流传甚广，酒友可找来一观，这二人是男是女，大家自行评判吧。

"女人踩曲"，四个字包含了两方面内容，"女人"和"踩曲"。是不是非要女人踩只是问题之一，另一个问题是，茅台是否一直在"踩曲"呢？

打开茅台集团官方网站首页，"文化茅台"一栏里点开"传奇茅台"，第七篇文章标题为《茅台酒质量进一步提高》。这篇文章里说："那时，地主、资本家住在洋楼上花天酒地，哀叹'人生几何'。工人们则在地狱般的厂房里从事笨重的体力劳动。现在，工人们还把联合机械化制曲叫作'踩曲'。曲，果真是踩成的吗？是的。解放前工人给资本家制曲全靠用双脚来踩，即使是身体健壮的年轻人，踩上半小时的曲，就会累得满身大汗，不知有多少人因劳累过度而死去。"

诸君，此乃官网原文摘录，正儿八经的官宣，小庙为了学习好这篇文章，专门泡了一杯"口采胸焙"的好茶，逐字逐句研读，深感用意深远，读罢余味袅袅，好文章啊！

文章里说："工人们还把联合机械化制曲叫作'踩曲'。"意思一目了然，是说称之为"踩曲"的工序，其实是"联合机械化制曲"。

《茅台酒厂志》里也介绍说："1986年经过多次的试制与改进，使用了制曲机，结束了用脚踩曲的历史，提高功效数十倍。"都结束了踩曲的历史，已然机械化了，哪还有踩曲？哪还分男女？

既然"踩曲"都没有了，如今那么多"女人踩曲"的信息，又是怎么回事呢？小庙智慧不够，没有想明白。

突然有些感慨，因为女人踩曲已经不是看点，看点是"不知有多少人因劳累过度而死去"的踩曲，如今往事重现，不知"住在洋楼上花天酒地，哀叹'人生几何'"的又换成谁了呢？

由此又联想到"口采胸焙"等咄咄怪事，这些现象交织在一起，真的令人如鲠在喉。各行各业都有那么一些人，喜欢把简单的事情复杂化，把寻常的事情神奇化。甚至胡编乱造一些本来就没有的事，大肆宣扬是传统、是文化，不知是在给传统文化增光呢，还是在抹黑呢。

试想在"缠足""束胸"的旧中国，让年轻女子用口、用胸、用脚，有的还要求得是处女，就算真有过这样的腌臜事，也只能是满足"住在洋楼上花天酒地"的地主、资本家们的意淫，咱劳动人民绝对不需要！算哪门子传统文化呢？需要去继承发扬吗？呸！

遥想当年，茅台酒厂宋更生、马寿泉、王德海诸位先生，励精图治推陈出新，制造出"联合制曲机"，窃以为更应该去歌颂、去赞扬。而现实中，只能说丰碑尚在，知者无几，令人嗟叹不已。

二

酱香型白酒高温制曲是"四高"之一，其他三"高"亦是同理，别管什么香型的白酒，谁不要堆积？谁不要发酵？谁不要蒸馏？任何香型都需要。冠以"高温"是客观描述，但引申为高温特别难，特别高贵，则完全不对。

若要抬杠的话，小庙愿为反方辩手，我的论点是中温比高温难、低温比中温难，为什么呢？好比你使用燃气灶，一打开就是最高火，你要想火缓缓，不得低头去调嘛，控温就是把握火候的功夫。

比如浓香型讲究低温蒸馏，酒流出来，手摸上去要凉凉的，就像又要把油条炸好，锅里的油还不能烫手，这难道不比高温难吗？

大火爆炒，文火慢炖，各有各的讲究，是根据需要来的。传统白酒同源异派，究其根本大同小异，控温那是基本功，分内事。"四高"仅是对工艺的概括总结、客观描述，绝非唯我独尊、独步天下般的了不起。

"四高之外"，再说"两长"，"两长"是指生产周期长、储存时间长。

先谈"生产周期长"。酱香型的生产周期是一年，在这一年里，经过了制曲和多轮次取酒的过程。所以"生产周期长"，包括了"多轮次取酒"，而"多轮次取酒"，是指"八轮次发酵""七轮次取酒"，而"八轮次发酵""七轮次取酒"，又是"四高两长一大一多"里所指的"一多"。

诸位看看，生产周期长、一多、多轮次取酒、八轮次发酵、七轮次取酒，同一件事人家能造五个短语出来，绕得你晕头转向，就问你服不服？还有更抽象的，"12987"——一年生产周期、两次投料、九次蒸煮、八次发酵、七次取酒，说的还是同一件事。

实在是太绕了，咱们解说起来不容易，只能一轮一轮地，掰开了揉碎了，去看看到底是怎么回事。

第1轮，"下沙"后发酵30天，出窖；第2轮，把酒醅与等量新高粱混蒸，蒸出"生沙酒"，泼回到酒醅里发酵30天，再次出窖蒸馏的酒，叫"糙沙酒"。

第1轮和第2轮，是最容易令酒徒迷惑的地方，小庙争取能深入浅出，把这段说明白，考验一下自己，哪怕得零分。为了能说明白，咱们仅用高粱代指所有的原料，不论其他。

假设第1轮下料1000斤高粱，这即是第1次投料。发酵30天后，取出来不蒸酒，第1轮就此结束。

把第1轮1000斤发酵好的高粱，加1000斤新高粱，合在一起共2000斤，这就是第2次投料。不经过发酵就上甑混蒸，蒸出来的酒叫"生沙酒"，生沙酒不留，把它倒回那2000斤高粱中。入池发酵30天后，出窖蒸馏取酒，称之为"糙沙酒"，第2轮结束。糙沙酒，即是7次取酒的第1次。

重申一遍，"2000斤""高粱"诸君无须关注，它们是代指，为的是把前两轮的流程，以及何谓"二次投料"说明白。诸君若想了解得细致精确，去翻阅专业书籍为妥。

糙沙酒以后，第3、4、5轮，蒸出"大回酒"，即"回沙酒"；第6轮，曰"小回"；第7、8轮，谓之"追糟酒""丢糟酒"。整个生产流程，总共发酵8次，取酒7次，每轮次最短发酵期30天，最长发酵期33天。

这个生产周期长不长呢？一年当然长，但是，普天之下，谁家的生产周期又短过呢？时间最公平了，任何人的一年都是十二个月。若按一年周期内以轮次论难易，那最厉害的应该是酒精行业，生产周期一年，数十次取酒。

从制曲开始算起，统称为一年的生产周期，这个算法没问题，因为还要把8轮次发酵的酒合并在一起才行，即"勾兑"。

在《茅台酒厂志》里，有关"勾兑"的原文是"茅台传统勾兑方法是大酒坛勾小酒坛，酒龄长勾酒龄短，产什么酒就勾什么酒，没有统一的勾兑标准"，"过去单一的酒龄长的勾酒龄短的轮次结合的勾兑方法，被科学的多种结合、多型结合的精心勾兑方法所替代"。可见，如今茅台的"勾兑"方法，是替代了传统方法的新方法。

公开资料可查，1963年，时任茅台副厂长的李兴发先生，总结经验发现了酱香、窖底香、醇香三个典型酒体，并将其按适当比例勾兑调配，命名为"酱香型"白酒。

1964年，时年25岁的季克良先生从无锡轻工毕业，分配到茅台酒厂。一年后的1965年，在泸州召开的全国第一届名白酒技术协作会上，由季先生宣读了李兴发科研小组的科研成果，就是传说中的——《我们是如何勾酒的》。同一年，轻工业部正式肯定了"酱香型"白酒的命名。

李兴发先生由此封神，民间称其为"酱香之父""勾兑大师"，前面提到的《茅台酒质量进一步提高》的文章里，就专门说到李兴发先生"找到"了香型成分、掌握了生产规律。是"找到"还是"发现"，乃或"发明"，其实不重要，总之李先生劳苦功高，贡献巨大。其勾兑调配技术的科研成果，成为或者说演变为现代茅台酒生产的质量标准。现在的茅台酒是"现代茅台酒"，分界点就是李兴发先生的《我们是如何勾酒的》。

不光是勾兑技术，茅台在很多方面都有革新。1973年茅台正式建立科学研究室，到了1989年总结取得的成果中，就包含了"改传统的烧窖为更科学的酒醅保窖"的成果；1975年《茅台酒传统工艺操作总结及提高质量的研究》作为贵州省1975年的科学发展计划，也取得很多成绩，包括缩短成品贮存期和减少库存损失的研究，缩短生产周期和实现生产机械化的研究，等等，都促进了茅台的发展，茅台一直在前进。

在这一段历史进程中，"茅台试点科研组"发挥了重要作用，周恒刚先生是试点的具体负责人。周先生当时是轻工业部食品局高级工程师，之所以让他负责茅台试点，传说是因为在1963年的第二届全国评酒会上，茅台排名第五，他正是第二届评酒会的专家组组长。周恩来总理在轻工业部李烛尘部长送来的报告上，用笔圈了周恒刚的名字，说"这个人把茅台评了下去，那就让他把茅台质量搞上来"。

不久以后，轻工业部与贵州省联合成立"茅台试点科研组"，主任苏相信，副主任杜子端，在全国范围内选调了43名科技人员，由试点办公室副主任周恒刚先生率领，奔赴茅台，自此开启了白酒行业史上浓墨重彩的新篇章。

在周先生的带领下，辽宁抽调来的刘洪晃、郑宝林、刘丽华，以及茅台酒厂的林宝才、汪华，采用当时先进的"纸上层析"法，对茅台酒进行微量成分检测，反复试验，摸索出了能持续、稳定地勾兑出茅台酒的技术规律。

并且林宝才先生在用"纸上层析"法分析窖底香酒时，发现其己酸乙酯含量比较突出，然后跟泸州老窖进行对比，同样是己酸乙酯含量比较高，而且和单体气味相近，于是他首先提出"窖底香酒"和"泸州老窖酒"是以己酸乙酯为主体香的看法，得到了业内认可，可以说"己酸乙酯"也是茅台试点的重要成果之一。

在茅台试点抽调的科技人员中，来自天津酿酒厂的钟国辉先生，曾在一篇文章中回忆说："1990年前后，在郑州召开推广糖化酶、活性干酵母的会议后笔者到宝丰酒厂参观，正好碰上周恒刚大师、丁总编（《酿酒科技》杂志社前总编）和河南轻工厅一个主管酒的老同志在聊天。丁总编说，所有给他们（刊物）投稿，说己酸乙酯是他们（指不是茅台试点）成果的（文章），一律给枪毙。表明丁总编为维护茅台试点成果和荣誉的强烈愿望。"

由此来看，传闻1979年第三届评酒会时，周先生作为主持专家，第一个提出了按香型评酒的建议，也就可以理解了。咱们中国白酒就此分起了香型，当然，那一届评酒会上，茅台也当仁不让成为酱香型中的第一名。

新技术是创新，是进步，是卓越的贡献。然而膜拜之余，对酱香型白酒技术中的个别环节小庙斗胆存疑，例如"差酒与差酒搭配在某种情况下能产生好酒；差酒与好酒搭配在某种情况下又变得更好；在某种程度上好酒与好酒却不能完善其'风格'，甚至还会出现一些不足"。

小庙认知能力有限，不能完全理解，感觉好像是在说两个坏蛋在一起，就可能变成了好人；一个坏蛋放进好人堆里，就可能变成活雷锋；可两个好人在一起时，却可能都变成坏蛋。

一直以为坏的加到好的里面，只能把好的拉低，平均分肯定低于最高分，从没想过平均分会高于最高分。更难懂的是，两个好的在一起反而变坏了，正正得负！小庙井底之蛙，实在想不明白。

虽然也有相关研究来解释原因，例如"带酸与带苦的酒可变成醇陈；带酸与带涩的酒可变成喷香、醇厚；带麻的酒可增加醇厚，提高浓香……"但小庙却紧盯着一句不放，那就是"大回酒产量最多，质量最好"。既然有了质量最好的，为什么还要去和差的一起混呢？这其中恐怕又是另一番考量了，小庙智慧不够，学习不够深入，暂且不表吧。

三

"生产周期长"是两长之一长，另外一长是"储存时间长"。若论储存时间，咱们先要确认一点，窖藏的目的是为了酒好喝，不是为了考验耐心！

如果放一年就好喝、就达标，也不是非要放够三年，重要的是窖藏结果，而不是窖藏的时间长短。小庙管窥蠡测，窃以为原因在于，一个池子一年发酵了八次，发酵时间短窖藏时间就得长，不在这头在那头，谁也别想两头得利。

然而这并不是问题所在，问题是谁界定的三年就是"长"呢？若三年即为"长"，那五年怎么表述？是"更长"？十年是"更更长"？岂不是没完没了。况且，若三年开始称为"长"，那一年和两年就是"短"喽？逻辑不通啊。

长与短，是相对的，有对比才能分短长。就像大熊猫之所以叫"大熊猫"，是为了把它跟小熊猫区分开。哪怕刚出生的大熊猫，无论多幼小，都不能叫它小熊猫，只能叫它"小大熊猫"。

这并非是"短长虫"或"小老鼠"的文字游戏，有长才有短，无短何谈长？大与小、长与短，都是对比出来的。可酱香型所言"储存时间长"，到底是跟谁比的呢？此处留白，他们没说。而小庙看到此处，往往就以为除了酱香型，其他酒的储存时间都是短的，此抑或留白的妙处吧。

至此"四高两长一大一多"，只剩下"一大"没讲了，即所谓"大用曲量"，咱们来看看，到底有多大。

酱香型白酒，是每轮次加点酒曲进去，只加酒曲，不加高粱，配合原来的酒醅反复发酵、蒸馏。撒曲用量所占粮重比为："生沙11%，糙沙18%，3、4轮13%，5轮11%，6轮7%，7轮6%，8轮5%，总用曲量为粮重的84%~87%。"

"大用曲量"，显然不是描述用料比例，不然应该总结为"大用曲比例""大用曲占比"等。"大用曲量"这四个字，往往让酒徒以为，只有酱香型用曲量大，其他香型用曲量小。真是如此吗？很值得咱们认真学习、深入思考。

如果要做对比，首先要假设窖池容积相等，不然的话，若用十吨容积的窖池，跟一吨容积的窖池做对比，大池子的10%，等于小池子的100%，那样对比不公平，对吧？

若把酱香型和其他香型，用容积相等的窖池做对比，用曲量肯定高低不同，至于谁多谁少，暂且不管，咱们就当酱香型完胜，认可酱香型是"大用曲量"。那么，酒曲用量大，是否也意味着，高粱用量就小了呢？

容积相等，酒醅总量也就相等，对比各方又都是大曲加高粱，必然此消彼长、非此即彼。高粱多，酒曲就少；酒曲多，高粱就少。咱们认可酱香型酒曲用量大，酱香型是否认可自己高粱用量小呢？

其实，"总用曲量为粮重的84%~87%"，这句话已经说明问题，加减法人人会算，合计用量比重最大为87/100。酒徒只听见"大用曲量"，没听见"小高粱量"。为什么没听见？因为人家没提这茬。

用曲量大，自然高粱用量小，大或小是根据工艺需求来的，并没有优劣之分。只是在总结的时候，侧重哪个方面，如何去描述、去形容，是大有学问的。

事实再一次证明，咱们不能拿宣传当教材，宣传有大的不说小的，专捡好听的说，咱们如果忽略了逆向思维，领会的信息就不够全面。

说完了"四高两长一大一多"，顺带聊个敏感话题，也是最常见的老生常谈，那就是"酱香型生产成本最高"的传言。"茅贼"总爱说酱香型白酒是所有白酒里面生产成本最高的，真的是这样吗？

小庙人微言轻，不敢妄加揣测，在此摘录熊子书先生《酱香型白酒酿造》第5页里的一段话："从白酒耗粮的具体分析，一般酱香型白酒是5∶1，浓香型白酒是3.5∶1，耗粮是较高些。但从白酒正品率看出，酱香型酒与清香型、米香型比要低些，如与普遍受欢迎的浓香型酒相比高得多，按目前的生产技术水平来看，最好的浓香型白酒企业的正品率没有超过30%，而酱香型的茅台酒在70%，如进一步挖掘潜力可以达到80%。这就是说，浓香型酒要3.5kg粮产0.3kg正品酒，酱香型要5kg粮产0.8kg正品酒。反过来说，浓香型正品酒1kg耗粮11.6kg左右，酱香型正品酒1kg耗粮只6.2kg左右。"

1959年，轻工业部成立"贵州茅台酒总结工作组"，该项目是国家科委制订的十二年长远科学技术发展规划的研究课题，也是轻工部"中苏合作"重点项目，熊子书先生代表轻工业部研究院发酵所，负责工作组的总结工作。

1960年工作组完成《贵州茅台酒情况总结报告》，共分9章36节，16万多字，首次对茅台酒从原料、生产、陈酿、勾兑、包装，全方位地进行现场写实与整理总结。熊先生于茅台酒，不可不谓熟知。

熊先生后在1994年编著了《酱香型白酒酿造》，开篇注明"本书系统介绍了以茅台酒为典型代表的酱香型白酒的独特酿造工艺"。并在"前言"中，回顾了"茅台工作组"和成书历程，更为重要的是，方心芳院士以《谈高温酒曲》一文作"代序"，可见本书分量之重。如果这本书不可信，那小庙实在不知道还有什么能信的了。

熊先生对酱香型白酒耗粮的介绍，或有酒友认为只能说明用粮成本，酿造中的其他成本没有算进去。可谁不用人工、谁不用水电？别的成本大家一样都有的，如果这些也比较的话，北上广深的酒厂估计是成本最高的，因为这些地区人工水电都贵，可二锅头比茅台好吗？

　　并且，耗粮多少不能仅从经济价值看，粮食是老百姓的命根子，粮食就是粮食，哪能换算成货币来考量呢，那是生意人的小九九，国家层面才不会那么小家子气呢！所以说，熊先生只谈用粮成本，是有他的道理的。

　　话都说到这份上了，"茅贼"可能还不服气，他会说酱香型白酒耗的粮都是糯高粱，那可是特有的品种，贵得很，是粳高粱所不能比拟的。

　　酱香型白酒真的都用糯高粱吗？那可未必啊。

　　GB/T 26760-2011《酱香型白酒》国家标准里，只字未提要用糯高粱还是粳高粱，只要求高粱要符合GB/T 8231《高粱》的相关规定，而GB/T 8231里，没有提糯高粱，也没有提粳高粱，只规定了高粱的容重、单宁、水分、杂质等质量指标。只要达到了质量指标，符合了GB/T 8231的规定，就可以用于酱香型白酒酿造，不管是糯高粱还是粳高粱。

　　并且，贵州省质量技术监督局发布的《酱香型白酒酿酒用高粱》标准里，在"术语和定义"的章节中，对"酱香型白酒用高粱"的定义是"用作酱香型白酒生产原料的高粱"，也没说酱香型白酒只能用糯高粱，不能用粳高粱。

　　咱们并不是要否定糯高粱的重要性，但它的重要性仅体现在"优质酱香型白酒中"。例如GB/T 18356-2007《地理标志产品 贵州茅台酒》里，虽然对原料技术指标的要求也只是"高粱品种应为糯高粱"，是"应为"，不是"必须为""只能为"，可我们愿意相信茅台酒用的就是糯高粱。

　　问题是，能执行GB/T 18356-2007标准的，除了"贵州茅台酒"之外，还有谁呢？茅台王子、茅台迎宾都不是，更何况其他酱香型呢？

此外，就算只要是酱香型都用的是糯高粱，就算糯高粱比粳高粱一斤要贵上几毛钱，可别忘了"浓香型正品酒1kg耗粮11.6kg左右，酱香型正品酒1kg耗粮只6.2kg左右"，熊子书先生的话可在这里呢。

有关"酱香型生产成本最高"的话题，小庙言尽于此，供诸君参考吧。

四

"四高两长一大一多"是对工艺的总结、概括，总结得精准，概括得巧妙。至于"12987"，则是更抽象的表述。这善于概括总结的技能，或许真的是独步天下呢。

但是大家发现没有，"四高两长一大一多"也好，"12987"也好，所有的总结概括里面都没有提到水。是不是有点不可思议？不是说，赤水河里的水是酿制酱香型不可或缺的嘛？怎么概括总结的时候，功臣却只字不提了呢？

到底赤水河里的水跟酒有没有关系呢？茅台官网首页"酒之博览"一栏里有篇文章，题目叫《离开茅台镇就产不出茅台酒》，文章里面说"酿造茅台酒的水质好。经科学检测，赤水河水质无色透明，无异味，微甜爽口，含多种对人体有益的成分，酸碱适度，钙镁离子含水量均符合要求"。明显是在肯定，赤水河的水，是茅台酒酿制的必要条件之一。

那现实中，是不是真的在用赤水河水酿酒呢？小庙相信茅台是用的。但是，就酒行业现状来说，许多酒家的宣传，却不能太当真，群众爱听的，他就迎合着去说。这条河那口井的，到底是不是非它不可，浮云过太虚也。

酒厂用水分为两大类，生产用水和加浆用水。"加浆"是行话，加浆就是加水，无论是用来稀释酒精，还是用来给原酒降度，加进去的水就叫"加浆用水"，加浆用水要求高于生活用水。另外一类是生产用水，其中包含了"酿造用水"，制曲、蒸料、发酵、蒸馏一切与酿造有关的用水，都是酿造用水。

对于酿造来说，"好水出好酒"的说法一点都不错，只是酿造用水"好"的标准，跟咱们百姓饮用水的标准是不同的。

酒行业有言，"西不入川，东不入皖"，皖北亦是酿酒重镇，而小城水质若从饮用水角度来看的话，其实很一般，百姓形容其为"碱大"，一把新水壶用上半年就不行了，厚厚的一层水垢，半个小时都烧不开一壶水，慢腾腾地令人沮丧。因此居家过日子，清理水垢是经常要干的活。

水垢类似于附在墙上的水泥片，清理水垢时，用力太过水壶会变形，用力太小水垢纹丝不动，总要拿着螺丝刀试上很多次才能找到巧劲，啪啪啪地撬下几块来。

小庙觉得，下雨时，水滴在竹叶上"滴答滴答"最悦耳；用塑料泡沫擦玻璃，"吱扭吱扭"最难听。而剥水垢，刀锋划过的声响，介于雨打竹叶和擦玻璃之间，恰好在能忍受的临界点上，"咯吱咯吱"的让人心痒牙痒。好比乖孩子一副可怜样地做坏事，任性得让人爱也不是恨也不是。

曾以为天底下的水都一样，烧开都会起水垢，其实不然，各地水质不同，水垢只是表象。

水分软硬，共有六个等级：最软、软、中硬、较硬、硬、很硬。标准是看水中"碱金属盐"溶解量的总和，其中"钙盐"和"镁盐"是硬度指标的基础。水垢，即是钙、镁受热后析出，粘结在金属表面所形成，它们的含量越高水就越硬。

水越硬，钙镁含量就越高，当钙镁含量高时，钾、钠、磷酸等无机成分的含量也会越多。

在传统白酒酿造中，水中"无机有效成分"贡献巨大，钙能促进酶的产生和溶出，镁是微生物生长发酵所必需，钾和钠是霉菌和酵母菌生长所必需，磷酸是酵母菌所必需……

如果磷酸和钾含量不足，曲霉就生长迟缓，温度上升慢，并且酵母菌生长不良，会造成酒的发酵迟钝。因此只有水中含有足够的无机有效成分，才利于传统白酒的酿造。

但是，过犹不及，比如镁和钙，虽然能刺激酶的生成，可过量存在的话，也会影响曲霉和酵母菌的生长，并且干扰酶的活性和发酵。

由此可见，酿酒用水跟咱百姓饮用水，区别还是蛮大的。当厂家宣传说"水好"时，咱们别朝纯净水方向去想，雪水、雨水、泉水等烧开了一点水垢都没有的，用来泡茶可以，用于新工艺白酒加浆也可以，但用来酿酒未必行。他们口中的"好"，跟咱们以为的"好"，可能并不是同一种"好"。所以说有些酒家言水质如何如何，不过是借势宣传而已。

纵观过去几十年，宣传水的，宣传粮的，宣传年份的，宣传工艺的，造就了不少酒企业。其中最成功的还是要数茅台，一波接一波的潮流，它从来没有掉过队。

有的酒家宣传做得好，但酒的品质不行；有的品质很好，但宣传不到位。茅台是既有好酒，也有好宣传，可谓是内外兼修，难能可贵，不由得人们不爱它。可爱它归爱它，无需神话它，奉劝个别"茅贼"，宜"热地思冷，淡处求浓"。

借着"茅贼"的由头聊"酱香"，却指指点点地找起了茅台的别扭，小庙其实是爱恨交加。毕竟买一瓶茅台要几千块，很多人不舍得买，就算买了也不舍得喝，小庙跟他们不一样，小庙不是不舍得，而是真的买不起。

酒中杂醇油

发酵完成的酒醅上甑蒸馏，最早流出的两公斤酒，是科学意义上的"酒头"。自酒头开始，酒精度由73%vol的最高点，逐渐降低，至酒尾时，酒色开始浑浊，逐渐不堪，最终上面会有一层黄色漂浮物，术语叫甲醛纯油。传统白酒蒸酒时，酒尾露头即掐，蒸馏即告完毕。

人云"断花摘尾"，是指目测酒花的变化来辨别酒精含量的多少，以酒精含量为依据，决断掐酒时机。

酒花是白酒表面的一层泡沫，最初大如黄豆，称为大清花；其后大如绿豆，称为小清花；大如米粒，称为云花；大小不一，大的如大米小的如小米，称为二花；最后呈油珠状，大小如米粒的四分之一，称为油花。

亦有人云"听花掐尾"，意思是听着酒花破裂的声音来判断何时掐酒，小庙以为不足信。明明可以用眼睛看，为什么非要用耳朵听呢？这个说法可能是从黄酒酿制套用过来的，据说酿黄酒的缸头师傅，能根据气泡破裂的密集程度来判断酒醅的发酵程度，那是因为酒醅被密封了，眼睛看不见，所以要用耳朵听。

若白酒在蒸馏时也用耳朵听，明显不符合常理，就算非要炫技用耳朵听，那水流的哗哗声，柴火的噼啪声，哪个声音都比气泡破裂的声音大，噪声盈耳还如何听得真切？掐酒原本是个很简单的事，不神秘，但总有些人喜欢过度演绎，装神弄鬼，制造玄幻效果，诸位一笑了之吧。

传统白酒很在意掐尾时机的拿捏，"要想酒味好，掐尾早又巧"，"掐尾"是很关键的一步。行业有云"过花摘酒"，过的就是小清花，小清花以后就是酒尾，所以务必要在小清花消失的一刹那果断掐尾，不能过早，也不能过晚，时机把握要精准巧妙。

酒尾要掐，那酒头要不要掐呢？

不知从何时起，传说白酒不仅要掐尾，而且还要掐头，合称为"掐头去尾"，并言之凿凿说酒头里面"杂醇油"含量太高，有害。

实际上传统白酒酿造中的"掐酒"，只是"掐尾"，考量的是酒的度数、口味、香味，并没有"掐头"一说。若真掐了酒头，说夸张点，一甑酒就等于废了一半，口味不好，整体的酒精度也不够。

一甑酒是一个整体，就像一个人，脖子上边叫脑袋，胳膊连着的叫作手。虽然各有名称，但是密不可分，拆开了等同肢解。

好比咱们吃饺子，要是去掉皮，剩下的只是一堆肉碎；要是去掉馅啊，剩下的也不过是张面皮。饺子非得有皮有馅，包好了煮熟了才好吃，那才是国粹，才是中国味。

要是单把哪一段酒摘出来，就如同饺子把皮和馅分开了吃，那还有什么味啊，还不如来碗面皮配肉丸子更痛快。

"居盈满者，如水之将溢未溢，切忌再加一滴"，传统的玩意儿已经很精致了，真的不必再无谓地精益求精，不然反而把雅致的搞粗鄙了。

若如传闻所言，"杂醇油"都集中在酒头里，那是不是传统工艺真的需要改良，把"掐头"引入进来呢？在这一点上，很有辩证一下的必要。毕竟传闻已发展为：杂醇油是绝不能有的有害物质。并进一步演化为：含有杂醇油的就不是好酒。

杂醇油自带污点，本身确实有问题，能使人的脑神经充血，抑制人的神经中枢。但是，一切只说危害不论含量的，都是不讲理。有害的物质多了，四季豆里有皂素、土豆里面含茄碱、黄花菜里有秋水仙碱……只论危害大小不谈含量多少，那三天三夜也讲不完，洪洞县里无好人，咱们啥也别吃啥也别喝得了。

杂醇油，这是酒精工业的叫法，得名的原因是它溶解于酒精、不溶于水，酒精浓度低时呈油状析出，所以被称为杂醇油；而在白酒工业里，它还有另一个名字，叫"高级醇"。忽然联想起一副对联来，小城花戏楼，有联曰："一曲阳关唤醒今古梦，两般面貌做尽忠奸情。"对联明里说的是戏曲，暗里却影射了小城古人，三国曹操。小庙觉得这联，用在高级醇上也合适，两般面貌难辨忠奸，亦正亦邪。

有关高级醇，秦含章先生曾发表过一段话："酒精工业上把高级醇叫杂醇油；而在白酒中高级醇是非有不可的东西；白酒不是纯酒精，它非要有非酒精的成分不可。"秦先生还说，"如果要酒香，一定要有其他发酵作用一同进行，才能产生较多的高级醇"。

这并非秦先生一家之言，而是行业通识。严谨地说，当我们谈酒的时候，要用"高级醇"这个词，谈酒精的时候才用"杂醇油"。如果拿着一瓶传统白酒大谈杂醇油，那不合适。同理，如果喝着新工艺白酒，却聊着高级醇如何如何，也是张冠李戴。

杂醇油即是高级醇，高级醇也就是杂醇油，两个词指的是同一物质，意义却大不相同。那么，它究竟是什么物质呢？

在高等职业教育酿酒技术专业系列教材《白酒生物化学》里，对它的介绍是："高级醇是指除乙醇以外，含有3个碳以上的一价醇类，为一类高沸点物质，是白酒香味的重要来源……平时所说的杂醇油就是这些高级醇的混合体。"

《白酒生产技术全书》介绍得更清楚："杂醇油与有机酸酯化生成酯类，是酒中重要的香味成分。"

熊子书先生的著作《中国名优白酒酿造与研究》里，明确指出："高级醇为白酒中主要的芳香成分之一"。

不是说细菌是"生香动力"吗？怎么高级醇也成为呈香呈味的关键了呢？

咱们得捋一下酯类的生成原因：细菌生成酸类，酸与醇结合，酯化成为酯类物质。酸有许多种类，如己酸、乙酸、丁酸、乳酸。醇同样有很多种，乙醇、高级醇、甘露醇等。

高级醇来源于酵母菌，酵母菌在把糖分发酵成乙醇的同时，也利用糖分和氨基酸合成了高级醇，高级醇是酒精发酵的副产物，与乙醇同时存在。酸类能接触到乙醇，必然也能接触高级醇，酸类可以与乙醇一起酯化，也同样能与高级醇一起酯化。

酒中的香和味，是多种酯类物质造就的，不同的酯类物质，由不同的酸和醇酯化而来，缺了谁都不行。所以说高级醇是重要的、主要的，并不说它是唯一的。它跟其他醇类物质一样，非要不可，没有不行。

高级醇普遍存在于白酒之中，曾有机构对"名优白酒高级醇含量"进行过检测，在1993年发布的检测结果里，名优白酒中的高级醇含量分别是：汾酒90~100 mg/100 ml、茅台140~180 mg/100 ml、西凤130~150 mg/100 ml……

综合来看，各类名优白酒高级醇含量在90~200 mg/100 ml之间，个别酒超过200 mg/100 ml。再次证明高级醇的重要性，必须要有它，没它真不行。所以后来，国家标准GB 2757–1981《蒸馏酒及配制酒卫生标准》第2号修改单中，干脆把它的理化指标都取消了。

可是呢，遇见悲观主义者，非盯着阴暗面不放咱也没招。事物总有两面性，咱们说没有高级醇酒不香，可他在意的只是高级醇本身就对人有伤害。遇事只看坏的一面，从不朝好处想，大晴天出门怕下雨，下雨天出门怕湿鞋。满汉全席请他吃，他能因为一个菜太咸就把桌子掀了。满世界满眼没一个好人，一天到晚不高兴。不管怎么苦口婆心地告诉他杂醇油就是高级醇都没用，不仅没用，说不定人家还能拿个重锤出来砸咱们一跟头。

比如说吧，刚讲秦含章先生说过什么话，人家"啪"把周恒刚先生抬出来了。周先生曾有一句著名的题词，曰：基本无甲醇，极少杂醇油；畅饮此类酒，保证不上头。

看看，看看，周先生题词里的意思一目了然吧，甲醇和杂醇油没一个是好东西，要想喝酒不上头，就不能有它们。这时候，咱就不能讲生物化学了，咱得转到白酒工业发展历史上来，理科换到文科，不然说不明白。

周先生的题词，那是有特殊背景的。新工艺白酒这玩意儿，和咱们传统白酒不是一码子事，它是先生产酒精，然后把酒精勾调成酒，在酒精工业里要用"杂醇油"这个词。周先生从新工艺白酒的角度题词，精准点中新工艺白酒的要穴，一点毛病没有。

新工艺白酒是目前市场上应用最广泛的一种，在它研发的初期，尤其是在"一步法"时代，因为甲醇和杂醇油以及其他微量元素的原因，造成产品质量极差，经过几代革新以后，仍然不尽人意。例如沈怡方先生1996年就在著作《低度白酒生产技术》里，白纸黑字地说："液态法白酒中的高级醇（杂醇油）比固态法白酒高两倍左右。"

在当时，评价新工艺白酒的首要因素，是看解决这些微量元素量比关系成功与否，出发点不一样，说的也根本不是一回事。

再看沈怡方先生之言："液态法白酒的高级醇含量比固态法高两倍，可知因为发酵方式的不同，高级醇的含量是有差异的。"熊子书先生曾讲："造香靠发酵，提香靠蒸馏。"蒸馏时，杂醇油多集中在酒头和酒尾上，并且酒头大于酒尾。由此可见，液态法在蒸馏时，则必须掐头去尾，否则高于固态法两倍以上的杂醇油，必然会造成酒徒不快。

而在传统固态法工艺中，发酵时间越长酯类生产越多，酒的品质才会更好，也意味着，酒的品质越好，高级醇生成的越多。"越多"是相对的，因为发酵有终点，随着酵母菌的衰老死亡，发酵会逐渐停止，到了发酵的终点，一切都是刚刚好。因此，只要恪守工艺流程，一丝不苟地把该做的做好，高级醇的危害就不在考虑范围内，根本无须"掐头"。

非要掐头也可以，可掐下来的头怎么办呢？酒徒或许会以为，"掐头去尾"，这意思就是不要了，扔了呗！其实不是的。

在"固液勾兑白酒"时代，勾兑白酒是"以液态法发酵的白酒或食用酒精为酒基，与部分固态法白酒的酒头、酒尾勾兑而成"。看到没？酒头酒尾都没扔，给你勾兑到酒精里，就是固液法白酒了。科学不是认为酒头和酒尾含有害物质较多，必须丢弃吗？传统白酒不掐头就有害，掐下来和酒精勾兑在一起就无害了，这逻辑您能想通吗？小庙是想不通的。

当然，"剃头的拿改锥，各师傅各传授"，也有固态法掐头的，但他掐了的酒头，不过是又倒回了糟醅里，下次还要继续蒸回来，总之，一滴也不会浪费掉的。至于他们为什么掐头，咱不必深究，能确定的是，他衡量掐不掐头的因素里，都与高级醇的关系不大。

除了高级醇抑或杂醇油，在白酒生产中，如果技术不完善，造成的其他有害物质也不少。例如甲醇，甲醇有剧毒，含量在0.2%以上的白酒，就会引起视力减退，一旦视力受损则不能矫正，戴眼镜都没用。

并且甲醇不易被人体排出，会在体内积蓄，氧化为甲酸和甲醛。甲酸毒性比甲醇大6倍，甲醛则比甲醇毒性大约10倍，醛类麻痹中枢神经，对眼黏膜及呼吸道黏膜有刺激作用。您要喝一种酒时，刚有点酒意就感觉看东西模糊，并有鼻塞等呼吸道疾病的症状，那您一定要停下来想一想，这款酒还要不要再喝下去。

甲醛是醛类中毒性较大的，10g甲醛可致人死亡，但大多数白酒生产中，甲醛一般是没有的，多是以乙醛为主。乙醛最大的弊端是令人上瘾，经常喝含呈游离状态乙醛的酒，酒瘾很快就养成了。并且，所谓的"上头"，喝了头疼欲裂，它也是主要的原因。但是，乙醛具有活泼性，随贮存时间长而减少，只要窖藏时间足够，乙醛倒也不足虑。

有害物质里，还有重要的一员，重金属。重金属包括铅、铁、铜、锌、锰等，其中铅含量如超标，或者说酒喝得太多，铅的摄入量大于排出量，则铅会积蓄在肝、脾、大脑和骨髓之中。常见酒徒因长期喝酒，肝脏以及股骨头出现病变，即是因为从每天喝的酒中吸收的铅，大于了排出量造成的。

然而有害物质种种，和传统白酒有什么关系呢？这些其实是新工艺白酒该担心的事。

在传统白酒酿造中，只要有师承、有经验、有良心；不贪心、不取巧、不偷懒；遵循古法，一丝不苟，做出来的酒尽管去尝评、去化验，不会有任何有害物质超标。万一要是超标了，得从酿造者身上找原因，而不是酿造法有问题。因为如今对传统白酒一窍不通，却又号称自家产的是传统白酒的大有人在。

所以呢，咱们只能说，只要杯中的还是传统白酒，就肯定是安全的，酒徒大可放心。

川酒

"不从四川买酒的酒厂都没有好酒",这句话是一位酒友闲聊时说的,或许只是玩笑话,不过这句话,却引发了大家心头都压着的疑问。确实很多酒厂都从四川买酒,中国那么大,产酒的那么多,为什么他们不管多远,都偏爱从四川买酒呢?

其中缘由,小庙大略知道一些,但皮里阳秋,不便用自己的原话讲出来。事关重大啊,一言不慎徒惹是非。思来想去,既然是谈川酒,最好借用川酒行家的话来说,川人说川酒必然中肯,以免小庙有雌黄黑白之嫌。

川酒的名家很多,其中赖高淮先生大名鼎鼎,酒徒应该都听说过。老人家是泸州老窖第七代传人,"国家级非遗传承人""国际酿酒大师"。1984年,四川省政府授予他"为四川发展名酒,提高名酒质量做出重大贡献"的荣誉称号。赖先生有为川酒做出重大贡献的荣誉称号在身,自然对川酒是有发言权的。

赖先生德高望重,著作等身,20世纪80年代曾出版《四川名优曲酒勾兑技术》,一时洛阳纸贵,竞相传习。因为咱们是想要了解80年代以后发生的事,就不读80年代出版的这本了,咱们来共同学习另一本,2011年出版的《新型白酒勾调技术与生产工艺》。

有关川酒之举足轻重,赖先生在著作中是这么说的:

1967 年，四川泸州地区生产销售了第一批调配酒……搞得好的有资中糖酒公司的重龙酒，达川平昌的小角楼……

80 年代生产的调配酒则更多，尤以沱牌曲酒厂的沱牌酒销售量最大，年销量为 8~10 万吨……

90 年代初……调配酒质量越来越好，这一时期不以调配酒的本来面目出现，而是以传统固态法的名义在市场上销售，主要渠道是卖给名酒厂。这时名酒厂的酒销势走俏，酒源不足，纷纷采取了以低价收购小酒厂的散酒来勾兑装瓶，贴上自己的名牌商标出售，取得高额利润。许多畅销的酒厂跟着名酒厂学习，低价收购小酒厂的散酒……四川的这种调配散酒大量销往省外，据不完全统计，每年约有 50~100 万吨的调配散酒运往四川省外和省内各名酒厂。

调配白酒已经悄然兴起，到 1994 年，已占领了全国白酒市场的半壁河山。

摘抄的这几段话，包含的信息很丰富，大家看完必有收获。小庙聊一下自己的心得。我对这几段话的理解是，四川每年 50 万 ~100 万吨的"调配散酒"，以固态法的名义，大量销往省内外各酒厂，各酒厂用此勾兑装瓶，贴上自己的名牌商标出售。1994 年的时候，调配散酒就已经占领了全国白酒市场的半壁江山。

那么，赖先生说的"调配散酒"是什么酒呢？

要弄明白"调配散酒"，还是得用赖先生的原文来解释，原文是"调配技术是在勾兑技术的基础上发展起来的……"

既然调配技术是在勾兑技术上发展起来的，那么它们之间有什么不同呢？赖先生对此也有详细阐述，原文如下：

真正意义上的白酒勾兑技术……是把同香型的酒先用尝评的方法分等定级，分门别类地存放，然后取长补短，按一定比例进行组合（扯兑），最后进行微量的添加，即调味（但不允许添加非发酵的香料物质）而完成。

调配酒是在勾兑酒的基础上发展起来的，它的特点是进行勾兑时，不单可以在同香型酒之间进行，也可以在不同香型酒之间进行。必要时还添加非发酵物质，以实现所需要的香和味。

这两段话里，赖先生指出了两个重点：其一是"香型"，其二是"非发酵的物质"。这两条重若千钧，是勾兑与调配最核心的区别。两者的区别是勾兑必须是同香型之间进行，而调配可以在不同香型之间进行；勾兑不允许添加非发酵的香料物质，而调配允许。

区别开勾兑技术与调配技术的不同后，赖先生还给调配技术赋予了精准定义，他告诉我们"用这种新工艺生产的白酒，叫新型白酒"。

新型白酒其实并不"新"，20世纪60年代就已经广为人知，80年代后期逐渐盛行，到了90年代，新型白酒迎来机遇，政策提倡，企业欢迎，可谓天时地利人和，形势一片大好。赖先生透露："1994年，调配酒（新型白酒）……已占白酒总销量的50%，也就是说，560万吨白酒中有近280万吨是新型白酒。"

如今20多年过去了，新型白酒依然高歌猛进，据小庙亲见，如今新型白酒的市场占有率，已经超乎想象，乍一看到数据实在难以置信，不过那是题外话，今后再谈吧。

由勾兑技术发展出调配技术，而调配技术生产的酒呢，也叫新型白酒。

至此我们算弄明白了个大概，四川销往名酒厂的散酒，是调配散酒，而调配酒就是新型白酒。新型白酒可以在不同香型之间勾兑，也可以添加非发酵物质。

可是，"不同香型"之间相互勾兑的，总还得是酒啊。非发酵的物质到底是添加了什么到里面，才成为新型白酒的呢？它的基础是什么？

赖先生著作里有答案，他明确说明了："生产新型白酒的基础是食用酒精。"

赖先生还更具体地说明了："新型白酒主要用80%的液态法生产的酒精组成。"

读到这里大家各自总结吧，新型白酒是怎么回事，应该心中都有数了。新型白酒的兴起，是全国性、行业性的一次重大变革，四川白酒业，恰好在行业分工中占据有利的位置。如要全面地去了解这场变革，那可有的聊了，起码还得再写一篇。咱们这里仅是辨析四川的调配散酒，为什么全国都跑过去买它。

搞清楚了新型白酒是什么，也就清楚了为什么酒厂都爱买四川的原酒。质量合格还便宜，物美价廉，并且以传统固态法的名义销售，自然皆大欢喜。

而无论是卖调配酒的，还是买调配酒的，他们并没有义务告诉我们交易的是什么，拿来又作什么用。酒徒不明就里，只看到他们买来买去，却不谙其中机巧，因而误解颇多。所以酒友才有此一论，把川酒当成酒厂产好酒的先决条件，"不买川酒的酒厂都没好酒"，川酒天下第一。

事实上，说它天下第一也没错，起码销量上没有哪个省能赶得上。

20世纪90年代川酒大流通，以邛崃、泸州、宜宾为主线，更有大邑、崇州、绵竹、隆昌等地，散酒企业随处可见。据统计，在高峰期，四川各类酒厂达7000余家。虽然酒厂众多，可销售的并不全是自己生产的酒，其中很多是酒精入川，加水调香后又出川，民间言"河南酒精四川罐，运到外地把钱赚"，描述的就是这个现象。

实践证明，不用新型白酒也不行，赖先生总结说："（90年代）改勾兑技术为调配技术……改传统白酒工艺为新型白酒工艺，出现了新型白酒浪潮，散酒大流通的局面，冲击了白酒原始的传统工艺，推动了中国白酒的大发展。"

"近10年的实践证明，凡运用了新型白酒技术的企业，就得到发展，越来越好。反之，企业的效益就越来越差，日子越来越不好过。哪怕是很有名的中国白酒企业也不例外。"

周恒刚先生也曾有一篇著名的文章，题为《1997·1998白酒行业情况回眸》，他在文中说："凡是合理利用酒精的企业，都靠酒精渡过难关，并从中获得了利益。凡是抱残守缺、闭关自守，患有'恐酒精病'者，都处在岌岌可危的境遇。"

这就是潮流啊！浩浩荡荡。"孰能浊以静之徐清，孰能安以动之徐生。"滔天巨浪之下，"很有名的中国白酒企业"也不过是一朵浪花，一滴水，无足轻重，只能随波逐流。

时势使然，无人能置身事外。何况新型白酒，也实实在在地降低了成本、提高了效益，而成本控制，永远是企业的硬实力。

当然，诸君也不要过度联想，咱们谈的是为什么各地酒厂从四川买散酒，仅对四川卖往各地的散酒聊一聊，并不牵涉其他。新型白酒能做得这么好，恰恰证明川酒基本功扎实，行业足够大，能人足够多，不然新型白酒也不会如此发达。

形势不是一朝一夕形成的，自然也不会突然就改了走向，在赖先生看来，新型白酒的明天会越来越好。赖先生说："白酒变革的内容，是科学的，它将从根本上改造白酒的生产工艺，使传统白酒生产工艺逐步被淘汰，并被逐渐发展的新型白酒生产工艺取而代之。"

赖先生还说："新型白酒集团将逐步取代和超过传统白酒集团。"

赖先生还在著作里阐明了："本书的基本观点是，新型白酒将必然崛起。"

小庙愚钝，跟不上潮流，我所希望看到的未来，和赖先生的展望不一样。当然，不管我的期望如何，浪潮都会自顾自地去往它的方向。

但我仍固执地以为，传统白酒的立锥之地总还是会有的。

"竹密岂妨流水过，山高哪碍野云飞。"

虽然此时皖北小城的天空，和四川没啥两样。

浮云蔽日，暮霭沉沉。

雾里看花

一

有些白酒企业，把经销商、顾客皆视为可以绞杀的对手，殚精竭虑地耍花招，使得原本普通的消费品，被无限虚幻化，离咱们越来越远。

酒厂在推一个新酒品时，只要愿意拿出来好东西，很快就能被消费者接受。当消费氛围起来后，原本100块一瓶的马上就要卖200块，当你200块也不计较时，那就很快筹划要卖到300块。

举个例子，有家大酒厂几年前调整产品，主推一个品牌的新酒，假如就叫三年吧，卖120块左右，品质确实不错。被广泛接受以后，有了消费氛围，有了口碑，紧跟着推个五年，卖260块。这个五年是不是更好呢？不是，这个五年就是原来的三年，不过是把三年装到五年的瓶子里而已。而三年里的酒水呢，悄悄被降低了品质。

再过一段时期，又推个十年，卖到380块，手法还是一样，这次被降低品质的是五年，依此类推，直到让他们赚到满意的价差。他们把这叫"价格发现"的过程。

那么卖得越来越贵，销量会不会越来越少呢？要知道酒厂考量的不是销量多少，而是赚钱多少。卖十瓶赚十块和卖一瓶赚十块，你说他们选哪个呢？

事实上，不断更新以后，并非120块的销量就减少了。反而会因为利润越来越高，广告投入以及销售力量的投入越来越大，消费氛围更加浓郁，120块的销量可能会更为巨大。

当然，想多赚点钱，让利益最大化，只是"价格发现"的部分原因，更重要的原因是，酒厂没占到便宜就觉得自己吃了亏。别的酒成本都很低，我干吗非得高呢？我也要成本更低化。这是酒企的普遍心理。有酒徒说某个酒原来如何好，后来就不行了，大概就是这些原因。

酒企很享受这个价格发现的过程，不断推新品不断抬高价格，不放过任何一块铜板。但有时候做得过分了，消费者也会不买账。可酒企不怕，卖倒了一个系列，再推一个新系列，有品牌影响在那里，老百姓总还会再一次信赖，换件衣裳，老戏新唱。总之，赚钱、赚钱，永远走在赚钱的路上。

能赚的钱绝不放过，能算计的地方，也不留一丝空隙。比如说，酒徒习惯称一瓶酒为一斤酒，这个称呼是从传统习惯顺延而来。20世纪80年代以前，白酒按重量来计算，一斤酒实打实就是一斤重。而如今所说的一斤酒，其实是指500 ml，重量换成了容积。

酒瓶的容积是按照水的密度来计算的，500 ml水是1斤重，500 ml酒的重量却不足1斤，因为酒轻于水。酒精度与密度成反比，酒精度越高密度就越低，酒精度不同重量就不一样。例如38%vol的酒密度是0.95 g/ml，500 ml重约475 g；46%vol的密度为0.94 g/ml，500ml重约470 g；56%vol的密度是0.91 g/ml，500 ml重约455 g；而传统白酒都在60%vol以上，65%vol的酒密度是0.89 g/ml，那500 ml是多重呢，这道题留给读者做吧。

重量与容积，原本只是计量方式不同，可也有人在这上面动脑筋。留意一下会发现，有些我们以为 500 ml 是 1 斤的酒，仔细一看却原来没有 500 ml，有的是 475 ml，有的是 450 ml，居然还有 425 ml 的。已经是买椟还珠了，怎么还不舍得给足量呢?!

　　按照设计者的想法，酒是论瓶卖的，瓶子里给的酒越少，酒徒买的就越多。能喝一斤酒的，瓶子里却只有八两，一瓶就不够了，还得再开一瓶。可再开一瓶喝不完怎么办呢? 那酒厂就不管了，反正酒是论瓶卖的，只要你打开了盖，酒就是你的了，你浪不浪费酒厂才不管呢。诸位评评理，酒厂一说酿酒就讲节约，一说喝酒就鼓励浪费，双重标准，不合适吧。

　　酒厂的观点是，原本你们一桌人只能喝一斤酒，而我让你们开了一斤六两，努努力一瓶不就喝完了嘛，多喝点，喝出气氛来。多会忽悠啊，真想和这哥们喝一杯。

　　可话说回来，酒徒还真欢迎这手段，一场酒喝下来，平常两瓶的今天喝了三瓶，说出去面子上很好看，瞧瞧，昨天仁人喝了三瓶。听者以为这三瓶是三斤呢，实际上总量不过两斤半，其中半斤还留瓶里了。也有酒徒以为，这酒真不错，原来喝一瓶就醉了，这个酒一瓶下去正好，真乃好酒也。其实是容积减少了，并不是你的酒量上去了，把消费心理摸得透透的，酒怎么能不畅销呢。

　　当然也有厚道的酒，小城有酒厂就出过 700 ml 装的，实惠啊，一瓶酒不是一斤，而是一斤四两，超值!

　　可酒徒不欢迎，因为原本能喝三瓶的，如今两瓶就能搞定，面子上不好看，客人还会觉得请客的有心机，不舍得花钱，取巧呢。而且有时宴会上，每桌开一瓶有的喝不完，有的不够喝，不划算。总之，这家酒厂的超值装不成功，后来也换了路子，前面说一斤只给八两半的，也是它。

二

有关酒的生产、销售，行业规定得很细致，现成的条条框框都在那儿摆着，但定规矩是一回事，守不守规矩是另一回事，拿不守规矩的怎么办又是另一回事。好在不管怎么规避，都围绕在规则的线上线下，所以说也有内在规律，或者说是潜规则。

白酒有详细的国家标准，但白酒的国家标准不是"强制性标准"，而是"推荐性标准"，不具有强制性。厂家自愿选择使用，一旦接受并采用了国家推荐的标准，则须完全按照标准去执行。

白酒生产的国家标准，按大类分为固态法标准、固液结合法标准、液态法标准。

固态法标准按照香型分开了类别，例如GB/T 10781.1–2006《浓香型白酒》；GB/T 10781.2–2006《清香型白酒》；GB/T 26760–2011《酱香型白酒》等，在这些标准里，都明确定义要"经传统固态法"生产。

GB/T 20822–2007《固液法白酒》，是"以固态法白酒（不低于30%）、液态法白酒勾调而成的白酒"；GB/T 20821–2007《液态法白酒》，跟固态法没有关系，只需液态法生产基酒（或食用酒精），可以用串香法，也可以用调香法，勾调而成。

每瓶酒都会标注执行的是哪一套标准，如果标注的是固态法标准，我们可以认为，酒厂宣称这瓶酒是采用了、执行了，并且达到了固态法国家标准的要求。

虽然他宣称采用了、达到了固态法标准，可会不会是说假话，虚假标注呢？极有可能。推荐性国家标准的使用，有些酒厂执行起来并不规范，比如说，本来这瓶酒是地地道道的液态法，但他就是要标注成固态法标准。

例如一瓶零售价10元的酒，一看居然执行的也是GB/T 10781.1，并且还是优级，明显不合常理。按照3斤粮食1斤酒的算法，这瓶酒原料价格就得5块钱，场地、人工、水电、税收什么的均摊下来也得3块吧，酒瓶酒盖怎么也得2块吧，这就10块了。从生产到流通再到零售，你们都不用赚钱的吗？全学雷锋？可税总是要缴的吧！睁着眼睛说瞎话。

这个例子，只是从价格上来推算执行标准与品质是否相符，而那些比较贵的，几百块的，就很难从价格上反推出来。实际上，价格不说明品质，执行标准也不能完全说明品质。

在生产领域，酒厂采用什么标准，执行得怎么样，监管并不容易。有些规模较大的企业，社会能量巨大，也增加了监管难度。

在流通领域，监管难题也很多，比如要检测一个酒，有关部门要"抽检"，拿几瓶去做检验。检验是要收费的，钱谁来出呢？按照规定是绝不允许让被抽检方付费的。检测出来不合格还好说，处罚了商家，也算抵消了检测成本，可万一检测合格呢？费用怎么办？

有些检验机构，为了鼓励多送检，会给出一些优惠政策，比如说送检的酒，检测合格的不收费，不合格的才收费，确实有一定的推动作用。然而问题是，很多检验机构并不能检验酒，自然也就没有推动白酒检测的动机。

此外，在白酒检测中，能检测的只是感官要求、理化指标等，却不能检测生产工艺。

比如酒厂同时送检两个酒，执行标准一个是GB/T 10781.1–2006（优级）（以下简称10781），另一个是GB/T 20821–2007（以下简称20821），检验机构就要以GB/T 10345《白酒分析方法》国家标准来检测它们。因为检测的指标很多，难以一一列举，因此咱们只以总酸、总酯来举例。

10781要求，总酸 ≥ 0.40 g/L，总酯 ≥ 2.0 g/L，达到了指标要求，

结论就是合格，达不到则是不合格。

20821要求，总酸≥0.25 g/L，总酯≥0.40 g/L，达到了要求也是合格，达不到是不合格。

如果10781的检测结果恰好是总酸0.25 g/L，总酯0.40 g/L，符合20821的标准要求，怎么办呢？检测报告只能判定不合格，不能以它符合了20821液态法白酒的指标，而判定它是液态法白酒。

诸君了然，就算是串香法白酒、调香法白酒，只要它标注执行GB/T 10781.1-2006（优级），并且检测时达到了指标要求，也一样会被判定为合格。

总之各种原因吧，造成市场上很多酒标注所执行的国家标准，是否能表里如一，酒徒很难分辨。

国标以外，还有企业标准，在执行标准一栏，Q开头的就是企业标准。有很多人以为，国标肯定高于企标，其实不对。

还拿GB/T 10781.1-2006（优级）举例，酒精度41~68%vol的白酒在检测时，要求总酸≥0.40 g/L，总酯≥2.0 g/L。"≥"符号的意思是可以等于，但不能小于。诸君留意，要求"≥"的指标，不小于就行，超多少并不管你。

企业如觉得国标的要求低了，自愿把标准提高些，比如总酸≥0.40 g/L的，改为≥0.50 g/L；总酯≥2.0 g/L，改为≥2.5 g/L。高于了国家标准，就可以作为企业标准。

国标，其实是底线；企标，完全靠自觉。

国标像法律，告诉你不能做什么，却不要求你该怎么做。有人在你面前跌倒了，你没扶他，你不违法，你不算是坏人。

企标好比是道德，自愿要做个好人，宣称遇见有人跌倒了，一定会把他扶起来。既然酒厂要做好人，我们当然愿意相信他，但他是否做到了，又能坚持做多久呢？要知道很多道德准则，穷人要不起，富人用不着，常常被环境所改变。

更何况企标的具体内容，到底高于哪套国标，高了多少，酒徒是不了解的，只有企业自己知道。若只是比贾队长少吃了几个火烧，我不觉得白翻译是抗日英雄。

实际上，酒厂能做到国标就已经很不错了，对很多企业来说，国标的底线就是企业的上限，真能做到固态发酵，他巴不得写得清清楚楚。去发起企业标准，还不如在其他方面想办法呢，毕竟消费者是盲目的，"国标"是很多人心目中最高的标准，代表最好的品质，虽然这不是事实。

所以搞一套企标，并不一定能卖更多的酒，反而可能会引起猜疑，不如设计点新品种，或许更适应市场。

也有一些酒厂，国标企标混用，比如有个品牌的系列产品，分三年、五年、十年。在咱们的认知里，会以为十年优于五年，五年优于三年。按照企标要高于国标的原则，如果标准混用，也应该十年、五年是企标，三年的是国标，更何况在这个系列中，十年的售价又最贵。

然而仔细一看，十年却偏偏是国标，五年和三年是企标。这是怎么回事呢？他们不说，咱们也不知道。

小庙瞎猜啊，不保证是真相。在这个系列里，十年是他能做到的最好的，够上了固态法国标的底线，必然要标注得清清楚楚。而其他的并不是固态法，是固液法或液态法，如果实话实说，面子上挂不住啊，广告上吹嘘的可都是千年历史，传统酿造。咋办呢？不如以高于液态法国标的理由，弄个企业标准写上去。企标高于国标，高于的是哪一套国标，高了多少，普通消费者哪能搞清楚呢。如果这猜想是真相，诸位，酒厂算不算是要诈呢？

咱们不要求商人诚实，扬长避短情有可原，你个头矮，可以说自己不高，你胖，可以说自己不瘦。非要把矮说成高于海拔多少米，胖说成达到人均体积多少倍这样的漂亮话，故意给别人制造假象，使人误解，就透着人品问题了吧。

"酒品如人品"，这话不光用在喝酒的人身上，用在造酒的人身上也合适。曾有某个酒企业开大会，"一把手"说："你们首先要学做人。"一边打着传统白酒的旗号高价卖着勾兑酒，一边却要求员工学做人，你让他们跟谁学，又学些什么呢？

三

"天下行行有利弊，人间处处有能人"，这话一点也不假。在酒行业里，只要有想法，能折腾，就能安身立命。市场不怕你折腾，就怕你不折腾，如果一段时期不折腾掉了队，想再追上就难了。尤其是一些靠广告生存的，有多少投入就有多少产出，见效快得很，广告投着就能卖酒，广告一停就完蛋。

曾经有两个品牌白酒，分别是央视广告第一代和第二代标王，就靠广告拉销售。当时有句名言，投广告就如同"每天一辆桑塔纳开进去，一辆奥迪开出来"，酒类企业纷纷效仿，每瓶酒里都包含了若干广告费。"酒厂发财三条道，酒精、凉水和广告"，此言非虚。

在白酒广告大量投入的同时，他们又发现，随着物质生活的富足，老百姓有钱了，虚荣心膨胀，愿意多花钱买贵的。

"虚荣"二字，用卖酒人的话说，这叫"精神需要"。于是就有人专在精神需要上做文章，酒质如何不重要，产品设计、市场定位才是重中之重。酒企之间，比的是谁钱赚得多，不是比谁酒质做得好。笑贫不笑娼，谁钱多谁高贵，能把生铁卖到黄金价格的，最受同行尊敬。

市场还真认这一套，越贵越有人捧。越是穷人买不起的，富人就越是要买，不然怎能证明自己是富人呢！别管你给我什么酒，必须要让我花够钱，越贵越好。能满足这种精神需要的商品，手表算一个，酒也算一个。

酒类是自主定价的商品，物价部门不核定它的价格，既无下限也无上限，不存在以质论价，也不存在以价论质，卖什么价都行，天高任鸟飞，留给酒企业无穷的想象空间。

老话说"好货不便宜，便宜没好货"，现实中贵的里面，好货也不多。什么是好货呢？在酒企看来，卖得掉的就是好货，有人愿意买，我能赚到钱，那就是一等一的好货。酒只是商品，是赚钱的工具，赚得越多越好，利益一定要最大化。

酒企业从生产到销售，各个环节都追求"利益最大化"，这本来无可厚非，但一段时期以后，"利益最大化"包含了另一个含义："成本更低化。"由此衍生出诸多的奇思妙想。

成本，没有最低，只有更低。曾有一款酒，酒瓶子都不用，跟袋装牛奶似的用塑料袋包装，估计酒徒也不陌生，就是要把成本做到最低。多数做低端酒的，习惯从成本里面找利润，把酒当水卖。毕竟富人是少数，在咱们国家，低端消费才是主流，消费量巨大。在低端市场，只要便宜就能卖，如果又便宜又有品牌，那就畅通无阻了。

记得曾有家企业，一瓶40%vol的酒卖到几千公里以外，零售才5块钱，并且还有现金返利，最终售价不过4块钱，和好点的矿泉水差不多。再加上广告又做得好，卖到哪里哪里火，小城这里遍地的酒厂也干不过它，都没它便宜。4块钱一瓶的酒是怎么个做法，小庙如今也参详不透，怎么算它都是赔钱的。

别说这个4元的，它后来一款10元的，也是令人叹服。勾兑酒成本是按度数算的，仅说酒水，1%vol 4分钱就很高了，基本能保证用上很好的食用酒精。一瓶40%vol的酒，它的价格就是40乘以4分，1.6元就是酒水的本钱。

低档酒的瓶子材质普遍是用普白料，瓶子也不重，一般不超过1块钱，还有酒盒等等，算下来一瓶酒成本要5块，加上资金成本、管理成本、运输成本，到终端起码还要转两次手，经销商、零售点都要赚点钱吧，还要缴税，怎么算利润都不够各环节赚的，10块钱哪能卖呢？

可人家不仅能卖，还有广告拉动，开箱还有现金奖励，据说一箱酒零售60块，开箱还送20块返利，一瓶酒最终零售价不到7元。

这便是传说中的资本运作吧，酒只是承载现金流的工具，当资本足够大时，很多不可能也会成为可能。你想让酒降到酒精的价钱，那就一定会有人做出酒精一样的酒。酒精是酒吗？我想最好的回答是：糖精是糖吗？

这个比喻或许有人反对，因为糖精是纯化学合成物质，而食用酒精不是。并且他们认为酒精是酒的主体成分，白酒中占绝对比重的除了水就是食用酒精，所以酒精就是酒。

其实，新工艺白酒与传统白酒最大的不同在于，在传统白酒中，除了水和酒精以外，还包含了200~300种其他物质，虽然仅占总量的1%至2%，但那是传统白酒的灵魂。人若没有了灵魂，还算是人吗？所以，糖精是糖吗？

糖精不是糖，酒精不是酒，可如今许多做酒的人，也和新工艺白酒一样没了灵魂。甚至一些大品牌也不争气，五花八门的子品牌、副品牌层出不穷，无外乎就是想尽办法赚钱。

急功近利倒也罢了，口号还喊得山响，说什么历史悠久，百年老店。既然是百年老店，你着什么急呢？未来还有很多的一百年等着你呢，老老实实把品质做好，还怕忽然有一天都不喝你的酒了？其实就是贪婪。要知道企业比的可不是谁钱多，而是要比谁活得更久。你撑起的场面再大，如果短命，则没有任何意义，"立志在坚不在锐，成功在久不在速"，然而他们才不考虑这些呢。

据说很多大厂的研发费也不少，可花在哪了？没见花在白酒上，有关白酒的研究，还停留在很久以前。钱都花在了市场上，设计个新包装，研究个新策划，只见新酒种，不见新成果。时下还有酒厂在研究酒吗？很值得怀疑。

传统白酒，也需要发展，也需要进步，直到现在，对传统白酒的认识仍不够全面，很多谜团没解开。过去几十年，成本越来越低，利润越来越高，白酒让你们赚了那么多钱，可你们对白酒做出过什么积极贡献没有呢？

很有一些所谓的老总们、专家们，从来不研究酒，只研究怎么赚钱。动辄这个策略那个策略的，那是策略吗？省省吧，那叫"诈"！

从严而论，包括国企改制后的个别大厂，也不比小酒厂强哪去，都在想方设法地赚钱，赚钱多少是衡量发展的唯一标准。有人说，大型的白酒企业，领导者应该是哲学家。可那个位置上很多只是生意人，精于算计却忽略思考，杀鸡取卵、竭泽而渔的事经常干。"有道无术，术尚可求；有术无道，止于术"，哀哉！

比如某个品牌白酒，在某个城市很畅销，当地老百姓就认这个牌子，这个市场自然要重点保护，广告多投、人员多上这些都能理解。可是呢，在重点保护的措施里，有一条是重点，那就是"严防窜货"。

何谓"窜货"呢？比如说，酒厂卖给上海代理商的酒，如果在北京出现了，那就是上海代理商在窜货，上海代理商就得被处罚。

酒厂本来想的是，我在北京很畅销，可在上海没销量，在上海找个代理商，让他开拓市场去。市场起来了我多卖点，若是市场起不来，也赚了他进货的钱。但是呢，万一他把酒回流到北京来呢，那样的话，我不仅酒没多卖，钱还少赚了。所以得约定，严防窜货。

哪怕消费者从上海买酒带到北京去喝，被酒厂发现了也算是窜货，上海代理商一样要受罚。

酒厂和代理商之间，一个愿打一个愿挨，合同怎么订的咱们没兴趣了解，但从酒徒的角度来讲，窜货防范的到底是谁呢？细细琢磨，实际上防的是消费者。

市场经济环境下，无论什么商品，地域差价是一定会有的。酒厂最怕的，就是消费者买到便宜的，这很奇怪不是吗？你若是开个饭馆，有熟客天天来，你也得打打折吧，可卖酒的就不这样想。

你越是喜欢我的酒，越是不能让你买到便宜的，不然我就少赚钱了，那是绝对不能容忍的，因此他们想尽办法防"窜货"，务必要保证利益最大化。

乖乖做好你的北京不就行了嘛！又想赚上海的钱，又怕人家偷割了北京的韭菜。从根本上说，不过就是贪婪二字而已。

窃以为，酒徒如果方便，大可以其之道还治彼身。如到北京出差，别忘从上海带瓶酒过去喝，就故意窜他的货，让他们扯皮去吧，打起来才好呢。

四

计划经济时代，每个城市都有糖酒公司，零售商到糖酒公司去进货；后来市场经济了，有了批发市场，批发商从酒厂进货，再批发给零售商；到了20世纪90年代，发展出了代理商，迅速成为酒类行业的主要运营形式。

以代理的形式发了大财的人很多，各地都有地头蛇，是所有酒企都想攀上交情的。这些人在市场转型期，抓住机遇，发了大财。店大欺客，客大也欺店，代理商掌握了本地优秀资源，生意怎么做，有很大的自主权。本分的还是以代理为主，只要品牌尚可，利润足够，跟厂家谈下来有利条件，就能让酒火上一个时期；志向高远的呢，代理别人的酒已经没兴趣了，更愿意自己去开发产品，甚至去开酒厂，总之，谁嫌钱烫手呢，都想多赚点。

这些人社会能量巨大，稳稳地把控着本地市场，各种渠道皆有染指，在流通领域可以说是任意驰骋。举个司空见惯的例子，比如一家单位团购酒水，搞个招投标的流程，刚入行的听说了到处托关系非得挤进来，简直是自取其辱啊。运气好的，关系托得有用，人家围标的可能给你点钱，赏你个车马费，打发你走。更多的则是竹篮打水，光捂着脑袋喊疼，却不知道栽在了哪里。

像招投标这样的项目，他们操作起来如鱼得水。后来，酒水采购不再像当年那样堂而皇之，单位团体买酒都有点摆不上台面的意思，但酒还是要喝的，只不过买卖方式与从前大不一样。于是代理商也好，厂家也好，纷纷组建"团购"团队。

团购嘛，咱老百姓的理解就是我多买点，你价格优惠一些，量大从优嘛，团购图的就是个便宜。可是，白酒企业要想低价倾销，直接在网上搞呗，价格便宜不愁卖不掉，为啥还要养一大波人搞团购队伍呢。那是因为他们所谓的团购，不是要卖得多，而是要卖得贵。他们所言的团购队伍，不如说是"直销"队伍更准确。

一大群漂亮姑娘帅小伙，每天一上班就朝各个单位跑，人家去上班他们也上班，不过他们只奔着一把手承欢献媚，除了卖酒其他什么事都没有。而那些买酒的，虽然团购来的酒水不仅不便宜，反而还可能特别贵，他们不知道吗？他们心里清清楚楚，能当老大的哪个不是人尖子呢。可他们依然乐滋滋喜不自胜，我们只看到他们花了冤枉钱，可他们在乎的并不是钱。这些人的心态咱老百姓理解不了，也无从体会。

当然，在一个区域内，能把市场做到这样程度的代理商，可能也就一两家，他们是酒业流通中的重要一环。然而你控制得再好，也不可能把市场全部占有。没有企业能大到无法挑战，也没有企业微小到无法生存，在大代理商以外，还有数量巨大的小代理商们，以中低档酒水为主，把城市所有的终端销售都塞得满满当当的。

小代理商的生存空间很窄，销售渠道几乎全靠商超和酒店。现在做商超和酒店推广很难，酒企的无底线竞争，早把他们都惯坏了。

想要在超市卖货，不仅要送上门还得长期押款。经营商超卖场的，抽象点说，就是把房子装修一下就行了。供货商把商品送来，摆到货架上，等结款的时候，可能已经是三个月以后了。无论商超酒店，一般三个月账期是通则，第一个月送的货，第二个月根据销售额结算挂账，第三个月能拿到钱就不错了。这三个月中，卖的钱在人家口袋里，总会想点办法搞点活动给你扣除一些，好比一块蛋糕放在贪嘴孩子的抽屉里，他忍不住要这里抠一块，那里抠一块，等你再看见它时，早已经斑斑驳驳不成样子。总之跟商超酒店做生意，里面麻烦着呢。

如今代理商的好时期也过去了，说好的精诚合作变成了尔虞我诈。有些酒厂认为把酒卖给了代理商就是完成了销售，建专卖店也好，搞形象店也好，逼着代理商进更多的货，行话叫"占库"。把自己产的酒放到代理商的仓库里，就占了代理商的库，其实占的是人家的钱。自己先把钱赚到手，落袋为安，至于代理商的死活就不管了。

有的代理商轻信厂家，被占了库，哪怕酒卖得畅销，也被资金压得喘不过气来。酒卖得再好也不过是为酒厂今后更多的占库做积累。你因为酒而赚了钱，酒厂当然不会放过你，哪怕你转投别的酒厂也是一头扎进另一个循环，只要在这行业内，你就躲不过。万一以后市场有变化，酒滞销了，却只能认倒霉，酒厂赚走的钱是不会掉头回来给你退货的。到那时代理商就只能忍痛割肉，低价出货变现。现在有些酒水市场上价格倒挂，就有这层原因。

代理商就是最好的销售对象，很多酒厂干脆就以招商为业。只研究代理商心理，以及酒名、包装、价格，这"一大三小"捋清楚了，随即大量招募业务员满世界扫街，逢人就问"你要做白酒代理吗"，就靠招商卖酒，招商就是唯一的销售方式。好在咱们中国从来不缺人，一茬又一茬的韭菜永远割不完，坑完这一个，还有下一个。

别管你哪行哪业，只要你荷包鼓了稍稍有点影响了，就会有卖酒的盯上你，说好听点是找你"共赢"来了，其实就是"招商"来了。诸君留意一下身边的朋友们，只要社会活动广泛点，多多少少都会遇到过这方面的事。

按说一个产品的代理商，必须在当地有一定的商业基础，比如得有一个销售团队，流通也好，餐饮也好，有自己的商业关系以及售后保障等。但他们招商并不看这些，重点看的是你是否有钱，看你一次能拿多少钱出来。

完美的招商对象要具备两个条件：一是完全没有白酒从业经验的；二是有强大社会关系的。

没做过酒的好忽悠，他对这行不懂，在品牌大旗的感召下，容易被说服。社会背景强大的，既有人脉又有资本，那就更是上上之选。若是在一些团体有些实权，这个生意就会很好做。不管他是不是正经创业，反正他是这些开发商的首选靶子。他有资源在手，理论上能把酒卖到不可思议的高价。在把资源变现的焦虑中，往往就成了酒厂收割的韭菜。

五

以招商为业的不光是酒厂，前面讲过有些志存高远的代理商，不满足只做批发零售，其中有些摇身一变成了开发商，到酒厂开发一个系列酒，当起了二掌柜。

开发酒这个概念，多数人可能并不了解。具体做法就是，引入外资来酒厂开发子品牌，不管你是企业还是个人，只要拿钱来，取个名字就能卖。

例如，大家知道有个酒名字叫甲，生产者却是乙，甲和乙是两个独立的企业，他们之间是买卖关系，甲去乙那里买酒，要求使用甲自己的品名。为什么要找乙生产呢？因为乙是大品牌，消费者信任，金字招牌熠熠生辉。

个别的开发商，虽然傍到了乙，却从不忘树立自己的品牌形象，打广告也只提甲，很少提乙，这样的商家要表扬，是优秀的商人。然而，更多的开发商，卖点全聚焦到生产商乙的身上，有些甚至自己都不用取名字了，直接就在乙的下面挂个副名，比如"××牌××尊酒""××牌××妙品"等，等于是乙给他单独生产一个系列酒，由他专卖。他自然不会放过乙的品牌资源优势，宣传中时刻不忘提醒消费者，这是乙的精心打造。

当消费者看到这些开发酒时，还以为真的是酒厂新产品呢，其实这只是专属于开发商的商品而已，与那款被消费者信赖的主力产品一毛钱关系都没有。很多这样的酒，往往都压在代理商手里，咱们在市场上并非经常能见到。开发商拿着它们，满世界去扫街，销售的唯一手段就是招商，其中很多吃相难看。

比如说，通常情况下，开发某一系列时，要开发三个档次，即高、中、低三档。在招商的时候，他会给代理商限定进货时三种档次的搭配比例。

例如，要求代理商首批拿货不低于50万元，这其中高端酒不低于10万元。同时给代理商一些折扣，例如50%的返利，或送一辆汽车什么的，以此促使代理商接受这个条件，总之必须要保证高端酒的配售比例。

这50万元中的40万元中低端利润很低，让代理商以为真的"成本更低化"了，而那10万元的高端，利润却是最高的。除去销售成本以外的纯利润全指望在这10万元里赚呢，可想而知，所谓的高端是什么货色。这样的酒小庙坚决不喝，因为他们太流氓。

一般这些开发酒都很会伪装，首先会有个高大上的好名字。名字非常重要，只要把名字起好了，就足以给消费者造成足够大的误解，多少广告费都不抵一个好名字起到的作用。其次包装要高级，得让人感觉比主品牌还上档次，有了好名字好包装，但价格却比主品牌便宜那么一点，会让你以为，这是酒厂让利于民呢，这么大的企业还是有保障的吧。就是这一轻信，掏了钱，嗬，当了冤大头了。

而酒企，廉价透支了自己的信誉，却为贱卖了信誉换回来的蝇头小利沾沾自喜，说不定还要为出这主意的贼人开庆功会呢，因为他赚到了钱。至于信誉嘛，若换不来钱，则狗屁不是。

六

不可否认酒的名字起得好，在销售时会加分很多。什么样的名字算是好名字呢，酒企与酒徒理解不同。咱们酒徒以为，名要符其实，品名代表了厂家对品质的信誉保证；酒企则以为，名不必符其实，只要能让酒徒以为是好酒的，就是一等一的好名字。

大企业都有专门人员围绕酒的名字做文章，想到一个好名字就申请注册，这也算是储备资源之一。不管现在用不用，想到好的先注册上，以备将来。商标注册倒不烦琐，简单办个手续就行，问题是申请周期过长，一般从提交申请到收到注册证要两年时间，这还得是一切顺利，万一中间出现争议，可能三五年才能拿到。好在商标注册收费不高，申请一个商标不过千把块钱，企业不在乎那几个小钱，注册时一报就是几十个、几百个，注册下来的挺好，注册不下来也没关系，因为规则是同一个商标被驳回后，别人就再也不能注册了。所以没注册成功的商标也有价值：别人谁也注册不成。

商标的组成用三个字可以概括"音、形、意"，只要在这三点上不与其他商标冲突，理论上都能成功注册。在允许自然人申请注册商标的时候，有些人以此为业，他们都是聪明人，满世界地找灵感，抱着字典查，但凡有点意思的都申请上，酒友不信可以想想试试，只要你能想到的，几乎都被他们给注册过了。

现在商标法改规则了，不允许自然人申请，同时不再以注册为先，而是以使用为先。原来是谁先申请是谁的，现在是认定谁先使用是谁的。先使用者得到法律保护，抢注者失了财路。

总而言之呢，咱们酒徒观酒，越是名字起得高大上的，越得谨慎小心。酒企业为了卖一瓶酒，各种手段无所不用其极，人家一大波人整天开会憋招，咱们若不小心提防着点哪行。当然不管多小心，圈套总还是会中几个的，谁不曾花过几个冤枉钱呢。他们煞费苦心地研究咱们，充分发挥了聪明才智，有时咱们醒悟过来原来被套路了，也不由得不啧啧称赞，感慨人家功夫下得足。

比如说原来终端都是代销，酒水摆在货架上，客人想买啥买啥。小城附近有家酒企业，往前走了一步，获得巨大成功。这家的牌子至今很响亮，当初市场起步在江苏南京，他们是最早把销售工作做到终端的一批，把利润给店家留得足足的，在酒瓶盖里放5块钱，让消费者有小便宜可占，后来因为放人民币违法，改成了放美元、港币，同时在包装上做上暗记，让酒店服务员可以偷偷收起来到经销商处换钱，店主、服务员、消费者都有利，谁不喜欢呢，一时风生水起。

朝轻里说它倡导"经手私肥"，朝重里说，定它"商业贿赂"也无不可。但几年以后，效法者众，给服务员的回扣越来越高，形式逐渐恶化。他们就更新了套路，改了新规矩，去酒店一家一家地签协议，要求买断经营，意思是酒店只卖这一个牌子的酒，这个酒厂就按年给酒店一笔钱，叫"买断费"。酒店不同意买断酒水的，给点"进店费"也要挤进来，总之一个回合下来，市场占有率很高，大小酒店都有这个酒在卖，形成良好的销售宣传，再加上各种奖励不断，很能拉动消费。不过后来店主们的胃口越来越大，这一招也逐渐式微了。

据说当时生意火爆的酒店，进店费动辄几十万、上百万块，一年一收费，你们说，这酒怎么不在酒店卖得贵呢，酒水自带怎么不是必然趋势呢？

能收下几十万块进店费的酒店，毫无疑问规模一定不小，管理必然也很规范，可是有时候，消费陷阱也不少。为什么呢？因为他有品牌效应了，消费者信任他了，取得了信任却不要诈的话，在酒企眼里就是傻子。就因为你相信我，我才要骗你，不然我骗谁去呢？只要店家稍稍起点贪心，酒企大把的鬼把戏等着合作呢，往往这里就是开发酒最泛滥的场所，甚至不排除还会有假酒。

现在所谓的假酒，与原来意义上的假酒有很大区别。过去，酒的溢价空间不大，假酒是冒充别人的牌子把自己的酒卖出去，所以那时常说"小厂发财三条道，偷税、漏税和假冒"。而如今，做假酒不需要自己生产酒，同一品牌系列产品众多，产品之间价格差距巨大，做假酒只需在同一品牌的酒水里，把便宜的换到贵的瓶子里去就行了，省了很多事。

比如说，在酒店消费酒水，哪怕是你自己带来的酒，交给服务员打开酒盒时，服务员把酒盒撕得很完整，甚至是用指甲或刀片从分割线很整齐地切开，遇到这样的基本能确定，你距假酒一步之遥。因为你酒喝完，不会把酒盒酒瓶再拿走，而这些东西就是造假者最需要的包装物。

供货商会事先给服务员打招呼，空酒盒几块钱一个，空酒瓶几块钱一个，破损的有破损的价格，完整的有完整的价格，你一走他就能换到钱。就算你破坏性地拆解也不行，只要你和隔壁房间所撕开的不是同一个位置，那么就还能拼接。

包装搞定了，酒水怎么办呢？现在都是防伪的酒盖，好像是只能倒出来不能倒进去，假如咱们较真的话，不是倒不进去，只是倒进去有点麻烦，倾斜45度，保持空气流通，是能倒灌的，只不过看上去制假成本高，不可能这样干。其实这是咱消费者的朴素想法，酒厂和造假的都知道所谓的防伪酒盖，很多也仅是个摆设，防君子不防小人。

当初流行的做法是给酒盖打点滴，就是医院的吊瓶，用吊瓶把酒给灌进去。不管你的瓶盖是啥材料，总有针头能洞穿，咱还真不能不佩服。可用这种办法比较慢，一天也灌不了几瓶，可这几瓶就可能赚来上千块，对于商家来说也是不小的诱惑。而灌进去的酒，一般酒徒还真喝不出来是真是假。

每个酒厂都有自己的风格，不同产品虽有差别，但风格相近。同样度数的酒，造假的不过是把便宜的装到贵的那个瓶里。甚至有时候，便宜的和贵的根本就是一个酒，只不过价格不同包装不同而已。

比如有家酒企，有三个酒水仓库：1号库、2号库、3号库。不同定位的酒水不管怎样变化，都是从这三个仓库中来。例如3号库是好酒，那么主产品也好，副产品也好，开发酒也好，这个3号库出的酒可能就有几十上百个产品系列。这些产品大同小异，但价格定位却有不同，有的阳春白雪，有的下里巴人。把便宜的转到贵的瓶子里，你说消费者怎么能敏锐地感觉出来呢。

酒真酒假，消费者很茫然，能判断真假的只有厂家。每个酒厂都会为防伪煞费苦心，畅销品牌还都设有打假办公室，有专人负责打假。酒厂的办法无非就是在包装上下功夫，每过一段时期更新一套防伪暗记，打假人员在市场上凭暗记查访，查到假酒以后举报给执法部门，厂家出具报告，以暗记为凭证明酒是假酒。

暗记的效果其实并不好，因为它有时效性，打假打得多了，秘密就不再是秘密了。因此一段时期后就得增加或更换标记，可你改了暗记以后，不代表带有原来暗记的产品市场上就没有了，有时候很扯皮，你说我的暗记和今年的不对，但我的酒是去年进的货，怎么办？这里面也有博弈。尤其是现在"老酒"横行，一出手都是几十年前的，酒厂里的人都换了好几茬了，当年怎么防的伪，恐怕现在很多酒厂自己都不清楚，这伪还怎么防？

总之假酒屡禁不止，永远有那么一小撮人以此谋财，他们盘算的是经济账，卖十次被抓一次，处罚均摊不过利润降低了而已，总体还是赚钱的，既然能赚钱，那就还得继续干。现在社会又何止是酒类如此呢？曾经市场上可以说是假货泛滥，究其原委，就是违法成本低，利润足以抵消风险。

世人皆醒我独醉

所谓"隔行如隔山"，一个行业不深入三年五载，很难全面了解行业规则；但"隔行不隔理"，在其他行业如鱼得水的，只要愿意深入学习、研究，想跨行也不是难事。

白酒行业里，总会有其他行业的人突然一脚跨进来，带着大把的钞票来找不痛快，尤其是那些怀有"酒香不怕巷子深"的情怀的。

这些人非常脸谱化的，简单勾勒一下，四十岁到五十岁之间，在原行业发了点财，或者想找新机会，或者贪心不足什么都想捞。

都知道酒若卖开了很赚钱，但这钱是如何赚法，其中不足为外人道的法门他却不懂。只是一厢情愿地以为，只要把酒的品质做好，就算卖不火也不会太糟。

跨行过来的财主们，因为有钱嘛，租别人的厂是坚决不干的，大老板当惯了，不能容忍让别人当房东剥削自己。如果自己建厂呢，可以是可以，但生产许可证审批周期太长，等不及，更何况还有厂子建好了，证却批不下来的先例，风险较大。几乎都是选择买一家现成的酒厂，既然带着大把的钞票转行过来，一定要把瘾过足，买厂最省事。

酒厂其实不值钱，一般都远离市区，土地、厂房、设备都不贵，价值全在那张生产许可证上。尤其现在的要求较以前更规范，并且许可证只减不增，有计划地每隔几年验收时取缔几家，这个证也就越来越贵。

大致买个这样的酒厂，所要花费的资金在一线城市不够买半套房的，财主们一看，太便宜了。他们不在乎五百万还是一千万，有能力为梦想买单的，一点都不能将就，贵点反而更开心。再说买来的酒厂，有生产许可证在，有固定资产在，这些都是硬通货，今后想转手肯定亏不到哪去，所以买厂时都很豪迈。

买厂以后要定位产品，一个艰难的选择摆在面前：他们此时已经对酒行业有了初步了解，如果想顺利开局，则必须生产新工艺白酒，找个好师傅把味道调好，借鉴一套适合自己的营销方式，以销定产，这是正途；可这样做的缺点是投资大，风险大，打起广告来，可比买厂时的资金需求量大得多。这时候就开始犯嘀咕了，积极，还是保守？

选择积极方向的有一小部分能成功，选择保守方向的，几乎都是全军覆没，无一幸免，例子一举一大堆。不管他们是何种原因转的行，也不管这些人天南海北甚至生活的时代差上多少年，做出保守型决定的他们，思路几乎都统一到一个模式上来，都好像同一个人似的，想法高度接近。

他们的思维是：一是不做广告只做好酒，不对市场进行资金投入，就算酒卖不掉，酒在我就不亏；二是好酒便宜卖，和勾兑酒比质量，把营销的费用让利给消费者，酒香不怕巷子深嘛，相信消费者最终会被物美价廉的好酒所吸引；三是渐进式发展，等今后赚了钱再做广告，把赚到的钱投到市场上去，良性循环逐渐做大，做成百年老店。

就这个思路，二十年里见过五个，小庙以为，不是想法不好，而是不合时宜。白酒行业之残酷，远超他们的想象，他们此时还不知道啥叫"心碎",因为他们还没有经历未来,最终现实会告诉头破血流的他们:"你所爱好的,恰恰是你最不擅长的,如同你所热爱的,往往最不爱你。"

酒企是个企业,它的功能是融资投资,资本是逐利的,不盈利就贬值。一旦投资进去,现实立即照亮理想,逼着你不得不去唯利是图。

保守型之所以失败,归根结底是时势所逼。在导向一致的单边市场,无论谁逆势而动,最终都将粉身碎骨。

从兴趣出发,这个提法很多人在讲,小庙所见从兴趣出发又有所成就的,凤毛麟角,偶尔出现一个,就被传媒快速放大,好像就是普遍规律了,其实,那只是特例。

对于咱们普通人来说,职业的选择多数是被动的,被动地被推到某一个位置上,从此重复日复一日地单调生活,为一份留之无味弃之不舍的工作而日趋平凡。偶尔夜半梦回,想来青春远去,暗自一声叹息。理想依然还在,不过闲置太久,落满了灰。

跨行来的老板们,无疑都在其他行业经历过成功,有些自恃资本大运气好,非要试一试把兴趣当工作,偏要在白酒上干一番事业来。有些理念确实也挺好的,酒做得也正派,但成功的不多,后来逐渐都悄无声息了,令人惋惜。

因为是转行过来的,他们总会带来一些新理念。跨行业者多数都是理想家,幻想一个新方法,或者一个新品种,经过自己严密的纯逻辑推演,怎么想都觉得万无一失,必定会一鸣惊人,甚至一洗山河。可一旦刀兵相见,立即丢盔弃甲。

白酒行业的聪明人多了去了,你以为的独创想法,往往都是别人实践过的,只是你没看到而已。打个比方,北京到处有炒肝,广州没有,咱不能就此认定广州是空白市场,广州人民都翘首以盼北京炒肝莅临。咱得想想过去几百年间，怎么可能没人想过这主意，并且实践过呢。之所以广州现在仍然没有卖炒肝的，是因为前面所有去卖炒肝的都失败了。你没看见，不代表没有过，也不代表这想法就是你的独创，事实是前人都失败了，你再去也一样。

说得有点乱，要表达的意思是，在导向一致的单边市场，谁也别想逆势而为，酒这个行业也不例外，任何人抱着特立独行的想法进来，结果要么被同化，要么被赶出去。

所谓时势造英雄。和潮流对着干，必然被动挨打。虽然咱们知道，这个潮流或许是不对的，是扭曲的，但我们仍在历史的进程之中。时机未到啊，唏嘘。

时势，把那些想在巷子深处造好酒的，都逼成了悲情英雄。过去这些年，做电脑的，做手机的，卖矿泉水的，等等，很多跨行过来的大企业，论资本论才干，都是顶尖的精英，可他们搞的白酒，诸位，有见过一个成功的案例没有呢？热闹一阵后，为情怀买完单，哪来哪去，一地鸡毛。

他们失败的原因很多，其中酒徒也难逃干系，我们的消费习惯，可能就是砍下英雄头颅的那把刀。

酒徒买酒时，哪一个不被广告所引导？你去超市买酒，一个天天做广告，一个从不做广告，你会选哪个？尤其从没见过的新牌子，你会主动选择尝试吗？你试都不愿意试，酒再好有什么用！

当然，总会有人去试，只要酒好，名气慢慢会有，是金子总会发光，酒香不怕巷子深嘛。可它在那里等着你是需要成本的，是要花钱的，在你可能出现的消费场所每等一天，成本都在噌噌地增加，它能撑到哪一天呢？"驿外断桥边，寂寞开无主。已是黄昏独自愁，更著风和雨"呐。

所以，有酒友说"曾经偶尔买过啥啥酒挺好的，再买就买不到了"，基本都是这个原因。

表面上看咱们对商品是自主选择，其实当我们购买某个酒时，已经是被引导的结果。不做广告的不买，广告做得不好不多的也不买，就算广告打动我了，商品不漂亮还不行。咱们对包装多挑剔呀，你看眼前那些名酒，哪个不是在包装上下足了功夫。以上咱都满意了，没有促销还不行。总之呢，酒水品质如何，在购买决策中占比并不大，品牌、广告、包装、促销才是真正的购买动机。假如120元，让你买瓶没有广告、没有包装、没有促销的光瓶酒，你买吗？洋酒可能会买，国产白酒肯定不会买，这就是消费习惯。

酒香不怕巷子深？听错了吧，原话可能是：酒香就怕巷子深！

小庙想告诉那些跨行过来的爱酒人，哪怕失败了，也不用难为情，为情怀买单不丢人。曾为梦想失败过，已非常人所能为，是荣耀，是光荣，足令人爱之，敬之。

而对于那些不爱酒不懂酒，跨行过来只想捞点钱，一步正路也不走的，咱们不仅不惋惜，还要为之欢庆，要看他的笑话。

曾有一位企业家，当年到小城来投资，凡事必须"高大上"，结果三年不到就一败涂地，留下一座空厂房还在那闲置着。

反思这位仁兄，财大势大，身边也不缺摇鹅毛扇的能人，若是认真学习很快超越同行也极有可能。他并不是败在外行上，败在哪里了呢？败在不懂酒不爱酒，跨行过来只是觉得酒的利润大，把酒当成盈利的商机，投机来了。

酒的品质差自然不必说，价格还死贵，三精一水就敢卖几百上千块，别人还不能说酒贵了，一说他还有理："我这水晶的瓶子，一个就几百块。"谁要你瓶子呢！你卖的是酒还是瓶子啊？！

幸亏他关了张，否则必是小城青年们的坏榜样，真会让人以为只要有钱有势，就能为所欲为呢。

假设他成功了，也难能赢得丝毫尊重，"仁者以财发身，不仁者以身发财"，盗泉之水得利不当，纵使你富甲天下，也未必如我粗茶淡饭吃着香甜。

有人说愤世嫉俗者，皆因自己没有得利，此话以偏概全。并非人皆为财死，鸟皆为食亡，我相信这世上一定会有一些人，有那么点骨气，并不因没得利而愤怒，却是因愤怒而舍弃得利。君子有所为，有所不为。不为，非不能为也！老祖宗的那点风骨，还在悄悄地传承。

"如飞蛾之赴火，岂焚身之可吝。"

白酒小作坊

一说到"作坊"，眼前就联想起铁匠铺，院子里搭个草棚，一家人齐心合力，谁的脸色也不用看，小康世界万事不求人，活得逍遥自在有尊严。据小庙各地所见，小城以外，还真有特别爱实践的，租个小门脸或打扫好家里的小院子，弄套设备安装好，从此用心酿好酒，连喝带卖，做个潇洒的手艺人。

可生活总爱捉弄人，往往忙活了几个月，搞场地办执照学技术买设备，好不容易万事俱备了，却发现拥有的这一切，和预想的不太一样。

本来是想买套中山装，裁缝却给做成了燕尾服，在狂奔的路上，又一次迷了路。小作坊都快开张了，才知道想在小作坊里做传统白酒，几乎不可能。理想还在地平线，距离依然那么远。

把传统白酒比喻成"作坊式"生产，仅是形容它没有摆脱以人力为主的生产方式，并非是指它生产工序简易。

所谓现代化、工业化，是让机器替代人力，十个人才能办到的，让一个人就能完成。而传统白酒难以标准化，重复性又差，做一甑酒当初该多少人力，如今还得多少人力，莫说工业化，个别工序的"机械化"如今都没完全实现。"作坊式"生产的原意，仅是指它仍然高度依赖人力，并非是说开个"家庭式小作坊"就能实现传统白酒的酿造。

但传统白酒以外，其他酒类生产，现代化、工业化则日益精进。基于单式法和单行复式法的广泛应用，现在很容易就能搞一套设备生产，很多酒友动了自酿的念头，也多是看到了这样的设备才萌生的。设备不仅价格低廉，教程里传授的酿造方法又简便易行，任谁看了也会怦然心动，自己弄套玩呗。

可卖家不会在教程里科普固态和液态的不同，更不会告诉你，这些只能是"单式法"或"单行复式法"，和传统白酒的"并行复式法"有天壤之别。问得急了，他只说"咱这做的都是纯粮酒"。到了这个节骨眼上，"纯粮酒"这三字一下就能说到人心坎里，暖暖的。图的不就是"纯粮"吗？足够了！

纯粮就够了吗？其实不够，差得远着呢。

这话老生常谈了，小庙曾三番五次的谈及，总而言之吧，俚语里的纯粮酒隐喻的是"传统白酒"，但传统白酒与其他酒类的区别在于工艺，而非原材料。所以不能用"纯粮"二字去区别酒或酒精，要知道，酒精也是"纯粮"的。

严谨地说，"纯粮酒"或"粮食酒"的本意，是代指"纯谷物固态法传统大曲白酒"。名字有点啰唆，可要表达的准确，书面用语就得这么不厌其烦。还是俚语方便，"纯粮酒""粮食酒"，虽不准、但达意。然而这词用的时间长了，被人乘机偷换了概念，借此暗示另一个意思："只要纯粮的就是传统白酒"。酒徒不明就里，难免就上了心，想着自己开个酒作坊，坚持纯粮酿造，以给传统白酒正名。

再看那街头巷尾的小酒坊，高粱堆山堆海，蒸馏器也有模有样，又是百年老店、又是传统工艺的招牌挂着，不由得你不信，只要弄出酒精来，就等于做出了酒。

话说回来，街巷里的酒坊老板们，他们当中很多人是半路出家，当初也是满腔热血，想去做语境里的"纯粮酒"的。只是等到学技术买设备忙乎一阵后，才明白原来酒的区别不在材料而是在工艺上。好比小木匠学手艺，本来想学做家具的，结果拜师却去了棺材铺。

事实是，以个人或家庭为单位，很难完成传统固态法白酒的生产。想酿造出"纯谷物固态法传统大曲白酒"，绝对不是三五个人、一个院子几间房就能做到的。它不仅需要一定的硬件支持，每个环节还都需要有熟练工人，制曲、养池、培菌、发酵、蒸馏……总之要有完善的周边配套。

传统白酒的生产有门槛，门槛还挺高。做传统白酒，需要具备一些先决条件，例如，先得处在一个行业配套齐全的地区，否则想搞起来很艰难。

比如说吧，除清香型用缸以外，其他香型都要有窖池，浓香型的泥窖最难，不是说挖个坑就行了的。酱香型的也不容易，不管是新式窖还是老式窖，和浓香一样，必须得专业的人来做。要知道，传统白酒是从试错中得来的，完全是凭经验。专业的队伍有师承，他建的窖池就好使。外行人比猫画虎，理论再扎实都不行，专治不服。

有了窖池还不够，窖池要养要护还要修，如果周边有专业团队在活动，那就好办了，招之即来，什么问题都能及时解决。若周边没有他们，就算你愿意出大价钱请他们来，人家也得愿意去才行。就算去了也未必及时，一窖酒出来若没来得及续上，池子虽然还在，可菌都死了，又得重新再来。

酒曲更是技术活，做出好酒曲比酿出好酒更难，"曲为酒之骨"，"好曲出好酒"，它是重中之重。老话说"曲不离窖，窖不离曲"，意思是，在原来，酿酒的要利用空闲时间自己做酒曲。幸好现在行业分工越来越细，越来越专业，做酒曲的已经发展成独立的行当，用钱就能买到。固态法大曲又都是陈曲，一次多买点放着，随用随取，倒不耽误事。否则自己再去学着做酒曲，那就难上加难了。

可就算有了窖池，也买来了好酒曲，发酵和蒸馏依然是问题，单说上甑，"松、轻、准、薄、匀、平"，说起来轻松，要做好却很不容易。

网上能看到一些商家视频，酿酒工甩起锨朝甑锅里撒，都不拿眼睛看；还有的两个工人搭档，一个用锨把酒醅铲起来，倒在另一位的簸箕上，拿簸箕的再朝甑锅里随手一撒。这样的都是外行做酒，可以倒推出来前面的工序做得肯定也不好，不然一丝不苟地把酒做到了这一步，怎么能容忍临门一脚马马虎虎呢。

当然，上甑毕竟还是体力活，是最基础的底层工作，只要严格要求，稍加训练也能做好。可若没经过跟班实习，没有老师傅手把手地传授，就算自己能摸索出来，也已经是弄坏几十甑几百甑酒以后了，这个成本担不起啊。

再说蒸馏，小庙虽然口诀都知道，也看得眼皮都起了老茧，可关键点的把握却仍然不太清楚。比如说"掐酒"，都知道"看花摘酒"什么的，好似也不难，多学学多看看不就行了嘛。是的，只要沉下心愿意学，早晚能学会，能掌握。但问题是，等你把以上这些都学会了，都掌握了，都可以娴熟运用了，那么，你还会去开个小作坊吗？

因为此时，作为传统白酒酿制全才的你，在酒行业里已经是抢手货了。找家酒厂应聘个专职的技术员，动动嘴指挥指挥，就轻松拿高薪；要是不怕累，拉几个帮手各酒厂接活打短工，挣得更多还悠闲；最不济的，去酒厂包几条池子，酒厂不收租金还可能倒贴钱，逍遥自在不操心。你还会想着去创业冒险吗？就算不忘初心要创业，起步也得正经开个小酒厂吧，今非昔比，眼界胸怀已经完全不同了。

很矛盾吧？要开传统白酒的作坊，就要系统学习传统酿制，而学会了传统酿制，你已经脱胎换骨，未必还想去开酒作坊。

小庙井底之蛙，眼界不够广阔，就目之所及，有传统固态法技艺在身的，要么应聘高职，要么拉队伍接活，要么包池子酿酒，要么开酒厂做买卖，要么有更好的门路改了行。街头巷尾开个小店的，一个也没见到过。

不懂传统固态法，却还想开酒作坊，行不行呢？行，绝对行！小庙的建议是：以小曲为宜、以米酒为宜、以半固态法为宜。

举个例子，桂林三花酒就是好典型，适合作坊式经营，居家自酿亦可。

三花酒是小曲米酒，和大多数米酒一样用粳米，不用糯米。经过半固半液糖化发酵，再蒸馏。所谓半固半液，意思是前期固态糖化，后期液态发酵。具象点说，就是把米蒸熟了拌小曲静置，等糖化到一定程度，冲水稀释米饭，换个缸再发酵，即可蒸酒。

岔个话题，讲个鉴别三花酒好坏的传闻——摇酒看酒花。酒花越细越好，停留时间越长越好，能堆起大、中、小三层酒花的，才算得上合格。这也是为什么叫它"三花酒"的原因，和花花草草没关系，是能堆积三层酒花的意思，当地称为"堆花细"。

然而，如今"酒花剂"在淘宝上五十元就能买一大桶，稍微添加一点，自来水都能给你摇出三层花来，要几层起几层，想停多久停多久。摇酒花于鉴别白酒已经没有意义，"堆花细"只是传说罢了。

三花酒是小曲米酒，举一反三，各地米酒酿制方法基本相同。相对固态大曲白酒来说，小曲米酒简单易行，只要用心细致，足工足料，酿出的酒蜜香清雅、入口绵甜，也是难得的好东西。

把小曲米酒归类于半固态法，也有人持不同意见，如今两种声音都有，咱们也分不清谁对谁错。但不管它应该归类于什么样的理论范畴，总之只要遵循旧例不走样，街头巷尾开个小作坊也是完全可以骄傲的。

　　小曲米酒流行于西南地区，一些山区交通不便，农家自给自足，农闲时候弄几斤酒，喝喝酒唱唱歌，一晃一天过去了，想想都美。

　　云贵川地区除了小曲米酒，小曲玉米酒也很受欢迎。想当初，云南连续三年大旱，小庙因职业关系，曾随勘探队游走彩云之南。在中缅边界的一个小山村，见农家聚饮，所饮玉米酒因过分萃取，致使酒色浑浊口味极差。

　　而村民不以为意，喝起来兴致颇高，小庙受气氛感染，也入乡随俗地喝起来。妙的是，喝着喝着就顺口了，也不觉得酸、也不觉得苦，美得很。可见有酒即可尽兴，还挑什么酒好酒坏！

　　半固半液以外，也可以用液态法酿制米酒，省去更多人力物力，操作起来更简单。但简单的东西也可以复杂化，例如广东玉冰烧，就在液态法的基础上，额外增加工序。

　　玉冰烧酿制，蒸饭、摊晾、拌曲，入坛发酵时以1：1或1：1.5的比例加水液态发酵，发酵半个月后液态蒸馏，直接蒸馏至30%vol，随后按照10：1的比例放进去肥猪肉，在酒里泡上一个月，撇去油层，滤出清液即成。没加猪肉前叫"斋酒"，加过肥猪肉就叫"玉冰烧"。

　　小庙想当然地以为，玉冰烧是受"羊羔酒"的启发，把用肥羊肉和米一起煮饭，改为蒸馏后用猪肉浸泡，异曲同工。

　　米酒以外，小曲高粱酒也是一枝独秀。小曲高粱酒各地区制作方式略有不同，但究其根本大同小异，其本质不变。例如诸暨"同山烧"，号称浙江茅台，使用的蒸馏器古朴。究其本源，按照发酵分类，同山烧是半固态法，是先糖化、后发酵的"单行复式"，和永川高粱酒、川法小曲酒、云贵小曲酒等的道理是一样的。

　　小曲高粱酒品类繁多，生活中寻常可见，例如西南某畅销品牌，产品说明里就标识了类型为小曲酒、高粱酒。不过在宣传上，他们动了脑筋，用了一个很烧脑的词，叫"单粮酒"。

　　单粮，顾名思义，就是只用单一的粮食酿酒。然而咱们知道，酿酒必须用糖化发酵剂，传统糖化发酵剂就是酒曲，酒曲的使用比例还不小，而只要用到了酒曲，酒醅就一定会包含两种以上的粮食品种，那就不存在单粮之说了。

　　如今用"单粮"概念造势的酒企业不少，市场需要不断地投入新概念，毕竟不爱思考的是大多数，有的是人听之信之，倒也正常。小庙啰唆这几句，只是想说明一点，单粮可以有，但它跟"传统白酒"不沾边。

　　小曲白酒以外，麸曲白酒也是可选项，麸曲实操简单易行，成本低、出酒率高，适合作坊式生产。有关"麸曲"，小庙曾详细讲过它与大曲的区别，并非仅是原料不同，本质上它们就不是一回事。

　　麸曲白酒无论是固态法还是液态法，都不能归类于传统白酒，因为麸曲本身是舶来品，它是日本人的发明创造，20世纪40年代开始传入中国。日本人的技术，咱们拿来用了不算，再挂出个"传统白酒"的幌子来，有违事实！

　　麸曲以外，也有使用活性干酵母和糖化酶替代酒曲酿酒的，更省力、更省钱。从酒精发酵原理来说，这样确实更科学。但是，咱们谈的是酒，酒精生产与酒偏离太远，没必要再去深究了。

　　总而言之吧，不管是开小作坊也好，居家自酿也罢，因纯谷物固态法大曲白酒不易实现，小庙建议：以小曲为宜、以米酒为宜、以半固态法为宜。

　　具体来说，排列顺序为：小曲米酒、小曲玉米酒、小曲高粱酒、麸曲米酒、麸曲高粱酒。到了麸曲高粱酒这里，就不能再朝下排列了，咱们得知道底线在哪里，"知止而后能定"。

　　"知止，则志有定向"也。

桂花酒

微信群里晒桂花酒，酒友垂询桂花酒泡制之法。效此法非难事，算来只需半日闲暇，故录此文供酒友参考。

老酒数斤备用，再置素陶坛抑或玻璃储具，寻金桂一株，每日晨昏检视，以择采花之机。

人云"花看半开，酒饮微醉"。诚然，桂花半开时香味最浓。可"一年三百六十日，风刀霜剑严相逼"，几经风雨才得绽放，半开若被采去，桂花岂能无怨？而若桂花有怨，入我酒也必饮之无味。所以此时，绝非采花的好时机。

莫着急，桂花花期短暂，"断送一生憔悴，只消几个黄昏"。洗好坛子虚位以待，且等它领略完这世间八月。

就在不经意的某个清晨，最好是一夜秋雨过后，小小桂花由荣转枯，行将凋零。此时花叶，只需轻轻触碰便纷纷跌落，时不我待，采花入酒莫踟蹰。

采得桂花，把花茎去尽，反复筛选只留花叶，纳入坛中加老酒数斤。但得如此，也算这小小桂花的造化，"质本洁来还洁去"，入酒留香，不枉来这世间一遭。

小庙泡桂花，尽量花多酒少，越浓越妙。泡好了把酒滤出来，分开装进小瓶子。实际上这滤出来的酒，恰似佐料功用，喝时依当时心情，取之兑入杯中，亦可浓亦可淡。

老酒醇厚桂花香，美则美矣，但有不足，因酒与花香之间还少了一层过渡，还要再加入杨梅酒或樱桃酒，取其隐隐酸甜。

至此酒味有三层：老酒绵柔、浆果酸甜、桂花浮香。乍一入口，有进止难期之感。如此堪为美酒乎？还不行！酸甜一闪而过，花香须臾即散，余味尚显单薄。

怎么办呢？可再加些许荷叶酒。至如此，就算醉卧于榻，待一梦醒来，仍觉有舒爽于吐纳之间。

桂花酒调制不易，喝时自然也不能轻率。曾经喜欢用玻璃杯，观酒色绚丽流光溢彩，再配佳肴以畅饮。可后来发觉，美食争其味，桂花酒应该素喝，用杯也宜白瓷杯，敛婀娜于杯中则平添玄秘之姿。

尽管如此还不够，如机缘巧凑，在合适的时间、合适的地点，有美景，有挚友，心无杂念坦荡一醉，方不负桂花酒之绝美，亦可谓世间极乐。

小庙追忆，天不薄我，此等快事亦曾得遇。

距今约十数载，与内子登黄山，宿营于天都峰之侧。是夜，月朗星稀，取白瓷杯满斟桂花酒，对当空皓月、连绵群山，浅斟低酌至沉醉。

犹记酣畅之际，心荡神摇，观美酒而忽悲叹。我叹桂花，花开花落若刹那，可曾抱恨花期短？

忽复转念，想必明月观我应如是，亦只凡尘瞬息间。

药问五难

药酒是药还是酒？这个问题很严肃。

很多酒友每日无酒不欢，喝药酒的想法多是惯性得来，既然我天天喝酒，不如我喝药酒，那样既能喝酒又能滋补，两全其美。

如此惯性思考的占大多数，把药酒当成酒。于是找个方子就泡上了，也不管这方子治的什么病，更有甚者，懒得找方子，道听途说地找些中药材就丢酒里面，以为只要药好，总会起点好作用。饮时也无节制，偶尔兴起只图一时痛快，不醉不休。这种喝法，我觉得用"自残"二字来形容也不为过。

药酒是药，不是酒！药酒不能当酒喝，要当药吃。

大量饮酒不过就是醉一场，而大量饮药酒却如同过量服药，不仅无益反而有害。就像感冒冲剂挺好喝，但你能因为好喝而非要喝过瘾吗，好喝它也是药。请看那些咳嗽糖浆上瘾的，那叫瘾君子，是中了药的毒。药酒只能当药吃，不能当酒喝，补虚损，宜少服，取缓效。

药酒的泡制过于复杂，不是几百字几千字能概括完的，并且自己受视野所限，了解也是不多，真怕一言不慎，指错了路，反而适得其反。药酒喝死人的并不鲜见，随便一百度就是冷汗一身，不敢儿戏。诸友读时请辩证地看，读完能引起思考，进而根据自身需要深入探究，即是本文功德圆满。

药酒第一难是问症。每种药酒都有适用的病症，要根据自身的需求找对方子。可自己有什么需求，自己却很难准确地认知，人最难的是认识自己。所以酒友泡制药酒以前，最好去找一找医生，做个体检，给自己问问症。

既然是中药泡酒，自然与中医关系密切，多数酒友会直接去找中医，但多数中医却未必谙熟药酒。哪怕中医是万能的，不代表所有中医大夫也是万能的。事实上具体到个体医生时，庸才也是不少。

据说人有二十八种脉象，望闻问切自有一番道理，中医根据脉象能判断出疾病。但中医切脉受经验影响很大，准确率各有不同，同时也有不足，比如中医能号出来高血压，却不能号出来血压是多少。

个人以为，为泡药酒做体检也不妨中西医相结合，西医那里做检查，拿着各种化验去找中医，这样可能效果更好。自己有没有病？有病的话是什么病？没病的话又在哪方面不足？了解了这些，该喝些什么药酒就清楚了。

可既没病又没有不足，那怎么办呢？如果既没病又无不足，真的不必凑热闹。奉劝一句，健康弥足贵，切莫瞎折腾。人人都想锦上添花、好上加好，但月满则亏，水满则溢，盛极则必衰，哪怕你想去拯救世界，喝药酒也补不成超人。

当然，也有个别酒友觉得药酒就是好喝，就是喜欢那个味。如果真是如此，请参考前面所讲咳嗽糖浆上瘾的，也许喜欢喝本身就是病！不过喝药酒上瘾的病，却没有药酒可以治。

药酒第二难是索方。因药酒而找中医问症，问症是目的，开方子倒在其次。中医虽有同病异治、一人一方的精妙，但在药酒上，却不适宜。懂医未必懂药，懂药未必懂医，既懂医又懂药的未必懂酒，这就是寻方的难点所在。

如果遇到的中医是爱酒之人，自己有心得有体验，这是你运气好。可一般中医给你开的只能是治病的方子，煎熬服用，讲究药灌满肠。暂且不管开的是经方还是时方，你用此方去泡药酒，就不对路子。你若非得问他泡酒与煎服效果是否一致，恐怕很难得到满意的回答。

问清楚了自己的症，按需找方子即可。方子不难找，都在典籍上躺着呢，只要你愿意去找它，它一定不会躲着不见你。

中医分两大派，经方派与时方派。所谓经方，原本指经方十一家，由十一部医书组成，是自远古至汉代中医药学的总结，其中十部都已失传，只有莫高窟里流出《辅行诀藏府用药法要》流传于世。虽然十部医书失传，但医书中所载的方剂却没丢，因为当时医生从这十一部医书里学以致用的方剂，存在于别的书籍中流传至今。

如今所谓经方，就是指以张仲景为节点和代表的，汉代以前流传下来的方剂。自他以后，唐宋时期创制的方剂就称为时方。

经方是汉以前古代医术的总结，虽然"经"字作何解至今仍有争论，但我等俗人浅白理解为"经验之方"也无不可，由此推导，经方中所载药酒之方，自然也是古人验证有效的方子。

经方是医方之祖，后来时方都以经方为母方，在此基础上发展、变化。经方用药简洁见效快，时方用药烦琐见效慢。经方虽快却过于刚猛，时方虽慢可药力温和。咱们外行无从决断是经方好还是时方好，其实都好，都能治病。

治疗同一种病，方子不同，所用药物也不同。在古代中国，因为运输等条件所限，南北方的药物流通艰难，于是有些方子就因地制宜，比如没有金银花的地区，用药可能就多用板蓝根。古方虽多，但无高低，视条件择一即可。

酒友如对经方所载药酒有兴趣，不妨从《金匮要略》中找。至于时方，则俯拾皆是。

药酒泡制并非全是复杂烦琐，有些简单易行，比如我们经常泡的水果酒、花卉酒，也有滋补的功能，可以归为药酒之列。广泛泡制的杨梅酒，不仅预防中暑、解除暑热，还能调五脏、涤肠胃，泡在酒中的杨梅，专治腹泻，只要不太严重，吃一粒就能见效。桑葚酒可以养血明目、利水消肿，荔枝酒可以益气健脾、养血益肝，樱桃酒可以祛风除湿、活血止疼，草莓酒可以补气健胃，红枣酒可以益气安神……

总之药酒之方比比皆是，要找到适合自己的，且要费点思量，花点时间。万万不可轻信人言，人云亦云。别人怎么泡自己也怎么泡，别人喝了可能强身健体，你喝了可能有害无益。三天不出门，必有成果出。专心做一件事，其乐也是无穷。

第三难是寻药。有了方子就得抓药，这抓药里面的学问挺大，不仔细了容易给自己挖坑，跳进去都不知道是谁下的绊子，自己坑自己的，没地方喊冤。

古方里的中药单位是"钱"，而现在药店卖药是以克为单位。惯性地想，1两即等于10钱也等于50克，于是换算出1钱等于5克。这个算法问题很多。

古制以明清为例，1斤等于现在的595克，1斤等于16两，每1两等于10钱，计算出1钱约等于3.72克（595÷16÷10≈3.72）。

官方资料中，1959年改制时，中药计量例外对待，沿袭旧制不变。但深究起来，说是不变，实际上已经变过了。因为在1929年时，已经将1斤595克改为了500克，因此按照现代中医计量方式，计算出1钱等于3.125克（500÷16÷10=3.125）。10钱为1两没改，16两为1斤也没改，但1斤减去了95克，被除数变了。

你去中药房买中药，他们言之凿凿地告诉你，1978年以后，中药计量今制和古制并用，古制的计量，沿袭至今未变，1钱等于3.12克。但他并不知道，1929年以前，1钱其实是3.72克。

因此诸位若用古方泡酒，在购买中药时，切记这个换算方法：1钱等于3.72克。例如需买人参1两即是372克，在药店购药时，按他的古制计量要买1两1钱9分，以此类推。

但了解这些还不能放心去药铺，你还得知道一些中药的识别方法。

中药有一个门类叫"道地"药材，意思是在特定自然条件、生态环境的地域内所产，别的地方虽然也有同种，却不能与之比肩，我们自然尽量使用道地药材。

例如枸杞，宁夏中卫的西枸杞是道地药材，而天津出的津枸杞是清末引种的，就不能说是道地药材，包括甘肃枸杞，新疆枸杞，等等。论质量疗效唯有宁夏枸杞为最佳，这就是道地药材的价值所在，只能在特定区域出产的才行。

比如人参，只有长白出产的野参价值最高。野参咱就不想了，老把头们虽然还在，但野参十分难得。可就算买人工栽培的人参也有讲究，有鲜参有干参，鲜的和干的一看即知。然而干参，你很难识别是否经过熏制。如果你不懂，可能你会选到硫黄熏过的，因为它看起来比没熏的更可靠。

说到人参，就得说西洋参。很多酒友会以为西洋参和人参是同种，西洋参是外国产的，要不咋又叫花旗参呢。若从治病角度看，治疗糖尿病、休克的效果确实相近，但用在药酒上滋补效果却不同，因为人参药性热，西洋参药性偏凉，一凉一热相去甚远。

由此延伸，同是道地药材，疗效也有不同。例如同是贝母，浙江贝母是宣肺清热，四川贝母是润肺清热，东北平贝母是化痰止咳。浙贝母用于痰热咳嗽、感冒咳嗽，川贝母用于虚劳咳嗽、燥热咳嗽，平贝母用于阴虚劳嗽、咯痰带血。若药酒有贝母一味，不小心用错了，可就徒费人力物力。

地域差别之外，同种同地域的药材，制作不同，药效也有不同。比如全蝎，分清水和盐水，清水的治中风，盐水的补肾；比如地黄，分生地和熟地，生地性凉，熟地性温……

此外，含毒性的药物，除非万不得已，尽量不用，比如乌头、雄黄等。还有一些必须专业炮制后才能使用，如蛇、蝎等。有酒友把鲜蛇甚至鲜蛇头直接泡酒，那是万万不可的，没有喝出事是侥幸，万一有碍则追悔莫及。

凡此种种，不一而足，奉劝诸位在找到方子以后，根据所需药品名目，详细了解各种药物的属性、产地、制作方法等信息，尤其是要关注假冒中草药的识别方法。

假冒伪劣中药之盛，比之假酒有过之而无不及。小城被誉为四大药都之首，小庙身居药都，与药商打的交道比酒徒多，深知其中利害，请诸位慎之又慎，不是胸有成竹，宁失勿用。

药酒第四难是用酒。宋代以前中国没有蒸馏白酒，经方所载的药酒之方，皆为发酵酒，以米酒为主。并且经方中绝大多数不是用酒浸泡或渗漉，而是用酒煮药，其根本还是辅助药力。

例如大家熟知的五加皮酒，算是药酒之中家喻户晓的一个方子，明代《本草纲目》里记载，先是把五加皮煮汁，然后加酒曲和饭酿制成酒。

现代科学认为酒的度数越高，溶解、浸出药材有效成分的时间越短、效力越强。由此推敲，无论经方时方，看古人用米酒煮药，应该是受条件所限，当时没有蒸馏酒，只能用发酵酒，而发酵酒溶解性不强，所以用蒸煮法来逼出药中效力。

在蒸馏酒出现以后，药酒之方有见蒸馏酒浸泡之法，但有些依然强调用发酵酒，此中自有医家道理，切莫妄自揣测。今人泡制药酒，宜遵古法，根据药方选酒。

如是用黄酒或米酒，可以用热浸法，把药物与酒同装进陶罐里，泡上一两天，用小火煮沸，自然放凉再静置三五天，然后把酒过滤出来，再把药物压榨出汁，混在一起，装进瓶中，慢慢喝。

如是高度蒸馏酒，建议冷浸法，把药和酒装在坛子里浸泡即可，在浸泡过程中每天要晃动晃动，让药与酒充分接触，七天以后逐渐延长晃动间隔，可以三天五天晃动一次。至于浸泡时间，最长不要超过一个月，浸泡以后也要把酒与压榨出的药汁换瓶储存。

不管是热浸法还是冷浸法，泡好的药酒都不能长期储存，成为药酒以后就有时效，超过了一定时间，药效会受影响，出现沉淀或酸败变质，那就绝对不能再喝了。如果酒是上乘好酒，换瓶后放两三年没问题，可尽管如此，小庙仍是建议一次泡制量不必大，一次泡的酒三五个月内喝完最佳。

药酒第五难是独酌。药酒最忌请人共饮，与人分享是美德，但要看分享的是什么。比如你吃某个感冒药挺好，你能打电话请人一起来吃吗？这还在其次，你可能无病无灾泡点滋补的药酒，你请来的客人却未必和你一样，人的体质各有不同，你喝起来有益，他喝起来却可能有害。万一与药相悖，就有可能引祸上身。请人喝药酒闹出人命的不是没有，不信你仍可搜索一下看看。

药酒很私密，只宜独享。治疗用的药酒，要在餐后喝，用过饭，小酌一杯，以免空腹刺激胃黏膜而影响药物吸收；安神镇定的药酒，要在睡前喝；而滋补类的酒，没有时间限制，随时可以喝，但如前面所言，切勿贪杯，当药吃，别当酒喝。

话说到此，第五难不过是自斟自饮，这有何难呢，想必小庙哗众取宠。诸位，问症、索方、寻药、用酒只要认真，皆能实现。而这独酌，小庙以为却是最难的一处。

不倦烦琐小心翼翼地弄了坛药酒，不与酒友共享，如同锦衣夜行，难免寂寞。

胆子大的满不在乎，认为喝死人毕竟概率极低，哪会这么巧轮到我身上。朋友我且问你，你去买彩票时咋不这样想呢？祸事轮不到你，大奖你就一定会中，你真乐观！

独酌这还不难克服，了解此中利害，自然小心谨慎。难的是，一番心思泡的好酒，不给左邻右舍展示一番神技，实在憋屈难忍，若酒友看到此酒，又知药力作用，主动索酒一杯，却又如何拒绝。且不说知己好友，就算街坊邻居点头之交，打个照面说一句："你泡的药酒我想尝尝。"再把空杯子伸到你鼻子下面，你怎么办？

实话实说："我怕你喝死了！"话是实话，却难免得罪人。你尚未喝死，他自然也不会，你又不能死给他看。并且在他看来，别看你活蹦乱跳，且不知今后谁会走到前头呢。

要不就说："我不舍得。"这也得罪人，遇见有脾气的，人家能回家拿瓶茅台拍你脸上，咬着牙教训你啥叫视金钱如粪土。

实在不行借病推辞："我有病，你没病。"他倒不会立即提篮子鸡蛋来慰问你，但会一脸郑重地握着你的手，千嘱咐万叮咛让你想开点，那滋味也不好受。回去再一宣传，街坊大嫂听了不忍，晚上端碗饺子送过来，与夫人窃窃私语："弟妹呀，大兄弟这病委屈你了。"你等着，一夜之间名头就叫响了。

"世间安得双全法，不负如来不负卿。"又想炫耀又得低调，真的好矛盾！

渔家傲

皖北小城有淮河支流，名曰"涡河"，古称"阴沟水"，《水经注》上说："出河南阳武县蒗荡渠。"水面不宽，水流也平缓。

小庙就在河边渡口旁住了三十多年，渡口名为"拉车路口"，顾名思义是车马皆要路过此地的意思。据说这里曾经很繁忙，而在我的记忆里，渡口却从来都是寂寞的，从岸边望去，水波不兴，寂寥空阔。

渡口旁散居着少数渔民，少年时的街坊小友，有几位即是渔家子弟。彼时渔民已融入岸上生活，但也保留了一些老习惯。例如有的虽然岸上有房，每天早上都能看见他，好像是从房子里才睡醒似的，可实际上他是刚从船上回来。他从不在岸上睡觉，在他心里，岸上的房再好也只是个临时居所，漂在水面上的那一叶小舟，才是他真正的家。

渔家最擅烹鲜鱼，少年时没少在他们那里长见识。例如炖鱼汤，渔民炖鱼汤有两种做法：一种很简单，洗净了直接放锅里煮，称之为"熬鱼"，味道有些腥。另一种做法精细，鱼洗净了晾一会，同时烧一壶水。取炒锅下猪油，把鱼煎至双面焦黄，放几片生姜，再将正沸的开水倒进去，霎时间汤色乳白浓香四溢。敞开着锅盖煮上几分钟，撒点盐就出锅了。那个味道嘛，啧！啧！啧！

189

酒徒爱鲜鱼，古今皆然。想当初宋公明在江州和戴宗小酌，宴中想要碗鱼汤解酒，厨子端上来，宋江又觉得鱼不新鲜，惹得李逵抢鱼挨了张顺的打。小时候读到这里很纳闷，不理解宋江为何"便是不才酒后，只爱口鲜鱼汤吃"，这一般精致，与好汉们粗莽的群体性格迥异。

及至小庙也到了宋押司当初的年纪，作死般的醉了几次，才领略出施耐庵先生的高明。施先生写的虽是北方故事，可他却是苏州人，《水浒传》到了这第三十八回，无意间就露出了江南酒徒的本色，不然这鱼汤解酒的精妙是写不出来的。

小庙学得炖鱼之法，遇见机会就想炫技。曾有酒友听闻鱼汤解酒，极不耐烦，曰："难得一醉，何必解之。"待美美喝上一碗后，状态就出来了，回味无穷地吟了两句施先生的诗："能添壮士英雄胆，善解佳人愁闷肠"，"逍遣壶中闲日月，遨游身外醉乾坤"。

鱼汤虽好，却不算渔家绝技，小庙心中最推崇的，是曾在船上得尝的一味下酒菜——拌鱼鳞。

时常结伴厮混的好友之中有位钟先生是渔家子弟，有一日百无聊赖和他信步闲游。时值梅雨时节，至中午时分乌云压阵，我二人腹中甚饥却又身无分文，寻了几处闲汉出没的街头也没找到能避雨管饭的去所，无奈之下，钟先生一拍我的肩膀："咱哥俩上船吧。"

我当然无所谓，待业青年无聊多，不就是消磨时光嘛，去哪都行。当下回到拉车路口，架起岸边的小船，晃晃悠悠来到河面上钟先生的"住家船"。

渔家的住家船只做生活起居之用，长期停在某一水域，有的一停好多年，都不怎么动。或许是考虑安全的原因，住家船从不靠岸停泊，而是稳稳当当地躺在河道上，与河岸保持着一定距离。船与岸之间的交通用小船，迎来送往都是这一叶扁舟，无论何时，只要渔家高兴，把小船一收，便与世界断绝了联系。

钟先生在岸上有家，住家船并不用来居住，但却保持着完整的起居风貌，我登船一瞧，设施井井有条。钟先生一头扎进船舱里忙活午饭，我待在甲板上抽着烟愣神。在船上看水面与在岸上看水面有很大不同，视野广阔，放眼望去，"云青青兮欲雨，水澹澹兮生烟"。

正怡然自得，忽然想起这船上既没有电，也没有火，钟先生这午饭是怎么个做法呢？刚想到这，钟先生就招呼我来到舱内，盘腿坐下，只见小木桌上两只碗，一碗糖醋蒜，一碗拌鱼鳞。钟先生说："糖醋蒜后舱有一缸，管够；鱼鳞晒好的两大桶，你若喜欢，拿走！"

这碗鱼鳞，用料是普通鲤鱼或鲢鱼的鳞片，每片鱼鳞都有拇指指甲般大小。渔家在市场上卖鱼，给买主去鳞以后，鱼鳞不丢，拿回来洗净晒干存到桶里。平时取一些用大火煮透了，捞出来再用醋泡一晚，第二天洗一洗沥干水，拌上蒜汁香菜就可以吃了，这一碗拌鱼鳞，既有莴笋般的爽脆，又似鱼冻般的糯滑。

这天来得比较巧，也许钟先生原本就胸有成竹，鱼鳞泡在醋里正等着呢。我虽在岸边住了多年，鱼鳞却是第一次吃，忍不住先来上一大口，妙不可言啊，搜肠刮肚想找几句赞美的话，脱口而出的却是："拿酒来！"

水面上湿气重，渔家都爱喝几口，船上从不缺酒。钟先生背着手一摸，拿出一瓶子老酒，懒得再去找杯子，两个人你一口我一口，拿着瓶子轮番畅饮。

开始还聊几句，谈一谈风月，说一说八卦，但喝到一半下起了雨，"小雨纤纤风细细，万家杨柳青烟里"。雨虽不大，可落在水面却响动惊人，我和钟先生对面而坐，不嘶吼着都听不见对方说什么。

不说话也好，专心致志喝酒，一大碗拌鱼鳞我抱在怀里，吃得不亦乐乎，佐着老酒很快就入了醉。醉了就睡呗，船上就这点好，丢下碗筷不用挪地方，倒头就能躺。

　　我这边刚躺下，那边钟先生跟着也要躺，可船舱内原本空间小，中间又摆了个炕桌，没有能容得下他的空。钟先生豪迈，端起小木桌一拧身，连桌子带碗筷，隔着窗户抛了出去，直接丢在了河里，就势一个大仰背，吧唧摔在船板上，呼噜噜的鼾声就响了起来。

　　钟先生在船上住惯了的，雨声再大也不挂心，睡得香甜，我却被吵得睡不着，两耳充盈着雨落的鼓噪。好在北方的雨都下不久，渐渐雨停，鼓噪声逐渐低弱，由动入静，直至悄无声息万籁俱寂。偶尔听到鱼儿跃出水面的"噗通"之响，或远处传来的几声蛙鸣，心中一片空明、澄澈。

　　稍许风起，把小船轻轻吹荡，眯着眼睛享受着这柔缓的摇曳，感觉像回到幼时的摇篮。心里面美，舍不得睡，挣扎着想多撑一会儿，可不小心翻了个身，一下跌入婴儿般的睡梦中。

　　"绿水悠悠天杳杳，浮生岂得长年少。"这一觉，睡到如今都没醒。

羊羔酒

"天若不爱酒,酒星不在天。地若不爱酒,地应无酒泉。天地既爱酒,爱酒不愧天。已闻清比圣,复道浊如贤。贤圣既已饮,何必求神仙。三杯通大道,一斗合自然。但得酒中趣,勿为醒者传。"

李白写过四首《月下独酌》,这是其中第二首,通篇反复强调爱酒的理由,既说理又抒情,有趣又深刻,实在高妙。

都说"书读百遍,其义自见",而诗中所言"清比圣""浊如贤"是什么意思呢?

年轻时候不明白,后来才了解,它们指的是过滤后的发酵酒和未过滤的发酵酒。过滤后的发酵酒,酒体清澄,古人把它比作圣人。未过滤的发酵酒,酒色浑浊,古人把它比作贤人。

古人诗词歌赋中,总爱用"浊酒"两字,其实很多时候,"浊酒"二字类似修饰词。比如范仲淹写"浊酒一杯家万里"时,官居延安知州,是宋仁宗时期延安地区的最高行政长官。他写"浊酒",并不一定喝的就是浊酒,就像换作如今,他也不会写"茅台一杯家万里"一样。

古代中国,在很长一段时期里黄酒是主流。黄酒以谷物为原料,南方用大米,包括糯米、粳米、籼米;北方用黍米(大黄米)、粟米。

传统黄酒双边发酵,先制造酒曲,再用酒曲糖化发酵谷物里的淀粉，糖化与发酵同时进行。

酒曲主要是麦曲，在《齐民要术》里记载了九种制酒曲的方法，其中有八种都是麦曲。《左传·宣公》所记，申叔问："有麦曲乎？"可见麦曲源远流长。

黄酒酒曲跟白酒大曲有相似之处，原料多是麦曲，将谷粒粉碎或蒸熟，使其失去发芽能力，仅发霉而成曲。

传统黄酒可归类于高浓度发酵，大米与水的比例是1：2，要想得到酒精含量16%以上的酒，就需要醪中的可发酵糖达到30%以上。

看上去米少水多，怎么能称之为高浓度呢？高不高是比出来的，啤酒酿造麦芽与水的比例是1：4.3，威士忌酿造麦芽与水的比例是1：5，这么一比较，才显出来黄酒发酵的浓度之高。

米、曲、水，是黄酒最重要的组成部分，米为"酒之肉"，曲为"酒之骨"，水乃"酒之血"，黄酒酿造用水，高于咱们生活用水。传说绍兴黄酒之所以能名扬天下，就是因为鉴湖水与其他地方不同。

古代中国各地都出产黄酒，可是有个通病，不能长途运输，长途运输中酒晃来晃去容易酸败，唯独绍兴黄酒独树一帜，就它不怕晃。况且，历史上有很长一段时期，北京和广州是黄酒的主要销售市场，绍兴毗邻京杭大运河，自然有利于长途贩运，自酿酒伊始就对应北京和广州，把酒分为"京庄"和"广庄"。想来其中鉴湖水有利于黄酒酿造是其一，京杭大运河之便利是其二，有此两条，绍兴黄酒冠绝天下，也就是自然而然的事了。

黄酒为什么叫"黄酒"呢？如同白酒为什么叫"白酒"一样，令人费解。牛奶才是白色的，白酒透明无色，一点也不白，可它就叫白酒。

黄酒应有的色泽是橙黄，以及橙红、黄褐、深褐，不是咱们普通人所熟悉的正黄、明黄、金黄，但它依然叫黄酒。其实黄酒酿制完成后，呈色来自酿造原料的自然色，有很多是无色的，只是在储存的过程中，因"美拉德反应"产生"类黑精"，酒色才产生了变化。储存时间越长，颜色越深，环境温度越高，变色速度越快。

在古代中国，当时的黄酒是现在的黄酒吗？区别可能会很大。古代酒类，并不全是黄酒，用现代的词语来形容的话，只能用"发酵酒"来统称。不管李白去过多少地方，喝过多少种酒，他所尝到的只是发酵酒。颜色如何？味道如何？今人再难见其原貌也。

古时发酵酒，因时因势，有高有低，据《宋史·食货志》所记，春天入池秋天出酒的叫作"小酒"，秋天入池春天出酒的叫作"大酒"。周恒刚先生考证"小酒"是发酵酒，"大酒"是蒸馏酒，但小庙以为，此处暂且存疑为宜。

彼时小酒售价三十文钱一斤，大酒售价四十八文钱一斤，两者价格相差百分之六十。

宋朝的酒，三十文一斤以及四十八文一斤，换到如今是多少呢？按照黄仁宇先生提出的算法，古今货币的换算应以黄金为基准。当时的一两黄金是现在的40克，今天是2020年9月4日，今天的黄金收盘价是每克413元，那么宋朝的一两黄金就价值如今16520元，约等于16500元吧。

一两黄金当时等于十两白银，十两白银等于十贯钱，而十贯钱又等于10000文。注意了诸位，彼时10000文可换40克黄金，如今40克黄金价值16500元人民币，结论是，宋朝一文钱约等于现在1.65元人民币。因此小酒30文，约等于现在50元；大酒48文，约等于80元。

价格如斯，成本又所费几何呢？沈括《梦溪笔谈》上说："凡石者以九十二斤半为法。""石"在这里读作"旦"，是重量。北宋1石是92.5斤，当时的1斤等于现在的640克，因此1石等于如今的59200

克，也就是59.2公斤。北宋时候小麦亩产是多少呢？平均是2石，换算一下，约等于现在的120公斤。现代的小麦亩产是多少呢？找到的数据显示是平均400公斤。

彼时亩产120公斤相较如今亩产400公斤，于酿酒而言，这里面的曲折想来很是费神。

宋史所记的大酒小酒，原是朝廷官酿的酒，好比是国营酒厂。有了国营的酒等于有了国家标准，私人酿的酒就有了比较，酒徒不傻，同质比价，同价比质。

民间各种好酒琳琅满目，《武林旧事》中所记的各色酒名就有50多种。"武林"是杭州的旧称，"东南形胜，三吴都会，钱塘自古繁华"。南宋的夜晚，盛宴过后，周密夜不能寐，把酒宴的点滴录下，使后人能一窥南宋的繁华。如今杭州武林广场，应是当初周密所在之处，小庙曾游历于此，看车水马龙、红尘万丈，不由感慨难陈。

宋代美酒数不胜数，其中羊羔酒一枝独秀，人皆爱之。《东京梦华录》有记，大酒卖到四十八文的时候，羊羔酒却能卖到八十一文。

羊羔酒，也叫羔儿酒，源于汉唐，兴盛于宋。据《北山酒经》所记："腊月取绝肥嫩羖羊肉三十斤，连骨使水六斗已来……"

大意是把肥羊肉煮熟，去骨剁碎，拌和在米里蒸饭，待一系列糖化发酵完成，即成羊羔美酒。据说色泽温润，呈乳白色，至于口感，明朝高濂《遵生八笺》形容为"味极甘滑"。

羊羔酒在宋代之所以兴盛，应该与当时的饮食习惯有很大关系。宋以羊肉为主要肉食，宫廷里"御厨止用羊肉"，民间也以羊肉为主。苏轼在《仇池笔记》里说："黄豕贱如土，富者不肯吃，贫者不解煮。"苏轼高明，偏偏把猪肉吃出了名堂，作为酒徒，窃以为东坡肉丝毫不逊《赤壁赋》。

那时苏轼仕途得意，官居龙图阁学士知杭州，宋朝的官员俸禄很高，苏子不仅有俸田，并且还有20贯左右的月俸，也就是说，除了供养自己的农田以外还发2万块的闲钱。羊羔美酒自然是少不了的，"试开云梦羔儿酒，快泻钱塘药玉船"，这诗句即是佐证。

苏轼在杭州，文人做官的套路样样精通，逍遥快活，同时也不忘做些利国利民的好事。"我在钱塘拓湖渌，大堤士女争昌丰。六桥横绝天汉上，北山始与南屏通。"若非他疏浚西湖，哪有后来"苏堤春晓"呢？

疏浚西湖，搞好了千古留名，但万一搞坏了，天怒人怨。并且，成效未必立竿见影，就算后来功德无量，怕也是与己无关了，要受西湖的累，却未必能享西湖的福。

老苏应不是逞一时之勇吧，我更愿意相信，他还真的就是想为人民服务。达则兼济天下，也是旧时文人风骨。

以苏子之才，疏浚西湖何足道哉，目送手挥而已。苏堤之上，一边发号施令举重若轻，一边小火慢炖举轻若重。造堤炖肉，皆成经典，才是可钦之处，后人学东坡，又岂止是文章呢。

以苏子为镜，诸位高友，且留一份率性，莫失坦荡真我。稼轩云"人间路窄酒杯宽"，得意也罢失意也罢，粗布衣裳着身，寻常人家起居，梅妻鹤子，诗书在手，只等那知音之人，趁山高月小清风徐徐，来一场不羁的酣醉。

宋代以后，羊羔酒方兴未艾，频现各种典籍文献，《本草纲目》《水浒传》《红楼梦》等都有提及，明代以后逐渐式微，最终悄无声息。

羊羔酒自出现至没落，其间逾千年之久，横贯唐宋元明清，今人读史，每遇提及无不赞叹。在古代中国的美酒当中，以羊肉入酒得享盛誉，仅此一例。可惜芳踪杳然，匿影藏形，今人再难得遇。

她最后的痕迹是雍正给年羹尧的御批，从内容上推敲，那时羊羔酒已然没落，不常见了。

　　原文是："宁夏出一种羊羔酒，当年有人进过，今有二十年停其不进了，朕甚爱饮他，寻些送来。不必多进，不足用时再发旨意，不要过百瓶，特密谕。"

　　不知雍正后来喝到没有？

莲花白

承蒙酒友抬爱，寄来两瓶莲花白酒，甚是高兴。仰慕此酒久矣，夙愿得偿实乃快事。赶快整了几个小菜，但求一醉。

先看了酒的说明，说此酒为历代贡品，是汉高祖刘邦钦定的御酒。令人费解的是，汉朝时还没有蒸馏酒呢，它怎可能被定为御酒？

又说用了二十多种中药材制成。这与我所知道的莲花白也有不同，莲花白不是药酒，也没有保健作用，为什么要用中药材呢？

另外莲花白虽有两种颜色，但不是黄色和透明无色，而应是粉红色和青绿色。粉红色的是用荷花制成，青绿色的是用荷叶制成。

手中此酒与我已知的信息出入很大，是我书读错了吗？参详了一会儿，想出了个办法能解决这个冲突，可能也是唯一的正解，那就是断句。手中的这个莲花白酒应该读作"莲花、白酒"，而不是我以为的"莲花白、酒"。

这样一来，问题就解决了，既没推翻莲花白的美好形象，也无须认定"莲花白酒"与史不符。无事无非，皆大欢喜。只怪我和酒友会错了意，断错了句，且不管酒厂是无意还是有意。

小庙倾慕的莲花白，出现在清末，传闻是爱新觉罗·宝廷的创造。宝廷号竹坡，后人都称他为宝竹坡。

宝竹坡创莲花白，这个说法来自周寄梅先生的文章。周先生

1883年出生，宝竹坡1890年去世，算来时间隔得不太远。1913年，二十九岁的周寄梅出任清华大学校长时，正是莲花白盛行的时期，想来以校长之尊，应不会空穴来风，当必言出有据。

莲花白是把白酒用吊药露的方法，把酒与荷花一起吊出来。"吊"这个字在这里可以理解为提取，怎么个提取前人没有明确说法，能找到的资料到"吊"这个字就结束了，今人自然也难以全晓。虽然做酒的没有说，可吊药的师傅还是有的，小庙曾留意中药提取的方法，传统中药的提取方法有很多种，较为接近的是蒸煮法、浸渍法、渗漉法、蒸馏法。

蒸馏法明显不是，蒸煮法应该也不是。浸渍法类似于浸泡，假如仅是泡酒那么简单，莲花白自当是寻常可见，如今也不会销声匿迹。小庙以为，符合莲花白这个"吊"字的，极有可能是渗漉法。

简单说来，其实不难，把荷花弄碎了，放在纱布筛子上，筛子下面是酒缸，把酒一遍又一遍地舀出来，浇筛子上的荷花，让酒循环往复，不断通过荷花过滤，浸染上荷花的清香。

荷花的清香是哪种香呢？很多年前小庙曾小试一次，入口时若苦若涩，口感不尽人意，但喝完以后，似有似无的清爽感觉反冲到鼻腔口腔，久久不散。对，所谓的清香不是嗅觉，而是味觉。很难描述的奇妙感受，带来的是清爽的愉悦，就像痛痛快快刷了个牙似的。

假设我找到的方法是错的，虽不尽人意，但也略有小趣。假设我找到的方法是对的，可能也离原貌相去甚远。因为仅有这个方法还不够，还要有最合适的搭配才行。例如用什么酒？老酒？新酒？高粱酒？玉米酒？又用什么花？是池栽还是缸栽？是花蕾还是花瓣？是鲜花是干花？等等。要找出最佳的那个味道，非小庙所能为矣。

窥一斑而知全豹吧，起码印证一点，那时酒徒津津乐道的人生极乐，"莲花白、熏雁翅、醉听秋雨"，应非虚言也。

秋雨最宜佐酒，小庙每遇秋雨纷纷，必早回蜗居痛快洗个澡，然后亮起台灯，倒一盅酒，慢慢喝着翻书看，听窗外雨落屋檐，安逸得很。

彼时酒与书还在其次，台灯是主角，要用夹置式的阅读灯，方便夹置在床头，微醉以后躺下来，更显随意慵懒。灯泡必须是四十瓦的白炽灯，发出黄色光亮，很温馨。有了这盏白炽灯，在秋雨纷纷的漆黑夜晚，仿佛无边黑暗的山谷中一间温暖小屋，而我恰在其中，漫翻书卷，浅酌老酒。

小城秋雨虽好，可惜没有莲花白，也没有熏雁翅，就算集齐了美酒佳肴，也寻不来宝竹坡般的风雅。"来今雨轩"的庭前廊下，吃着熏雁翅，喝着莲花白，陶陶然听秋雨绵绵，思来果真人生极乐也。

有趣的是，熏雁翅并不是大雁的翅膀，而是猪排骨。家畜而已，为什么起了个飞禽的名字？无从参详。估摸也是酒徒的创造，起个有意境的名字，才能配上喝酒的情致，要不然莲花白、猪排骨、醉听秋雨，那就有点煞风景了。

宝竹坡无疑是资深酒徒。没有莲花白的时候，宝竹坡也得喝酒，照样熏雁翅听秋雨，想必泡杨梅泡桑葚等酒徒常备诸技皆有之。未曾诸酒洞察，何谈精益求精。

莲花白的产生，说明能喝到的酒已经不能满足宝竹坡的需求，他已经到了更加注重细节中微妙变化的境界，所以有酒在杯仍不满足。挖空心思地改造酒，以期弄出妙品，这样的酒徒我辈岂能不高山仰止。

凭空想一下吧，在秋雨绵绵的午后，宝竹坡望雨凝思，看荷花飘摇暗香袭人，触景生情突发奇想，莲花白的念头涌上来，那一番得意快活，诸位酒友如今想来，也定能心领神会感同身受。

有了莲花白，就像现在手里有个畅销酒，那就是银子呀！若是把这交在如今的酒商手里，荣华富贵唾手可得，但宝竹坡至死仍是穷困潦倒，这也是质疑宝竹坡是发明者的依据之一。

宝竹坡姓爱新觉罗，是不折不扣的皇室子弟。官当得也可以，与张之洞、陈宝琛等人被合称为"四谏""五虎"。且不说仕途如何，八旗子弟有铁杆庄稼在手，哪一个会去做生意人，举家食粥酒常赊也不为五斗米而折腰，这是旗人的通病。这是病吗？倒也未必，今人只晓从利益看世界而已。

再深入一下，光绪驾崩，宝竹坡的三个孩子居然闭门自到，若从今人看来，岂不更是荒诞不经。

单从酒徒心态来看，宝竹坡未曾得利也说得通。酒徒都有炫酒的通病，发现了好酒，一定会呼朋唤友共饮，但凡得人赞赏，就是对自己酒品之佳的肯定，那真是洋洋得意、快乐非凡。酒徒这点小小虚荣，古今皆同，宝竹坡也不能免俗。况且他本不是造酒的，他只是发明了一种酒的改造方法，推己度人换位思考一下，作为酒徒，有此良法岂能不到处炫技。

改酒的蔚然成风，造酒的必然效法，好比大家都买酒泡药，那么酒厂很快就会造泡好的药酒卖给你。例如同仁堂的茵陈酒，也未必是独创，野蒿子的嫩芽不是只有乐家才能采到。乐家的绿茵陈之所以最好，必是专业人士介入后，将改造的技术进一步提升，品质也理所当然地更进一步。清末民初仁和酒店的莲花白最正宗，也无非是此缘由。

宝先生成此妙法，酒徒惬意满足就是他的最大快乐，利禄何足挂齿。岂不闻，昔人有云："功不必自我成，名不必自我居。"

至情至性之人，宝竹坡名副其实。

他最后一个官职是福建乡试的主考，结果却娶了个歌女回来，当时叫纳妓为妾。这是个不小的罪名，他的可敬之处是，回京后立即上奏自劾，也就是自己举报了自己，由此被革了职，罢了官。

据说，宝竹坡纳妓为妾而后上奏自劾是蓄意为之，因为他对清廷 很失望，感到国家没有前途，所以故意给自己找个罪名，为的是脱离腐败的政局。但宝竹坡罢官后家徒四壁，衣食无着，每遇师友门生，即伸手告贷。这般窘境，想必仅是因为对国家前途无望而辞官，说不过去。况且，辞官的方式有很多种，干吗非要给自己拉个罪名呀。官这个事，自古只有当不上的，哪有辞不掉的呢？

然而蓄意为之是肯定的，宝竹坡当然知道纳妓为妾会带来什么后果，一意孤行，到底是因为政治还是因为爱情，诸位酒友，你们愿意相信哪一个？

"新酒倾一斗，旧诗焚一首。纸灰飞上天，诗心逐风走……"

宝竹坡诗篇犹在，莲花白已成绝响。

屠苏酒

爆竹声中一岁除，春风送暖入屠苏。

千门万户曈曈日，总把新桃换旧符。

这是王安石的《元日》诗，曾收录在小学三年级的课本中。小时候学这首诗时，老师告诉我们，诗里的屠苏是一种酒。小庙闻知心驰神往，感觉它的名字韵味高古，黄钟大吕般的深沉雅致。

现在北师大版的语文课本里，对诗中"屠苏"二字的释义，仍为"一种用屠苏草泡制的酒"。也有别的版本的课本注释为"代指美酒"。总之，官方解释确凿无疑，"屠苏"是酒。

"春风送暖入屠苏"，如果屠苏在这里真是指酒的话，和前面的"入"字连起来，令人费解。难道春风把酒吹热了？有违常理，怎么琢磨都别扭。小时候问过老师，老师也没解释通，被追问得急了，老师丢下一句"只可意会不可言传"。这句话很妙，我理解不了是因意会的不够。

随着年龄的增长，意会能力有所增加，但仍然未解其味，对课文释义不免起疑。如今旧事重提，屠苏，在诗里真的是指酒吗？

如果屠苏是指酒，并且按照课文里所讲，是用屠苏草泡制的酒，那自然界必然会有屠苏草，咱就先找草吧。

查证了很多相关资料，目前植物界并没有叫屠苏的这种植物。可能古今名字有不同，找到过去叫什么，也许就能得知现在是什么，应该有迹可寻。往前查！

结果胆战心惊，不仅没找到屠苏草，更可怕的是，竟然发现屠苏酒也根本不是屠苏草泡制的，例如孙思邈《千金方》、陈延之《小品方》等文献中所记录的屠苏酒配方，没有一个方子里有"屠苏"这两个字。

小庙战战兢兢地壮着胆子认定，屠苏酒不仅不是屠苏草泡制的，而且这世上也根本没有屠苏草。

哎？不对呀。我只是想要证明诗中的屠苏指的不是酒，却把屠苏草给证明没了，一个问题变成了两个问题，更是头大。

屠苏草既然不存在，那课文给学生的答案就是错的。想必注释此文的先生，习惯性地把酒前面的名词当成酒的原料，望文生义了。

窃以为，传统文化的教育应以启迪、启发为主，让学生开眼界，广泛了解。被触动了，也就产生好奇，好奇是求知的动力，传承不就是一代一代的求知吗。

而像《元日》这首小诗，理解都困难，何谈欣赏。并且给的答案不能质疑，还必须得死记硬背，卷子上万一与注释不同就得扣分。既然只可意会，那你还非得言传干吗呢。

世上没有"屠苏草"，"屠苏酒"里无"屠苏"，那"屠苏"到底是什么呢？

虽然有时屠苏二字也可代指酒，例如陆游诗句"半盏屠苏犹未举，灯前小草写桃符"。这里很明显是指酒，读者一目了然。但在《元日》这首诗里，屠苏却不是指屠苏酒，盖因前面有个"人"字。

按照北魏董勋所言，民间风俗，元旦（即春节）时喝的酒，是把花椒焙成的粉末，用布包起来投到酒里泡几天，在元旦那天喝。而当时百姓住所全是土房子，没有砖瓦，房顶用草覆盖，覆盖在屋顶的草，被称为"屠苏"。此"屠苏"代指百姓，代指千家万户。所以把元旦这天，家家都喝的酒，称之为"屠苏酒"。

就好像咱每天都要吃晚饭，可除夕这天的晚饭，不叫晚饭，叫"年夜饭"。屠苏酒也是这个意思，酒天天都能喝，但元旦这天喝的酒，就得叫它"屠苏酒"。

一番曲折之后，小庙以为真相应该是，《元日》里的"屠苏"二字，是指当时老百姓居住的茅草房子，有"家"的含义，"春风送暖入屠苏"，这句诗的真正意思是，春风把温暖送进了千家万户。

而泡了花椒的屠苏酒，又是什么酒呢？

在《齐民要术》和《北山酒经》中，可以看到当时酒的制造方法，一边做酒曲，一边烧饭，然后把米饭和酒曲混在一起发酵，发酵后过滤出来的汁，就是当时的酒。山东诸城出土过一幅汉代的画像石，通过图画，简明直白地描述了这个工序。

这种米酒度数很低，最高的度数也不会超过20%vol，一般应在10%vol左右，口感很甜。那时的酒其实就是饮料，稍稍有点酒量，灌上几斤是稀松平常的，屠苏酒就是用这种饮料来制作。

老百姓在过年时放上花椒泡一泡，一来是花椒的确有温中、散寒、除湿等药物作用，毕竟花椒也是中药；二来就像后人喝黄酒时放点姜丝或辣椒加热，为的是增加一点辛辣的口感而已。

老百姓元旦喝的屠苏酒，虽经过了加工，味道不错，可也仅是年夜饭上的一道饮品，仪式感大于内容。

后世有人把屠苏酒篡改为各种药酒，号称有病治病无病强身，有故意曲解、混淆视听之嫌。有传孙思邈留下屠苏酒药方，小庙以为，或是后人托名药王而为矣。若当时屠苏酒真如方中所记，用多种中药材泡制，就算老百姓经济上能承受得起，可全天下一起泡了过元旦，得多少中药材才能够呢？恐怕"二十四史"必要专有一篇，介绍当时盛况了，然而并没有。

综述一下，屠苏酒，就是把花椒放在米酒里泡一泡，仅此而已。虽然简单，可在酒中的地位却很高，传统酒类中叫得响的名酒本不多，屠苏酒是其中翘楚。因为在很长的历史时期里，屠苏酒就是年夜饭的代称。

现代过年的象征是饺子鞭炮贴春联，而宋代以前，以上三种不是如今的样子，鞭炮那时还没有出现，庭前爆竹，不过是烧根竹子而已，有点噼噼啪啪的响声，算不上很热闹的项目。春联那时候还是原型桃符，桃符只是一块桃木板，挂在门前，一直到了明朝，桃符才发展成写在纸张上的春联。那时更没有饺子这种食物，饺子出现最早也得在宋代，所以宋代以前，过年的三样象征是：爆竹、桃符、屠苏酒。

到了蒸馏酒出现后，高度烈酒普及，劲够大，味够足，已经无必要再朝米酒里加花椒取其辛辣了，米酒泡花椒的屠苏酒从此式微。虽然蒸馏酒慢慢兴盛起来，但在年夜饭的餐桌上，不管是喝发酵酒还是蒸馏酒，还是得叫它屠苏酒，就像无论你吃饺子还是吃年糕，除夕这天的晚饭，都叫"年夜饭"。

既然是年夜饭的重头戏，喝这屠苏酒自然也有特殊的规矩，跟往常迥然不同。平时喝酒，酒要先敬给长者，让辈分高、年龄大的人先喝，长者为尊嘛。而喝屠苏酒时，规矩就反过来了，得让辈分最低、年龄最小的先喝。

"可是今年老也无，儿孙次第饮屠苏。一门骨肉知多少，日出高时到老夫。"这是郑望之的诗，讲的是除夕之夜喝屠苏酒，家里人丁兴旺，从幼至长挨个喝，等到老郑喝时，已经日上三竿了，透着自豪满足的炫耀劲。

想来人到暮年，再看荣华富贵，功名利禄，定不复年轻时的心境，间或一声嗟叹，都是浮云。唯有父慈子孝，兄友弟恭，儿孙满堂，团圆和睦，那才见人生的真意义。

从幼至长，屠苏酒为什么要这样喝，一定有它的寓意在里面，这个寓意是什么，说法不一，看了一些资料，大多牵强附会，不足信。时过境迁，今非昔比，古人寓意何如，今人再难揣度，留个悬念吧，存疑也好。

屠苏酒，米酒泡花椒。究竟口感如何，小庙也曾小试。皖北小城号称四大药都之首，"出处不如聚处"，这里各种中药材自然齐备，找药用的花椒不难，易如反掌，难的是找到能接近传统的米酒。

小庙以为，与汉唐时期米酒较为接近的是湖北孝感米酒和湖南永州米酒，可惜孝感的原料是糯米，略有不符；永州的虽是大米，但有煮的工序，酒精度数较高。后来经人指点，通过馒头铺的老板，找到一个做"浮子酒"的李先生。皖北小城的浮子酒也是米酒，有糯米制作也有大米制作，如今已没人当成酒喝，只有馒头铺子在和面时做酵母用。

之所以叫浮子酒，是因为成酒以后，会有米像浮标一样漂在酒上，当地人称浮标为浮子。小庙仔细看了一下工序，制作方法与《齐民要术》及《北山酒经》中所记基本吻合，就用它，权且一试。

没泡花椒以前，这浮子酒略有酸味，还算清爽，泡了几天花椒以后，再喝起来，说辣不辣，说呛不呛，其中混合了几种口感，每一种口感均有不足。总体来说，不好喝，甚至可以说很难喝。

不应该是这样啊，古人在年三十喝的，一定得是好东西呀，怎么那么难喝呢？

思考了很久，估摸原因在于，虽然酒接近那时屠苏酒，而喝酒的人却离古人太远。诸位想呀，如今物资丰富，好吃好喝的应有尽有，什么好东西没尝过呢，这张嘴早就刁了，不像古人那样粗茶淡饭，自然喝不出此酒的好处来。

因此，小庙随后用了一周时间酝酿了一下情绪，七天里每日两餐，只吃杂粮，荤腥全免，连鸡蛋也不敢吃一颗。要知道汉唐时期，鸡的孵化率低，出蛋率更低，普通百姓是吃不起鸡蛋的。口味上，除了盐的咸味，杜绝酸甜苦辣，喝的只有白开水，远离一切饮料。一周以后口里的那个寡淡，诸位可想而知。

在第七天的晚上，弄了一碗羊肉，半只鸡，再倒一碗屠苏酒，摆在桌上，为了更加逼真地还原汉唐的环境，把电灯全灭了，点一支蜡烛照明，可惜没弄到合适的油，不然油灯光闪烁之下或许更有感觉。小庙坐下来面对酒肉先感受了一番口腹之欲的挣扎，思考了一会，是先喝呢，还是先吃？

沉思片刻，酒徒的本性凸显，感觉对酒的渴望更强烈，随即双手端起陶碗，举酒于目下，观其色若琥珀解于水，闻其香如空谷藏幽兰，闭目凝神一饮而尽，刹那间天高海阔，云淡风轻，此中愉悦唯两字可形容：妙极！

竹叶青青

犹记当年皖北小城，相对闭塞，与外界的联系很少。那时感觉"外地"和普通话都离我很远，像至今在夜空也指不出位置的火星，那么遥远，那么神秘。

后来京九铁路通了车，小城作为沿途一站陆续有火车停靠，来来往往的交通便利了，才忽然觉得"外地"近了。

绿皮火车呼啸而过，百姓们成群结队地去围观。我也曾站在铁道旁，目光追着列车的背影，仿佛看见未来的自己也像画报里的老乡们那样，穿着绿色的军大衣扛着蛇皮袋，转身投入海潮般的人流，匆忙奔向远方去追逐另一种人生，如同跌落大海的一滴水，瞬间无影无踪，迷茫得再也找不回自己。

而今人到中年大梦初醒，方觉人生不过如此。咱普通百姓操劳奔波上下求索，到头来能落个没有债主来逼债，也无仇家找上门，家里备些老酒，心中存点诗意，已经是最好的人生。

小城生活风平浪静，亦不复当年的闭塞，时代进步了，世界变小了。

虽是京九铁路沿途一站，但当初去北京仅有一班列车在小城停靠，晚上十点上车，第二天早上到首都。火车上很难睡得消停，每次去北京，总要携一壶老酒，以期借酒力入眠。每每上车后安顿好了铺位，伴着几粒花生米就开始喝起来，总要喝上两个钟头，待夜半子时车过了菏泽站，醺醺然和衣而卧，这一觉才睡得沉稳，轻飘飘地从夜晚驶向黎明。

第二天一早，人还在梦中，耳朵先被歌声唤醒。"浓睡不消残酒"，醉意绵绵似醒非醒，眯着眼睛听出来是李光羲的《北京颂歌》。北京真幸运，有这么一首铿锵有力又饱含深情的颂歌，总让人被歌中的优美情绪所感染，温暖人心。

躺在颠簸的列车上听《北京颂歌》，是每一次北京之行的开始。感谢李光羲先生的深情演唱，听得很是忘我，意犹未尽。由此，怀念起20世纪80年代他的另一首《祝酒歌》。

《祝酒歌》画面感很强，"美酒飘香歌声飞，朋友啊请你干一杯，请你干一杯……"听着听着，仿佛就看到李光羲先生西装革履，手端酒杯，站在宴会厅放声高歌，人们欢聚一堂，喜迎节日，盛世繁华一派祥和。《祝酒歌》唱得热情洋溢，一曲终了，全体起立举杯共饮，可这时却不见了李先生。只劝酒不喝酒，这酒劝得不诚恳，劝酒的跑了，被劝的居然还能喝下去！

李光羲是歌唱家，为保护歌喉，只劝酒不喝酒，情有可原。可除他以外，《祝酒歌》还有两位词曲作者，不知道他们喝不喝酒。

词作者韩伟，曲作者施光南。韩先生曾在公开场合表明，自己和施先生一样不喝酒。据刘再复先生的回忆文章，每年春节施光南都要去刘家做客，可就算春节这样高兴的日子施先生也是滴酒不沾。

叹！三个不喝酒的，却把全国人民劝醉了。

施先生是人民音乐家，不喝酒的音乐家，一生成就卓然。有一首《月光下的凤尾竹》流传很广，据说当时是为了在傣族地区宣传《婚姻法》而创作的。真是如此那就更可敬了，原本应景的工作却成了经典，这绝不是偶然，而是热爱与认真。"人民音乐家"当之无愧。

有位皖北同乡也算是音乐家，是爱喝酒的音乐家，尊名嵇康，竹林七贤的精神领袖，崇尚老庄。

嵇康崇尚老庄不稀奇，小城本是老庄故地，有本土传承的因素在里面。司马昭杀嵇康也不完全是因意识形态不同，嵇康当世名流，与曹家不仅是同乡，并且还是曹氏宗室的女婿，司马氏密谋篡位，自然要对其一番甄别，拉拢不成的必然要清除。

七贤之中山涛官运亨通，受司马家赏识，在被提拔为大将军从事中郎时，举荐嵇康代替他原来的官职。这个举荐必有上峰的授意在里头，你们哥七个不是好兄弟吗？你把嵇康给我召来吧，表表你的忠心。

山涛比嵇康年长了十八岁，四十岁才入仕途，这时应该在五十多岁。人活到这个年纪就练达得很，自然知道此番举荐之难，嵇康万一不受，就把自己和嵇康都架火上了。

果不其然，嵇康是万万不受，不仅不受，还写了一篇著名的文章《与山巨源绝交书》。名为与山巨源绝交，而一千八百字中，句句指向司马氏的残暴虚伪。文风之犀利，如今读来也是酣畅淋漓。

山巨源就是山涛兄了，一番好意推荐你为官，不受就不受吧，还把举荐人嘲讽批判一番。外人看来，嵇康荒唐。可是诸位，这几人皆是人中俊杰，绝顶聪明，哪能如此浅薄。

往深里想，嵇康实乃为山涛开脱，主动划清界限把山涛摘出去，免受自己牵连。因此山涛虽然挨了骂，心里一定也是高兴的，兄弟情深啊，这就是义气，多年的酒友没白做，推杯换盏之间业已情同手足，生死可托。

一年后，嵇康被抓住把柄，处死在洛阳东市。临刑前，他把一双儿女托付给山涛，并对儿子嵇绍说："山公尚在，汝不孤矣。"

说嵇康是音乐家名副其实，除了名头最响的《广陵散》外，他还创作过《长清》《短清》《长侧》《短侧》四首琴曲，被称为"嵇氏四弄"，隋炀帝甚至把这四首与蔡邕的"五弄"合称为"九弄"，能否弹奏"九弄"成为当时取士的条件之一。此外，嵇康在音乐理论上也有贡献，其著作《琴赋》是对琴和音乐的理解，《声无哀乐论》则对儒家"音乐治世"思想进行了批判，并对音乐进行了哲学性的思考。

但刑场之上嵇康却未弹奏自己的四弄，而是演奏了《广陵散》。广陵是指如今扬州地区，广陵散的意思是流传在扬州地区的曲子，此曲还有另外一个名字，叫《聂政刺韩王》，附会了一个为父报仇的故事。

聂政的父亲给韩王铸剑，违了期限，为韩王所杀。聂政听说韩王喜欢听琴，于是苦练琴艺十年，扮作琴师接近韩王。进宫时，聂政把匕首藏在琴腹，演奏中突然拔出，把韩王刺死。

嵇康演奏此曲或另有深意，以期儿子学聂政，十年磨一剑，成大器报父仇。这层深意如同一个暗语，当时能明白的人不会多，山涛肯定是其中之一。若托孤与他人，山涛万一露出《广陵散》之寓意，儿子则性命堪忧。而托孤与山涛，山涛则必保全。

山涛果然不负重托，把嵇康的遗孤视如己出，并抚养成才。可山涛虽领会了《广陵散》，却终把嵇绍举荐入朝为官。山涛呀山涛！不负重托乎？

嵇绍为官堪为楷模，"八王之乱"的时候，为保护晋惠帝司马衷而殉难，成为晋朝著名的忠臣。老子誓死不投靠，儿子却成了人家的忠臣，到底是老子英雄还是儿子好汉呢？

造物弄人，历史吊诡。

竹林七贤皆是酒徒，但个个业有所成，唯独刘伶是纯粹靠喝酒而享盛名。

刘伶也是皖北人，与嵇康算是半个老乡，他只留下一篇小散文

《酒德颂》，宣扬了一番老庄思想和纵酒放诞之乐，别的乏善可陈。

刘伶酒量"一饮一斛，五斗解酲"，一次能喝一斛，醉了还得五斗来醒酒。魏晋时期一斛是十斗，一斗为十升，每升约合如今二百毫升。那么一斛换算出如今的计量即是两万毫升，也可以粗略理解为四十斤。

这个酒量见《世说新语》中《刘伶醉酒》一篇。不足信，因为还有证据说山涛是七贤中酒量最大的，而山涛最多也只能喝八斗，也就是三十二斤，刘伶应该不超过这个量。山涛比刘伶能喝，但从不喝醉，刘伶酒量不如山涛，但逢喝必醉，因此刘伶名气大不是因为酒量大，而是酒瘾大。

三十二斤如是蒸馏酒，七贤一起喝，每人也得四斤半，真一次喝完的话估计得死伤几个。当时的酒都是发酵酒，如今皖北小城的"浮子酒"很接近当时的酒，酒精度数应在10%vol上下。

嵇康隐居河南修武云台山，其他六贤来修武结交嵇康，相携竹林游乐，纵酒放歌，一场大酒喝下来，消消停停地醉了醒醒了醉，个别人喝个二三十斤或许真有可能。

当时发酵酒中，荆南乌程酒和豫北竹叶青名气很大。《晋书》中有张协《七命》云："……乃有荆南乌程、豫北竹叶……"曹魏时期的豫包括了如今河南大部分、安徽以及湖北的北部地区，治所设在孟德故里，即是如今皖北小城也。豫北竹叶，当是豫州北部所产竹叶青酒，这一点，很多文献可以佐证。

竹叶青制作方法不难，是把鲜嫩竹叶与米一起蒸，糖化发酵完成后即成酒。嵇康酒徒，隐居豫北，竹叶青一定是常备的。有时遐想，所谓竹林七贤，"竹林"二字也可能是代指竹叶青酒。

不管史实真相如何，七贤是肯定喝过竹叶青的。就好像如今酒徒，不管酒量大小，当世名酒总要尝一尝，条件允许的话，能尽兴而饮才好呢。

历代很多名士对竹叶青都有点评，溢美之词不胜枚举，在此不赘述。自魏晋至明清，竹叶青长盛不衰，其间酿制应该没有变化，皆是用鲜竹叶和饭发酵，清中期开始式微，直至不见踪影。后世有人重新发掘，但不对路子，徒有虚名，甚至故意混淆视听，给酒徒造成不小的误解。

后人借《本草纲目》所载"竹叶酒"一方，以此为据发展各种药酒、露酒，名曰竹叶青，鼓吹如何源远流长、如何疗效显著。若仔细看，《本草纲目》点名用的是"淡竹叶"。不错，是有一种叫淡竹的竹子品种，但这里的淡竹叶却不是淡竹的叶子，而是另一种草本植物，这个草的名字就叫"淡竹叶"。

用"淡竹叶"做成的酒叫"竹叶酒"，竹叶酒是药酒，与竹叶青酒是两回事。竹叶青不是药酒，其技术含量并不高，一点也不神秘，不过就是酿酒时加点竹叶，改一点色泽口感，喝个竹叶青青的感觉，仅此而已。

酒出民间，很多传统酒都是以酿制的方法或材料来定名，例如竹叶青、五加皮、莲花白等，这些算作公用名称。无论谁家在酿酒时加了竹叶，都可以叫竹叶青，因为家家都会加，并不是某一家的独有秘方，这就是公用名称的意思。

例如"二锅头"，因这个名称所代表的工艺方法非个人独创，而是历史遗产，属于全体国民，人人可用。若是谁家想与别家区别开，可以在公用名称前加个自创的特定名称，所谓注册商标是也，大家明白为什么有那么多不同厂家的二锅头了吧。

可是一些商家为了专享公用名称费尽心机，有些居然也能如愿以偿。他们为避免窃取公用名称之嫌，变着花样巧取豪夺，例如把简体字写成繁体字，再嵌入图画当中，以图形来申请注册。

得偿所愿你就好好做吧，偏不。只把老名字当摇钱树，尽情曲解，怎么让消费者迷糊怎么来，动不动给你讲些传说故事无稽之谈。就是要酒徒不明所以，以讹传讹。

简单事情搞复杂，复杂事情搞混乱。别说你自己不懂，大企业要说没文化我真不信，不是没文化，是文化太高了，欺世盗名随心所欲，传统的那点好东西被糟蹋得不成体统。

想到这些就烦躁，郁闷不已，每到此时总想找三两知己，一壶老酒佐谈。拿起电话想半天，还是算了吧，打电话约酒确实方便，可我更期待不约而至的惊喜，如今信息时代，不约而至的快意再也难求。

一时兴起，提壶老酒兴冲冲去做不速之客。叩开老友家门，看主人一脸惊愕，我却满心欢喜，寻的就是这不约而至的快意。小院子里摆上四方小桌，一碟花生米，几个家常菜，小饮清谈足矣。

在我眼中，老友也是音乐家，市井之中堪为高山。

年少时候学钢琴，后来看见别人弹吉他，他就改学了吉他，几年后迷上了小提琴，又改成大提琴，再后来又练了几年爵士鼓，直到中年以后爱上竹笛洞箫才不再折腾。经历可谓丰富至极，如果让他综述一下音乐之路，他最爱用一个故事来总结，那个故事叫"小猫钓鱼"。

老友寄情音律之外还有一好，喜欢自己做乐器。当初拉了两年小提琴后，孜孜不倦地刻苦钻研小提琴的制作，弄了一院子的模型，没有一个能拉得响。手工小提琴宣告失败后，他又兴趣盎然地投入大提琴的制作中去了。我总觉得他应该当个木匠。

半生蹉跎，一件乐器都没做成，直到学了竹笛洞箫才如了愿。栽了一院子的紫竹，每到春夏之交，把去年采下经年历冬的竹子取出来，一根接一根地打磨钻孔。做完以后精心挑出最好的留给自己，剩下的随手送人。

老友工薪阶层，安享世俗生活，业余喝酒养竹，与世无争。他性格内敛，永远不会突然造访，不会提壶酒寻友换杯。但你若找他，他能把天大的事都放下，赤诚相待奉陪到底。他郊外的小院子，是知己好友最爱相聚之处。

知己饮酒，话不必多。有时喝得冷场，各自想着心事沉默不语，或念天地之悠悠，或忧市井之冗繁。醉意沉沉时，老友款款取出洞箫，一曲倾情，竹林之下听之心醉神迷，飘飘然如处化外之境。

奏的是昆曲《游园》一折，"原来姹紫嫣红开遍，似这般都付与断井颓垣。良辰美景奈何天，赏心乐事谁家院……"

晚风徐来，箫声悠远，目及之处满园苍翠，竹叶青青。

海棠无香

北宋彭几有言生平五恨:"一恨鲥鱼多骨,二恨金橘带酸,三恨莼菜性冷,四恨海棠无香,五恨曾子固不能诗。"

曾子固即是曾巩,唐宋八大家之一,散文写得好,《醒心亭记》《游山记》《战国策目录序》都是传世名篇。彭几言下之意,你曾巩散文虽好,可我偏偏爱读诗。

曾巩其实也写诗,他在皖北小城就留下长诗《雪亳州》,乍一读文采斐然,细读之下,方觉彭几所恨不虚。每到五六月间,杨絮漫天之时,就想起诗中写雪的两句,"繁英飞面旋,艳舞起翩跹",颠颠倒倒,也很是应景。

彭几所言五恨事,业被张爱玲所引用,《红楼梦魇》曰人生三恨:一恨鲥鱼多刺,二恨海棠无香,三恨红楼未完。

二位所恨,两恨相同,一是鲥鱼多刺,二是海棠无香。

鲥鱼,与刀鱼、河豚并称"长江三鲜"。这三鲜皆非定居类江鱼,平时遨游四海,只在产卵繁殖季节洄游淡水。

鲥鱼夏季洄游,入江后逆流而上,沿途虽皆能捕获,但只有当它游到安徽当涂时,味道才最佳。因此鲥鱼虽在珠江、钱塘江也有出产,可古人评"四大名鱼",则点名产地为长江。"四大名鱼"亦云"鱼中四美",分为"黄河鲤鱼、太湖银鱼、松江鲈鱼、长江鲥鱼"。

鲥鱼鲜美，古往今来为之倾倒者如过江之鲫。东汉严光被光武帝招募，辞召之由为不舍鲥鱼味美；板桥有云"扬州鲜笋趁鲥鱼，烂煮春风三月初"；东坡先生亦有云"尚有桃花春气在，此中风味胜莼鲈"。东坡先生爱鲥鱼，并且给它起了个别号"惜鳞鱼"。

"惜鳞鱼"，是指此鱼极爱鳞。话说渔家捕鱼，鱼入网中必挣动反抗，而鲥鱼入网，则静止不动，任由渔家捞取货卖烹食，宁死不伤鳞。名厨得之，亦必带鳞蒸食，不除其鳞，以全其志。

鲥鱼，鱼中子路也。为什么要比作子路呢？因其志可与子路媲美。

公元前480年，子路六十三岁，因卫国内乱，子路挺身而出。混战之中，帽子被敌方打落，子路不避刀光剑影，弯下腰把帽子捡起来，端端正正戴好了，稳稳地系上带子。拾冠之际，子路有言，"君子死，而冠不免"。子路继而被戮，死后受醢刑，被剁成了肉酱。

是子路迂腐吗？非也。子路挺身入险，本知无生还之幸，君子视死如归，慷慨赴死从容庄重，绝不能慌张丑陋。子路如此，鲥鱼亦如此。

子路原本可避死，在从郊外赶赴城内的时候，路上曾遇同僚高柴，高柴对子路说"门已闭矣"，"莫践其难"。子路却回答"食其食者，不避其难"，意思是说，既然端着人家的饭碗，就不能在人家有难的时候逃避。

君子之德，千古浩荡，子路的故事每次读起来，都钦佩不已。曾与酒友谈起子路的精彩与壮烈，诸友都很爱听。

但也有例外，曾有一位方先生，听了很不高兴，怪我有影射讽刺之嫌，酒桌之上大发雷霆，差点没把我的帽子也打下来。

这位方先生，每日里白衬衫黑裤子，腋下夹个公文包，皮鞋擦得锃亮，往返于各商业公司之间，或大大小小社交场合。方先生很忙，从二十多岁起，他就如此这般，不辞劳苦地忙着给自己找工作。

方先生不是找不到工作，而是在哪都干不长久，多则一年少则三月，总是不欢而散。

方先生爱酒之人，酒量尚可，尤其热爱啤酒。每到世界杯期间，开赛前必须集中购买一次，一买就是几十箱，商家都得开着货车来送。但是爱酒不懂酒，啤酒是怎么回事，他一窍不通。

曾有一次，小庙问他，这配料表中的"啤酒花"是指什么花呢？不是小庙故意，当时真是不懂。方先生一脸鄙夷之色，随手拿起一瓶酒，用手一晃，瓶中酒体冒起一串串气泡来，他朝我仰了仰下巴，说："看到没，这就是酒花。"

小庙不太敢信，后来细究一番才知道啤酒花是怎么回事。

啤酒主要是四种基本原料：水、麦芽、酒花、酵母。

麦芽，不是麦子的芽，而是发了芽的大麦，跟泡豆芽似的，用浸泡法让大麦发芽，叫作麦芽。

大麦吸收水分后，在适当条件下有限发芽，会产生一系列酶，以便淀粉和蛋白质的分解。西方酿酒，皆是此法，无论发酵酒还是蒸馏酒，都是先让谷物发芽，发芽后的谷物会糖化自身淀粉，把淀粉转化为糖，其后加酵母发酵，把糖发酵为酒精。

泡出芽的大麦叫绿麦芽，但绿麦芽不能糖化，必须经过干燥，使水分降低到5%以下。干燥能去掉生腥味，产生啤酒的色香味等成分，干燥后的绿麦芽叫干麦芽。

用"浸出糖化法"把干麦芽制备成麦汁，叫作"上面发酵法啤酒"，所谓浸出法，咱们可以粗浅理解为用水泡；用"煮出糖化法"把干麦芽制备成麦汁，或者浸出和煮出两者结合，称之为"下面发酵法啤酒"，所谓煮出法，可以粗浅理解为用水煮。

而混杂在麦汁里的酒花，是草本藤蔓植物，又名蛇麻、忽布。"酒花"这两个字，写在啤酒的配料表上时，指的就是草本植物，不是摇出来的气泡。

发酵完成的啤酒，用加热法杀菌了的，叫熟啤酒；不用加热法，用物理过滤法让酒达到稳定性的，叫生啤酒；不加热也不过滤，直接喝的叫鲜啤酒。

不管是生啤、熟啤、鲜啤，根据色泽分为四类：淡色、浓色、黑色、特种（包括干啤、冰啤、低醇、无醇）。

小庙学习之后，再遇到方先生时，很想跟他好好聊聊啤酒。可他所关心的是哪个牌子的酒，一瓶卖多少钱，其他的没有兴趣听。直到现在，我估计他仍把啤酒的度数当成酒精度，而非原麦汁浓度的本意，然而这并不影响他对啤酒的热爱。

可惜方先生爱酒之人，却有个坏毛病，酒后易怒，"人是好人，酒是孬种"。几乎逢酒必醉，逢醉必闹，实在得罪了不少人。例如他到了一家公司上班，同事们熟悉了，凑个酒局联络一下感情，挺好的事。可只要他参加并且喝高兴了，必会与其中一位或数位恶语相交，甚至拳脚相向。

与他同饮，若看到他脸色由晴转阴，斜着眼睛把同桌一个个看过去，就是要开始找碴了。击鼓传花似的，眼神最终落到谁身上不动了，一场吵闹就在所难免，有这么个坏脾气，他在哪里能干得长久呢。

不长久就不长久吧，方先生索性把"找工作"当成了职业，只要有招聘的他就去，入职就混底薪。他倒也想得开，"片时清畅，即享片时。半景优雅，即享半景"。当一天和尚撞一天钟，得过且过。

行行出状元，混日子久了，也被他摸索出了门道，小城是遍地酒业公司、药业公司的所在，他专门应聘销售业务职位，头一个月组织培训，天天上班开会，方先生准时应卯。第二个月领任务出差，方先生借机游山玩水。第三个月没业绩，拿了底薪一拍两散。

就这么个混法，倒也如鱼得水，待过的公司多了，自然认识人也多，对小城商业环境了如指掌，谁家生意如何他门儿清，看上去还真像个业界精英似的，却也不愁找不到工作。就这么混着，无风无浪地混到了四十多岁。

可社会上方先生这样的人多了，企业家们也看出来了危害。现如今，很多企业招聘业务员，不设底薪，你愿意来工作欢迎，来了给你培训培训，提供个办公场所，最多出差时按天数发个补贴，其他就不管你了，能不能拿提成，看你自己本事。

日子不好混了，只能自食其力，"好色无胆，爱财无能"，干点什么好呢？搜肠刮肚给自己找生计，原想从爱好出发，想入"勤行"，开个小饭店晚上再卖点烧烤，可媳妇说啥不答应，说你这种酒疯子干勤行，能把命都赔进去。后来经人指点，在花市租了个小门脸，专卖装饰花卉。

方先生人脉广啊，待过的公司海了，豁出去老脸求求老同事，生意还真做了起来。不足之处是，在花市仍爱凑酒局，老毛病没改，同行被他得罪了个遍。

小庙有次逛花市，不经意走进了方先生的铺子，他看到我来，笑脸相迎，旧事重提道了个歉，说前年那场酒局多有得罪。这是方先生的长处，惹过的事不装傻，能服软认错，这或许也是疯了半辈子却没横尸街头的原因所在。

坐在花店里，一杯清茶，与方先生攀谈，请教何谓"海棠无香"？方先生半路出家，对花卉原本一窍不通，不着四六地瞎说一番后，送了我一盆"玻璃海棠"，他说，香不香的你自己回家闻一闻吧。

方先生一番好意，既有"海棠"二字，自然就是海棠花。但玻璃海棠是草本植物，而彭几所言海棠花，应是指木本海棠。

木本海棠其实有香，彭几后来才知道。彭几有好友李洲被选去昌州主政，李洲却因离家太远借故改去了鄂州。彭几怪道："你为什么放弃最好的地方呢?"李洲不解，问:"昌州哪里好呢?"彭几说:"天下海棠，唯昌州独香。"

古时昌州，是如今重庆市的永川区、大足区、荣昌区和四川内江地区，被称为"海棠香国"。可海棠又何止昌州独香，段成式《酉阳杂俎》有言:"嘉州海棠，色香并胜。"嘉州是如今四川乐山，薛能也在嘉州写道:"四海应无蜀海棠，一时开处一城香"。由此看，蜀之海棠应皆有香。

方先生送的这一小盆玻璃海棠，放在了书桌后的窗台上，午后细细观赏，虽只几叶娇柔，却引人无边遐想。心荡神摇之间，仿佛窗外就是蜀国山川，海棠漫野、繁花如潮。

对花枯坐意未足，又想起鲥鱼的梗，既然海棠有香，那鲥鱼是否真的刺多呢?

有关鲥鱼的资料很少，只好从同类间做比照。平时常见的鲤鱼、鲢鱼、鲫鱼、鳙鱼等属于"鲤形目"，其中鲤鱼刺最少，在90根左右，鲢鱼最多，有130根上下;而鲥鱼属于"鲱形目"，鱼刺多寡没有答案。既然四大名鱼中它的刺最多，那么鱼刺数量定在鲤形目之上，应该大于130根。

鲥鱼重量一般在一斤上下，摆在盘中应该都不起眼，遇到小庙此等粗汉，筷子伸出去也就是三五口的事，这个体积对应130根以上的鱼刺，想想就觉得嘴疼。

很想弄一条鲥鱼数数到底有多少刺，可惜野生鲥鱼已绝迹三十年，用科学的说法叫"功能性消失"，若再过二十年还不出现，就可以用另一个词形容——"灭绝"。可再过二十年会出现吗?三十年都不见踪影了，难道还会有未来?很是令人怀疑。

鲥鱼不复见。

君子如子路者，亦不复见。

荷叶粥

每年盛夏，最酷热的那几天，到了傍晚就想喝碗荷叶粥。每每酒足饭饱以后躺坐在凉椅之上，捏着小烟卷暗自下决心，明天一定要去采几片荷叶回来。可再想起这个决心时，已经又是另一个傍晚了。

整个夏天过去，荷叶粥也没喝上，自己还感觉挺委屈，怎么连碗荷叶粥都喝不上呢！我不能原谅这个世界，居然没等我采来荷叶，秋天就匆忙来到了，真遗憾！再一次痛下决心，明年夏天每天都要去采荷叶。不知道这个决心，明年还能不能想起来。

在夏日的皖北，荷叶粥是寻常百姓的家常便饭，像绿豆汤一样普及。制作起来不算复杂，新鲜荷叶洗净，整张放在锅里，盖住米小火慢煮，待把荷叶揭开时，叶下呈碧绿之色，如泉深千丈，似青荇春波。

煮粥不难，但也不易，袁枚《随园食单》说得清楚："见水而不见米，非粥也；见米而不见水，亦非粥也。必使水米融洽，柔腻如一，而后谓之粥。"

如今没了柴火土灶铁锅铜勺，小小一碗荷叶粥，要煮到水米融合、柔腻如一的地步，甚是为难。就算不厌其烦地煮了出来，没有烈日炎炎似火烧的挥汗如雨，坐在凉爽的空调房间里，还能喝出荷叶粥的妙处吗？怕是不能！

想想小时候，浪一天回到家里，水缸边一站，用比洗脸都快的速度冲个澡，光着膀子迎着火红的晚霞，厨房屋檐下竹凳上一坐，把心掏出来搁在一旁，全神贯注地捧一碗碧绿的荷叶粥，凑上嘴去沿着碗边从左至右再从右至左，轮番吸吮，又解暑又挡饿。如今追忆，可谓销魂。

可惜那时少年心性，不懂得珍惜，遇见新鲜玩意就很快忽略了老传统，自从喝上了罐装饮料，荷叶粥绿豆汤之流就难以引起我的兴趣。掐指一算，这见异思迁的毛病是从健力宝身上开始的，且不说健力宝现在还能不能买得到，就算谁买来一卡车丢在我面前，如今也换不走我掌中一碗荷叶粥去。但这是后话，就当时来说，小庙懵懂少年害着病呢。

病得还不轻，越来越严重，一路上越陷越深，雪碧七喜美年达、可口可乐星巴克，病入膏肓的那段时期，早晚都得开一罐红牛当药吃。

更羞惭的是，居然也曾买来洋酒，加足了冰块端一杯，沙发上半躺半坐，时不时地来一口，做若有所思状，叹曰"Good drink"。

最初分不清白兰地和威士忌，后来慢慢了解，所有用水果果实酿制的统称为白兰地，其中葡萄酿制的单列为葡萄白兰地，其他称为水果白兰地。

威士忌是用谷物酿制，有好多种分类方式，咱们以苏格兰威士忌为例：只用大麦为原料的叫纯麦威士忌，用玉米、黑麦、小麦多种谷物为原料的叫谷物威士忌；谷物威士忌不能直接喝，得把它和纯麦威士忌勾兑，成为调和威士忌后才能饮用。咱们能喝得到的，就只是纯麦威士忌、调和威士忌。

可也有不同意见，说"单一麦芽威士忌"才是不经调和的，用不同的单一麦芽威士忌调和在一起的是纯麦威士忌。都调和了还说是纯麦，这杠没法抬，小庙不敢妄谈对错，只能说就小庙所见的资料里，苏格兰威士忌只有三种：纯麦、谷物、调和。

苏格兰以外，爱尔兰、美国、加拿大和日本，演化出了各种各样的威士忌，可细究起来，万变不离其宗，背后都是苏格兰威士忌的影子，无须多述了。

白兰地自出现伊始就只是液态法，而传说威士忌经历过半固态法时期，先固态糖化、后液态发酵，按照现代发酵工业的分类，属于"单行复式法"。传闻到底是否属实，小庙没有查证，毕竟就算有，那也是很久远的历史了，没有现实意义，近代的威士忌和白兰地一样，全是液态法。

无论是白兰地，还是威士忌，按照要求都要放在橡木桶里陈化。橡木桶细分很多种，具体是怎么分的，咱们无须深究，总之，无论是白兰地，还是威士忌，刚蒸馏出来时都是无色的，酒体的琥珀色是被橡木桶长期浸染导致的。

但是，不经意间发现，洋酒可能跟新工艺白酒患的是同一个病——挂羊头卖狗肉的不少。已经有人把橡木桶藏酒演化为酒里面浸泡橡木块了，还有的根本没橡木什么事，跟新工艺黄酒似的，配料表里直接告诉你，酒里加了"焦糖色"。

焦糖色是着色剂，食品添加剂的一种，在食品工业里被广泛应用，若真是橡木桶里放了多少年的酒，还加焦糖色干吗呢？这说明洋酒也不傻啊，有近道不走远路。

白兰地和威士忌都是蒸馏后在橡木桶储藏一段时间，才能获得想要的口味。伏特加则不同，它跟其他蒸馏酒都不一样，其显著特点是多次蒸馏：先得到体积分数约95%的酒精，然后用白桦木活性炭过滤槽或石英砂进行缓慢过滤净化，将有害物质和杂味物质除去，兑软水稀释到40%至50%后，即是主流的中性伏特加，无须储存陈酿，直接就可以喝。

用中性伏特加浸泡"水牛香茅草"，即绿色伏特加；用香草、水果、辣椒等原料调味的，叫调味伏特加。伏特加就此三种：中性、绿色、调味。诸君发现没有，这伏特加，更接近咱们新工艺白酒的做法。

优质伏特加曾经只用纯大麦酿制，后来也用玉米、小麦、黑麦、马铃薯、甜菜、蔗糖。可见白酒也好，洋酒也好，包括红酒、黄酒，甚至连酱油、醋，都有新老工艺的区别，只是咱们不了解罢了。

所谓的白酒国际化，就是想把白酒改造成洋酒的样子，用最短的时间、最低的成本，制作出含酒精饮料。这到底是进步，还是退步呢？在科学家以及酒企业看来，这肯定是进步，降低成本总归是好事。可小庙看来，却是退步，别问为什么，不想费口舌。

总之对洋酒新奇一段时间后，明白了个大概，意兴阑珊，喝洋酒的习惯终究没养成。如今遇到爱喝洋酒的朋友，心下再无羡慕，只谓各花入各眼，实难强求。

洋酒虽然没学会喝，可西方人的饮酒习惯倒颇以为意。他们把酒分为佐餐酒和餐后酒，烈性酒归为餐后酒，只在饭后畅饮，或家中或酒馆，随便你去喝得烂醉。用餐只喝佐餐酒，一般为低度发酵酒，目的是为了通过酒的轻微刺激，使人更加充分地体验食物的美味。以食为主，以酒为辅，堪为高妙。

其实古人也有此等倡议，又说回来袁枚《随园食单》，书中有《戒单》一篇，其中"戒纵酒"说："岂有呼呶酗酒之人，能知味者乎？往往见拇战之徒，啖佳菜如啖木屑，心不存焉。所谓惟酒是务，焉知其余，而治味之道扫地矣。"

袁枚是美食家，从美食的角度劝食客以酒为辅，若只顾喝酒，再好的美食也尝不出味道，同时也给出了两全其美的解决方案，曰：

"万不得已，先于正席尝菜之味，后于撤席逞酒之能，庶乎其两可也。"

看来袁先生很为难，不然怎么说是"万不得已"呢，大凡遇到万不得已，应对的都是下下之策。虽然说得很文雅，直译出来就是说："等吃完了饭，你们滚一边喝去。"

袁先生啊，殊不知酒徒越是遇到美食，酒瘾就越大，"惟酒是务，不知其余"。你只看到他们光顾着喝酒而忘记了尝菜，可恰恰就是因为有了美食佐酒，所以才喝得兴高采烈。道理很浅显，佐一碟花生米，肯定不如伴一碗红烧肉下的酒多。

袁先生才高八斗，却非酒徒，可惜了那一手好菜。不过，也或许就是因为不嗜酒，才成全了自己的非凡成就。

他少年得志中年辞官，三十八岁归隐于南京小仓山，筑随园，专攻诗文美食，曾有一联："不作高官，非无福命只缘懒；难成仙佛，爱读诗书又恋花。"

项城袁寒云曾有诗，"绝怜高处多风雨，莫到琼楼最上层"。对照爱读诗书又恋花的袁枚，舍得高官厚禄，不求得仙成佛，果然无风无雨，一生精彩。

可芸芸众生，饮食男女，鲜有大欲不存者焉。袁枚虽倜傥，亦有不足而被诟，后人对其评价有褒有贬，两极分化严重。

小庙观袁枚，不羡随园美食，不妒生花妙笔，独佩其老骥伏枥，志在千里。话说袁枚秉承"父母在，不远游"之训，待到六十七岁时高堂故去，才开始游历天下。万水千山走遍，直到八十一岁，耄耋之年兴未偃，待得吴江游罢，越明年，揖手长辞。

袁枚远游，常正月出发，腊月才返，一路停停走走逍遥快活。七十一岁那年，他去了武夷山，不仅留下一篇《游武夷山记》，还在《茶酒单》里细述了武夷山茶。此前，他以武夷山茶"茶味浓苦，有如喝药"而素来不喜。可武夷山之行，颠覆了平生认知，从此独爱武夷山茶，留文曰："尝尽天下之茶，以武夷山顶所生，冲开白色者为第一。"

小庙愚钝，一直以来，爱酒不擅茶，称得上是"茶盲"一个，但袁枚所言却在心底种下了一颗种子，盼望着有机会能得尝武夷山顶的好茶。天下第一到底是怎么个好法呢？

福建鹏勋兄是行家，因爱茶常于武夷山行走。有次闲聊，谈到袁枚所言"冲开白色者"为何？蒙鹏勋兄见赐，几日后收到岩茶一罐。谨遵袁枚之言，寻来"中泠惠泉"之水，小心烹得一杯，"时用武火，用穿心罐一滚便泡，一泡便饮"，果然"清芬扑鼻，舌有余甘"。

自此小庙渐入佳境，开始喜欢上了喝茶，早上一睁眼，起床先把茶泡上。梳洗完毕，早餐用罢，抱着杯子咕嘟咕嘟牛饮一番。

武夷岩茶越喝越顺口，不禁有精益求精之心。宜兴陆晓军先生，长居丁山专制紫砂壶，小庙礼下于人婉言相求，得晓军兄亲制紫砂壶一尊，如获至宝。农夫山泉快快烹，武夷岩茶速速冲，果然"不夺茶真香，又无熟汤气"。妙哉！妙哉！

要描绘这一番惬意满足，得套用老舍先生的台词："福建茶、浙江水、江苏壶，沿海三省伺候着我一个人，这点福气还小吗？"

碳酸饮料的病算是彻底翻了篇，但喝茶的爱好却又惯了出来。捧着计算器沉思犯愁，要是长此以往喝下去，可是比买可乐贵得多！

价钱高低且当别论，问题是本地茶店多是经营安徽茶，要买到物美价廉的武夷岩茶实在不容易。福建距离皖北，毕竟山长水远，物品交流多有不便。无奈只好因地制宜，找来祁门红茶，一品之下，与武夷岩茶大为不同。

现代把茶叶分六大类：绿、黄、白、青、黑、红。武夷岩茶属青茶类，半发酵，介于不发酵的绿茶与全发酵的红茶之间。祁红是全发酵的红茶，条索细紧、有峰苗，汤色红艳明亮，香气似糖似花似果，滋味甜厚鲜爽，叶底红匀细软。"黄金圈、冷后浑"，另有一番妙处也。

安徽原来只产绿茶，江南以烘青为主，如黄山毛峰、太平猴魁；江北以炒青为主，如六安瓜片、霍山黄芽。光绪元年以后，福建发酵之法传入徽州，才有红茶出现。而这个时期，袁枚早已故去近八十年了。也就是说当初袁枚上黄山游徽州，并没尝到祁门红茶，不知袁枚若尝到祁红，又会有什么样的评价呢？

一段时间祁红喝下来，慢慢能区别出闽皖之不同，常为自己品茶的进益喜不自胜。可惜好景不长，早茶晚酒的快活日子没多久，犯了一次肾结石，医生叮嘱"勿饮茶，莫纵酒"，消停了一段时间，饮茶的心就淡了。

为了早日排石，每天大量饮水。白开水寡淡无味，一杯一杯地灌下去，简直是"口中淡出个鸟来"。于是更加强烈的想念起荷叶粥的滋味，那一番柔滑软腻，那一番似苦似甜，还有那夏日的黄昏，火红的晚霞，和无忧无虑的少年。

荷叶粥，我们来年见！

到底意难平

上小学时候，每到建军节，学校都组织"听老红军讲故事"的活动。曾有一次请过街坊云先生，老爷子当时也就六十岁上下，性格和蔼，经常在自家门楼下摆一张小桌，沏一壶大叶子茶，小马扎上一坐一下午。平时经常瞧见，却不知他居然是位老英雄。

自从听他讲了革命史，就特别地崇拜他。此后经常去找他，探听那些热血沸腾的战斗。听得多了，就有些奇怪，怎么讲的都是打败了国民党反动派，却总也不讲打小鬼子呢？

原来这云先生是抗战胜利后参的军，当时新四军第四师即在皖北，云先生入伍后随部编入三野，参加了淮海战役。

淮海战役历时六十六天，在1949年1月10日结束，是整个解放战争的转折点。经此一役，解放军由弱转强，奠定了渡江战役胜利的基础，三个月后百万雄师过大江，解放了南京城。

毛主席为此写了一首《七律·人民解放军占领南京》，诗中有云，"宜将剩勇追穷寇，不可沽名学霸王"，举的是西楚霸王的例子，告诫将士们不要学项羽，为博得"仁慈"的虚名而贻误战机，最终反被消灭。

这个例子举得好，因为淮海战役的主战地徐州，即是当年项羽沽名钓誉的地方，那一仗，史称"彭城之战"。

公元前205年，项羽在齐国被田横绊住了腿，汉王趁彭城空虚，率五十六万大军乘虚而入，占了项羽的老巢。项羽听闻消息，留下大部队在齐地继续作战，自己带了三万骑兵，长途奔袭，绕到彭城城南，黎明时分发动攻击，盯着汉军的指挥部打，打得汉军指挥失灵，五十六万大军须臾溃败。

《史记》所载，战至午时，已斩杀汉军二十万，楚军完胜，可偏偏让高祖逃了出去，留下乌江饮恨的伏笔。

"羽之神勇，千古无二"，彭城之战这一年，项羽二十七岁，正是风华正茂的好年龄。项羽二十四岁起兵造反，三年时间就灭了秦，乌江岸边霸王卸甲，时年不过三十岁。

皖北小城距离垓下不远，好友鸭哥很是崇拜项羽，他说："看人家项羽三十岁就战死了，我都四十了还没打过群架呢，无颜见古人啊。"

鸭哥不是没打过群架，是没有打赢过。话说鸭哥当年因私情事，被约架于涡河岸头，对方说一对一单挑，鸭哥信之，单刀赴会。结果到了地点一瞧，对方十几个小青年，白蜡杆子链子锁齐刷刷地等着伺候呢。

鸭哥到了人群之中，双手抱拳，朗声喝道："谁先上？"话音未落，十几位争先恐后都上了。

半个小时后，鸭哥鼻青脸肿地出现在街头，小卖部里开了一瓶冰啤酒，一口气灌下去小半瓶，趁着手湿，用右手把头发向左边分了分，慨然曰："哥身陷重围，但无所畏惧。"

硬气！硬得像什么呢？硬得像鸭子的嘴巴，哪怕浑身都煮烂了可嘴还硬着，要不怎么叫鸭哥呢，名不虚传！

鸭哥这张硬嘴，像极了楚霸王。垓下之围，项王自知穷途末路在劫难逃，"则夜起，饮帐中"。喝到酣处动了情，乃悲歌慷慨，曰：

"力拔山兮气盖世，时不利兮骓不逝，骓不逝兮可奈何，虞兮虞兮奈若何。"乍一读，堪为盖世英雄侠骨柔肠；细琢磨，实乃死到临头不思悔改啊！

"天意何曾祖刘季，大王失计恋江东。"一手好牌打得稀烂，最后怨天怨地，就是不在自己身上找病根，普天下之，汝嘴最硬！

太史公言之："身死东城，尚不觉寤，而不自责，过矣。乃引'天亡我，非用兵之罪也'，岂不谬哉！"

然而，太史公也未必对，在一个二十多岁的青年眼中，什么千秋霸业江山永固，虚无缥缈。得失成败可能就没放在心上，且得照着自己的心意来，莫负青春莫负我，爱怎么干就怎么干。恣意妄行否？然也！自古谁无死，蝇营狗苟，不如痛快！

小城向东三百里，即是当初垓下，今日灵璧县东南沱河北岸。

灵璧有石谓三奇：色奇、声奇、质奇。又谓五怪：瘦、透、漏、皱、丑。曾有一段时期，灵璧石奇货可居，那几年身边诸友，但凡有点闲散银两，都要买上两块摆一摆。

忽有一日，鸭哥也攒够了钱，邀约去灵璧买石，许诺办完正事去垓下转一圈。

鸭哥在小城，以酒瓶购销为业，常去两百公里外的山东郓城。郓城是玻璃酒瓶产区，境内瓶厂林立，只要看到有大烟囱的地方，几乎都是酒瓶厂。

去郓城看酒瓶很是吸引我，瓶厂都设有专门的展示厅，装修很漂亮，灯光也讲究。琳琅满目，几个瓶厂逛下来，等于看了一遍世上所有的玻璃酒瓶。因此鸭哥每约小庙同往时，小庙从不推辞。

玻璃酒瓶按材质分类，品质由高至低为晶质玻璃、高白料玻璃、普料玻璃、乳浊料玻璃，简称为晶白、高白、普白、乳白；若按工艺分类，分手工瓶和机制瓶。晶白料品质高于高白普白乳白，手工瓶品质高于机制瓶。酒徒常见的好酒，瓶子未必就一定优秀，例如飞天茅台，就是乳浊料玻璃瓶。

酒瓶的计价是按重量计算，不管什么造型和材质，都遵循以重量计价的原则。小庙所见最贵的一款酒瓶，是晶白料手工瓶，重达550克，每只价格为2.5元，就玻璃酒瓶来说，已经是天价了，舍得用这种瓶子的凤毛麟角。

如今机制瓶才是主流，做低档酒的，酒卖得便宜，自然要用机制瓶；中高档酒多是用喷涂瓶，无须关注玻璃材质，所以也多选机制瓶来喷涂，现在郓城手工瓶厂家已经不多了。

喷涂瓶，是用粉状涂料把玻璃瓶喷涂成其他颜色，全白色、全黑色，红色、绿色，哪怕五光十色都行。例如常见的仿瓷瓶，就是玻璃瓶喷涂而成。酒徒若见一个瓶子拿不准什么材质，就把瓶子翻过来看瓶底，玻璃瓶子都会有卡槽，很多还会有标明等级的符号，只要瓶底有这些的，就一定是玻璃瓶。也可逆向判断，瓶底干干净净啥也没有的，就不是玻璃瓶。

喷涂瓶在中高档白酒中应用广泛，美观只是一方面，另一方面是它还具有"遮丑"的功能。因为喷涂瓶不透明，瓶子里如有杂质消费者看不见。说难听点，就算里面塞上几个苍蝇，你酒喝得照样香。喷涂一个瓶子只需1.5元钱，既美观又遮丑，这钱花得值。

鸭哥深谙其中机巧，每逢商业洽谈，只需三言两句，就能明白对方欲言未言的深意。不过他既不生产也不使用，买来卖去的，赚的都是辛苦钱，整天忙碌不见清闲。

难得鸭哥犯一次文青病，又要灵璧石，又要观垓下，小庙欣然从行。驱车不过两小时，就到了灵璧市场上，鸭哥一副腰缠十万贯的派头，逐个指着石头问价格，一圈转下来，心里有了底，兴高采烈地买了最贵的那一块。

买完石头去垓下，凭吊别姬之地。路上鸭哥说一喜一悲之间，尚需些许过渡。于是找了一家土菜馆，鸭哥喝了个七分醉，霸王别姬的故事谈上几遍，情绪酝酿得足足的，悠哉游哉地到了霸离村。

霸离是个小村落，村东即是虞姬墓冢，修葺得很规整，有门楼有院落，园内松柏葱茏，静穆凝重。鸭哥观之，大呼灵璧待虞姬不薄。他却未想，不拉个围墙搭个门，怎么好意思卖门票呢！

古代灵璧曾是北方通往东南的要道，旅人至此多有凭吊，园内碑石林立，留墨者众，其中一联写得好："虞兮奈何，自古红颜多薄命；姬耶安在，独留青冢伴黄昏。"

鸭哥读到这一联，情绪明显低落。转到虞姬塑像时，压着醉步踟蹰不前，侧脸看看我，明知故问："垓下歌你还记得吗？"这不是在问我，这是想引我问他，小庙知趣，应答道："我记不得了。"

鸭哥神情庄重，《垓下歌》轻声咏之，很投入、很深沉。不过只读《垓下歌》不完全应景，当时霸王歌数阕，虞姬也有诗和之，据《楚汉春秋》所录，虞姬和曰："汉兵已略地，四面楚歌声。君王意气尽，贱妾何聊生。"

但我并没提醒鸭哥，因为我此时想起了另外一段话，那是紫霞仙子说给至尊宝的。

"我的意中人是个盖世英雄，有一天他会踩着七色云彩来娶我。我猜中了前头，可是我却猜不中这结局。"

一次别离

中国人细腻，酒宴之上讲究多、规矩大，甚是繁杂，单说座次就费脑伤神。

人伦之序，"忠、孝、悌、忍、善"，一旦叙起长幼尊卑，让起来没完没了，当然主次分明确于氛围有益，否则平添不少尴尬。

曾有好友小登科，三日后行回门之礼。新婿上门自然被照料得面面俱到，宴会上专有一席款待。好友当仁不让坐在主座上，逐一环顾陪客时，惊见失散多年的干老子赫然在列，原来从女方家论起这位是近亲平辈，当下颇为尴尬。

可不管你社会关系怎么相处，如今成了亲戚就得按亲戚论，老家伙很随和，拍着干儿子的肩膀说："咱们各亲各序，今天你是我兄弟！"话虽如此，但苦了我这好哥们，按老理这种局面之下，得侧身端坐，身不得靠背，手不能扶桌，越显得拘谨越透着知礼，那真叫一个累！他后与诸友言之，虽是平生第一次坐主座，却扫兴至极。而我等闻之却极为开心，此后每逢欢宴时常提及助兴，与他推杯换盏，总不忘拍着肩膀说一句，"今天你是我兄弟"。

长幼尊卑不可乱，偶有差错就成笑谈，咱们中国人这些讲究也甚是有理。可礼让来礼让去，只是解决了谁该坐到主座的位子上，哪个位子才是主座呢？

如今酒店餐馆多是圆桌子，大家已经习惯对着房门的是上座。如果是在大厅里，离门最远的是主桌，对着门的仍然是上座。好像主座的依据就是门，不管门朝哪个方向开，只要对着门的就算是上座。这是如今社会的习惯，存在即合理，不谈对错。

可深究起来，在咱们传统习惯中，上座的依据不是门，而是方位。按照传统习惯，如果是八仙桌的话，北面一侧的东首是上座。古人崇尚南尊北卑，正坐面南背北，左为东右为西，以东为首以西为次，东首为上。

为什么以左为东呢？要想说得明白，咱以地图举例。

现代地图是上北下南，把地图摊在面前时，对面是北方。古代中国正好相反，那时上南下北，把古代地图摊开在面前，对面是南方。看现代地图，因为对面是北方，所以左面是西，右面是东，因此"上北下南，左西右东"。而古代地图，因对面是南方，所以左面是东，右面是西，因此"上南下北，左东右西"。

古人看图的方式，也代表了当时对方位的认知习惯，与现代可谓南辕北辙，截然不同。

古人怎么看图怎么理解方位，在现代生活中没有实用价值，不具有现实意义。但是，虽然宴会上用不着它来排座次，可遇到与传统文化交集时，若不了解它，必会晕头转向，找不着北。

例如，姜夔有词《扬州慢·淮左名都》："淮左名都，竹西佳处，解鞍少驻初程……"这里的淮左是指扬州，所有的注释里都明确这一点，但扬州为什么是淮左却少有提及。

宋时行政区划，设淮南东路，"路"字可以理解为如今的"省"，淮南东路首府在扬州，因此也被称为"扬州路"，咱们常说的"淮扬菜"，也是这个缘由。

辛弃疾《永遇乐·京口北固亭怀古》中提到"烽火扬州路"，指的就是淮南东路的整个区域。纵观当时淮南东路地图，最西边是皖北小城，最东边是扬州，若是按照如今习惯，怎么看，扬州都应该是在右边。

古代地图左为东，扬州在淮南东路的最东边，显示在地图上的方位就是左边，所以称之为"淮左"。

古人以左为东，又以东为上，因此"上"字也代指左、代指东，郑谷《淮上与友人别》，"淮上"二字，同样是指扬州。

扬州地理位置特殊，自隋唐始天下闻名，假如给唐诗宋词做个统计，古人文章里出现最多的地名，扬州绝对会在前三以内。咏颂的人多了往往就有特称，淮上、淮左这些称呼，曾经就被默认为扬州的专用词。

扬州之所以如此闻名，是因为运河与长江于此交汇。长江与运河的历史作用无须赘言了，世人皆知。扬州位于交汇之地，南北东西的货船商船皆要由此路过，自然极其重要。

但客商仅仅是路过，并不能促其发挥水运枢纽的作用，从唐代宗广德元年（763）开始，朝廷对漕运制度进行了改革，用分段运输代替直运。自那时候起，不管是人还是货物，都要在扬州换船，从此扬州成为天下第一繁华所在。"腰缠十万贯，骑鹤下扬州"，世人莫不心驰神往。

在此之前，水运皆为直达，南方来的船直接入运河驶往北方，北方来的船也从这里入长江去南方。可是长江与运河的水情不同，江船难以适应运河，河船也难渡长江。那时江船从扬州入运河到洛口，历时长达九个月，并且时有沉没事故发生。唐代宗规定：江船不入汴（运河），江船之运积扬州；汴船不入河，汴船之运积河阴；河船不入渭，河船之运积渭口；渭船之运入太仓。

用白话解释一下就是说：长江来的船不入运河，行人货物要在扬州转到可在运河航行的船上；而运河的船不入黄河，行人货物要转运到可在黄河航行的船上；黄河上的船不入渭河，也要转运。这些措施表面看换来换去挺麻烦，却使效率大大提高，自扬州至长安由九个月提速至只需四十天。

这次改革把扬州的地位从沿途城市直接提升为交通枢纽，再精确一点，这个枢纽就是瓜洲渡。国人熟读唐诗宋词，瓜洲渡可以说是无人不晓。"京口瓜洲一水间，钟山只隔数重山"，"汴水流，泗水流，流到瓜洲古渡头。吴山点点愁"，"潮落夜江斜月里，两三星火是瓜洲"，不胜枚举，不可胜数。

瓜洲渡是长旅中的必经一站，行到此处算作节点，因此瓜洲渡在诗词歌赋里，最适合为离愁别绪提供一个地理背景，像郑谷"数声风笛离亭晚，君向潇湘我向秦"的句子，其间就充盈对离别的伤怀。

古人于这类伤别的文章最拿手，佳句层出不穷，什么"劝君更尽一杯酒，西出阳关无故人"，什么"但愿人长久，千里共婵娟"，不胜枚举。如果在这类诗词里挑一首绝的，选出个第一名来，思来想去，唯有陈陶"可怜无定河边骨，犹是春闺梦里人"之句。

无定河是黄河的支流，发源于陕西定边县，流经靖边县后称为无定河。唐朝五千将士在此与匈奴征战，全员战死。诗人上句实写无定河边尸骨累累，下句虚写春闺梦里依然如生，虚实相生用意精妙。家乡的爱人不知壮士已经战死，春闺梦里依然缱绻情浓，进一步延伸出战骨回乡之后，春闺梦醒时的悲切。

生离犹可重逢，死别后会无期。生离死别何止于人，天地山河概莫如此。

瓜洲渡最初仅为江中暗沙，汉代以后随江潮涨落时隐时现，晋代露出水面，至唐代时与北岸相连，其间三条水道，形状如一个"瓜"字，因此而得名。但由于南涨北坍一直在持续，长江逐渐向北移动，自康熙年间瓜洲渡开始坍江，到光绪二十一年（1895）时已全部没于江中。

瓜洲渡自隋唐至晚清，其间一千两百年，适逢传统文化最璀璨的时期，历尽繁华却终归虚无，仿佛在隐喻这世间所有的相逢，都是为了别离。

人在旅途

好酒之人应酬多。何谓应酬呢？如张三请别人，邀李四陪客，或者别人请李四，李四拉上张三一起去，又或者请不想请之人，赴不愿赴之酒局，此乃应酬也。

最尴尬的应酬是圈子不合。小庙曾赴一酒局，一桌八人虽都是旧时相识，但那七位是把兄弟。人家诚意相邀，虽不把咱当外人，可他们凑在一起的时候，第八位就显得多余，明智之举当然是及时告退。每人敬上三杯，荤素段子扔几个，趁着皆大欢喜之际拱手而别，宁可装成忙人，也不做讨厌之人。

应酬之局不做讨厌之人何其难也，原本此等酒局就规矩大禁忌多，时有职场迎奉或商界洽谈，醉翁之意不在酒，喝起来更是乏味。万一多喝了几杯，看到虚情假意的推心置腹，忍不住就会飘出几句不合时宜之言，一派轻薄浮浪之态，自然令人生厌。

爱酒之人不喜应酬之局，可身在市井，想避俗又谈何容易，绕不开红尘万丈，酒徒只能尽量适应。"当苦境反觉自甘者，方才是真修之士"，能在应酬之中自得其乐，酒喝得随性超脱，可誉之为酒徒上品。小庙性本愚钝，离这境界还差得远，但天外有天人外有人，如此高明的酒徒并不鲜见。

上品酒徒赴局不讲排场，客随主便，主人吝啬也罢铺张也罢，绝不评头论足，龙肝凤髓抑或白菜豆腐，都吃得津津有味，只论口味咸淡不评食材高低；酒好酒坏随遇而安，好不好喝讳莫如深；斗酒不打酒官司，输赢不在心，屈饮几杯不介怀；说说笑笑，不出粗鄙恶俗之言；兴致不衰，不露倦怠骄躁之态；对主人敬重，酒局上不争口舌；对客人热情，酬酢之间礼貌周全……如此高明的酒徒，应酬怎能不多呢？

如是酒徒做东，邀客时即见精心。如请张三做客，是否邀李四相陪，定是胸有成竹二人往日无隙；主客陪客得当有序，断不会主次不分；大饭店富丽堂皇，小酒馆自然温馨，总能适宜而设，不觉突兀；菜肴既不清寡也不靡费，吃不完但剩不多；备酒既不高贵也不轻贱，幽香醇美沁人心扉；兴致盎然，愉悦之态溢于言表；言谈诚恳，无一句不情真意切……如此高明的主人，来客又怎能不醉呢？

若宾主皆为酒徒上品，虽处应酬之局，三杯过后必然一见如故，惺惺相惜相见恨晚。可惜如此机缘巧凑，却极是难得。如若有缘，得遇几位情投意合的酒友，从此君子之交偶尔小聚，生活就变得有趣极了。所谓"相见亦无事，别后常忆君"，酒友如是，方担得起一个"友"字，才对得起一个"酒"字。

小城生活随遇而安，酒友聚饮也是兴之所至无所不为。有时饭后散步，沿着老街正溜达，拐角遇见两位逛过来，寒暄几句一拍即合，就便在街头撕半只"卤兔"，小摊上一坐就能热热闹闹地喝起来。

卤兔售卖一般卸成三部分。卸不同于切。卸，要顺着骨骼结构解开骨肉连接之处，小尖刀这里戳一下那里戳一下，然后轻轻一掰，卸成上半身、中段和下半身。下半身叫"后座"，两条后腿连着兔臀。中段叫"身子"，是整个的脊椎部分；上半身称之为"前爪"，包含兔头、两条前腿和两肋。

还有一种卖法是分上下半身，"后座"连着"身子"仍叫"后座"，但上半身叫起来很滑稽，叫"不要后座"，买时说声"不要后座"，老板就知道这是要上半身。如是老板没问，自己上来也是这一句"买个兔子，不要后座"。

"不要后座"是最受酒徒欢迎的部分，一是因为兔子的两肋有细细的软骨，小城称之为"肚绷"，喝酒时一根一根地咂吧嘴，与喝慢酒很契合；其二是因为吃兔头有意思，先把兔头上下颚连接处一根特别的骨头找出来，这根骨头名曰"挖勺"，用挖勺一点一点地把整个兔头从里到外剔干净。爱吃兔头的人拿起来能吃上一两个钟头，一顿酒喝完兔头没剔一半，找张纸包上，留着下顿酒接着吃。

"卤兔"堪为小城佐酒头牌，街头巷尾都有固定摊点，一般在下午就开始售卖，卖到其他吃食都已歇业了，"卤兔"摊子依然坚守阵地不撤退，等晚上过了十点又是一波小高峰，睡不着觉想喝酒的有的是，这个钟点只有卤兔是最应景的下酒菜。只见街头巷尾这边来一位那边来一位，晃晃悠悠地走过来，话不多说买了就走。凌晨之前酒徒不绝，因此卤兔摊子上的"气死风"，常常是老街上最晚熄灭的那盏灯。

年轻时候，每遇下雪就有酒兴，有时夜半一看下雪了，二话不说先找来热水把老酒温上，小袄一披走出家门，只见大街上黑灯瞎火路断人稀，远远地看到街头有"气死风"一盏，油灯光闪烁，那定是"卤兔"在候！碎步小跑过去买半只"不要后座"，哆哆嗦嗦地回到家里，手脚冰凉地朝单人床上拥被一坐，白炽灯下听着谭咏麟或童安格，温酒凉兔子，不亦快哉！

小城聚饮，卤兔必不可少，酒令亦不可缺，应用最广泛的是划拳猜枚。犹记当时年少，三五好友佐卤兔一只，喝的兴起时光着膀子划拳，三小盅酒斟满了一字排开，五魁首六六六，扯着嗓子喊上小半个钟头，没分出谁该喝一个谁该喝俩。此中之乐莫说身临其境，就算从巷子里路过，听见墙那边吆喝阵阵，也令人心领神会笑逐颜开。

划拳猜枚据说可以追溯到汉代的手势令，有证可查是出现在唐代。划拳在古时酒令中最为通俗，不管是达官显贵还是贩夫走卒，都能热闹热闹。划拳高手思维敏捷，动作熟练，且能细心观察。一圈人轮流划下来，他就将每个人出拳的套路看熟了，并且他猜得中你，你却猜不中他。划拳自汉唐至今长盛不衰，堪为酒令之最，想来是因其通俗易懂之故。

古人酒令复杂，尤其文化人聚到一块，之乎者也今人难解其味。袁宏道《觞政》中讲，酒徒的十二个标准中，有一项为"分题能赋者"，意思是见到题目就能吟诗作赋，今人恐怕难为矣。

诗词歌赋之外，通俗点的酒令就是对联。对联嘛，或怡情悦性，或富贵堂皇，或追忆秦人旧舍，或暗喻世态炎凉，讲究个字数相等、词性相对、平仄相拗、句法相同，算是传统文学中最亲民的一项。一方出个上联，一方对个下联，无论对得好坏，左右都是一杯酒。

古代文人于对联不是很看重，视为雕虫小技，可诗词歌赋无穷无尽，谈不上哪座是最高山，"文无第一、武无第二"，而对联却有公论最高峰。

唐代上联"烟锁池塘柳"，难倒了天下读书人，被称为千古绝对。难就难在，这五个字各有一个与五行相合的偏旁部首，分别是"火金水土木"，因此下联也得是包含五行的偏旁部首才行。并且对应的五行还要全部相克，或全部相生。

清代纪晓岚对过一个"炮镇海城楼"，当时看来已是难能可贵，不过以"火金水土木"对"火金水土木"总是牵强。小庙殚精竭虑，对一个"板城烧锅酒"，招来不少耻笑，很被罚过几杯酒。

近代忽有一联传出，据说是北宋时期王重阳所对，联曰"桃燃锦江堤"，用"木火金水土"对"火金水土木"，虽不完美，但已然最佳，此联一出可谓前无古人后无来者，汉字游戏到此穷尽。

皖北小城乃老庄故里，说到了王重阳，就顺带扯几句道教。今人一论道教就容易与道家画上等号，其实不然。莫说道教，连道家二字老庄也从未自称，直到汉代《论六家要旨》才提出道家的概念。道家，只不过为道教提供了一个文化背景而已。

东汉张天师张道陵首创道教，因为当时入教要缴纳五斗米，所以最初也叫"五斗米道"，后世称之为"正一派"。

正一派可以在家修行，娶妻生子，喝酒吃肉。他们深信凡人通过修炼能羽化飞升，成为神仙，教众热衷养生，后世很多养生法及秘术，如魏晋时期《太上洞玄灵宝五符序》中的药酒之方，多为他们的成就。有研究称，中国蒸馏酒，也是起源于他们的炼丹术，不过也仅是猜想罢了。

自张天师开创道教以后，至唐代迎来巅峰，因为当时皇家姓李，认太上老君老子李耳为祖先，所以推崇道教，会昌灭佛的故事也由此起因。自东汉至唐宋，千年以降正一派方兴未艾，直到王重阳横空出世。

王重阳文韬武略殊胜常人，评一句文武双全当之无愧。据传王重阳原本家境富庶，又以武状元身份入仕为官，本该有一个优裕的俗世人生，可四十八岁近知天命之年，却抛家弃业入山修道，毅然决然，追求理想而去。

他在终南山"活死人墓"隐居三年，综合了儒释道的精华，提炼为新的教义，称之为三教合一，所创新教名曰"全真"。随后下山传道，收下了"全真七子"为徒，从此全真派和正一派并行于世，传承有序。不过民国时期的那一任张天师去了台湾，如今大陆道教，多为全真派的弟子。

王重阳的事迹，堪称英雄造时势。仅其四十八岁弃家修道，就绝非常人所能为，着实令人钦敬。《礼记·曲礼》云："五十曰艾。"意思是人到五十即是老年。孔子亦有言："五十而知天命。"是说到了这个年龄，一生成就如何，谜底已经揭晓。未来的道路一眼就能望到头，不再有什么悬念。

在古代社会，这个年纪也难再有悬念，那时候普遍早婚，人的寿命普遍也短，到了五十岁绝对已是爷爷级别，该安排晚年生活了，这时如不安生过日子，还谈理想谈追求，必然不被世俗社会接纳，所以当时王重阳绰号"王害风"，世人把他当成疯子、神经病。

理想这个东西，多数人谈起来都头头是道，但行动上大多不了了之。实用主义者看来，追求理想的风险成本过大，没有必然成功的保证，事实上，能实现理想的也确实凤毛麟角。

河南长葛有位刘先生，四十三岁追求理想而去，从那时起直到六十多岁，无惧艰难困苦，一直行走在追求理想的道路上。上过昆仑山，闯过罗布泊，徒步万里长城，勇攀珠穆朗玛峰。现在回顾他的最高成就，其实距离最初的理想还很远，但我相信，假如出发时就能预见到最后的结果，他仍会义无反顾地踏上征途。

王重阳式的理想很崇高，胸怀天下普济苍生；刘先生式的理想很远大，神州走遍四海为家。这样的英雄不是谁都能当的，你我皆凡人，崇高远大的理想往往止于空谈。可放弃理想后的生活，却又无趣得很。最好的状态是理想与现实并存，这或许会很难，除非理想可以很微小。

假如理想真的可以很微小，那么我的理想是酿一杯香醇的酒，在人生这条长长的路上，我陪着她或者她陪着我，向着地平线，停停走走。等老之将至，坐在夕阳下看云卷云舒的时候，能以保尔·柯察金的语气，缓缓地说："我没有因为虚度年华而悔恨，也没有因为碌碌无为而羞愧。我庆幸曾有一杯酒，让我付出过所有的诚恳。"

春风佐酒三两杯

曾有酒友动问："是春酒好还是秋酒好？"春酒过冬清洌，秋酒过夏浓郁，虽然有区别，却难把两者放在一起比较出高低来。春酒和秋酒，好比一个女人和一个男人，怎么比呢？是比胡须疏密还是比头发长短？比什么都有失公允。

春酒如美人妙龄，俏丽温柔，而秋酒如壮士盛年，雄浑沉稳。各有动人之处，就看酒友们如何欣赏了。好在他们也逃不过时间的消磨，壮士也好美人也罢，到头来殊途同归，窖藏一段时间后，差别就小了。如同人间夫妻，只要在一起日子过得足够久，不光脾气性格相仿，连外表长相都会趋同，春酒秋酒亦是如此。

每年春分，小庙会寻一池春酒，邀请各地酒友小聚，以酒会友。酒友们千里万里来到小城，说是看看酒，可天下之大，哪里不能看呢？又不是非小城不可。说看酒只是个因由，大家不弃草昧，看得起小庙才是主要原因。

虽然来小城看的是春酒，可小庙招待大家的，既不是春酒也不是秋酒，而是事先备好的"大酒"，算是特制吧。不仅敞开了管够，分别时每位还要送两瓶。非是小庙天性慷慨，其实是腰有两文必振衣作响的俗气，藏不住好东西，总要拿出来显摆显摆。

当然也可说得冠冕堂皇一些，如孟子有言："好名之人，可让千乘之国。"意思是为了博个好名声，能把国家都让给别人。小庙无千乘之国可让，仅有的不过是几杯好酒，就只能送酒了，哪怕心碎一地般不舍得。但小庙不为博名，为的仅是酒友们能确信，传统白酒仍在，好玩意儿没丢！

春风佐酒三两杯，春分之约，只求相处得开心，酒喝得高兴。人生如朝露，各有悲欢，借浮生一晚，暂忘心机，不思荣辱，共赴一场忘情酣醉。几场酒喝完，拱拱手各奔天涯，"人生不相见，动如参与商"，很多人这辈子再难见上第二面。或许多年后追忆起来，小城三月的艳阳，五湖四海的萍聚，也算是一份慰藉与闲愁。

春分前一晚，一众酒友把酒言欢，酣畅淋漓，待到午夜时分，该醉的也都醉了，尽兴散去。也有高人醉又复醒，用小城方言这叫"屈量了"，到心不到口，"眼看人尽醉，何忍为独醒"，且得再饮几杯，不知道他们后来又喝了多少，醉没醉？

小庙不胜酒力，早早地沉沉睡去，朦胧间有声音从窗外飘入，隐约听到是左近的冯兄和赵兄还在谈着什么，间或笑上几声，最后传进耳中的是"哐啷"一下，那应该是酒瓶子也醉了的声响。

小庙很享受这种轻松的相处，不劝酒不闹酒。酒徒大多亦如此，功名利禄熙来攘往，谁不是负重前行？众生皆苦，所求不过是能无拘无束喝点酒，舒缓身心，以图片刻欢娱。酒就像精神鸦片，让咱普通百姓能在生活的泥泞中，得到顷刻间的怡然自得。

"浮生长恨欢娱少，肯爱千金轻一笑。为君持酒劝斜阳，且向花间留晚照。"

酒好心无事，一觉到天明。春分当日，一众酒友奔赴小城酒乡，蒸酒的师傅们，早在窖池旁等着大家呢。

小城酿酒为"老五甑"法，一个池子里的酒醅，要分成五甑蒸馏，在老五甑之"清蒸清吊法"中，自第一甑"大茬"开始，依次二茬、三茬、小茬，及至最后一甑，独称之为"池底"。

窖泥里的多种酵原，活动在酒醅和窖池的接触面，窖池底部的窖泥最多，所以最后这一甑的酒醅，与窖泥的接触面也就最大，因此"池底"的香味特别浓郁。

酒徒若遇池底，能闻到酒中"腐臭"般的气息，一时可能不适应，而窖藏经年会发现，当时越臭，后来也就越香。

臭是极度香，香极是为臭。臭与香区别在疏密，香的浓缩在一起就是臭，臭的稀释后就成为香，世间万物概莫如此，浓不如淡，淡然有余香。

酒友聚酒乡，"君子之交淡如水"，从容自在，小庙欣欣然，于窖池之侧，从窖泥讲起，事无巨细，逐一谈及，详述传统白酒之概貌。

酿酒说起来复杂烦琐，而实地看一看，也就是那么回事。好比老师给学生讲一出戏，唱腔要怎么个曲折婉转，身段要如何娇柔迂回，兰花指怎么翘，水袖如何摆，能滔滔不绝地说上一整天，而表演起来不过那么几分钟。

酿酒也是如此，要想把每个细节讲清楚，动不动就得几万字，可以滔滔不绝说上半天，听众还是一头雾水。非得现场看一看，立即云开雾散豁然开朗，疙疙瘩瘩的小疑问也就解开了。

师傅们举重若轻，酒醅出窖，上甑蒸酒，一窖春酒所耗不过半天时间，他们有条不紊地把步骤做完，拿上工钱拂衣而去，挥洒自如。要问这一套工序用科学如何解释，他们一句也答不上来，对他们来说，这只是工作，"惟手熟尔"。干活拿钱就得了，管他什么科学道理呢。

这些师傅，一般酒厂养不起，也没有必要养。多数酒厂二十七天发酵，每月一次蒸酒入池，论池子数量发工钱就行，何必论月养着他们呢。他们是个独立的行业，在酿酒这一行里，他们的分工就是轮换着到各个酒厂去蒸酒。一伙一伙的小团队，是酒行业不可或缺的重要一环。

一伙又一伙，一环又一环，组成了小城的酒行业。有专门做酒曲的，有专门蒸酒的，有造池子的，有养窖修窖的，等等。同地域行业配套成熟，是所有行当的基础，传承了几百年的玩意儿，行业细分后每个环节都有高人，谁也没本事全通。所以酿酒这个事，只要统筹得当，把各环节的高手都找来分工协作就不是难事，考验的仅是统筹者的良知和耐心，或者说他的追求。

"追求"，这个词好久没提起过了，人到中年，谁还肯轻易说出理想与追求？其实不是没有，只是不愿提，那是每个人心底都藏着的谜。

小庙的谜底很简单，以酒会友，静待高山。这个世界大得很，而我们却如此孤单，春分之约，因酒结缘，南北诸友于小城欢聚，得以重温少年般天高海阔的豪情，小庙幸甚。

春分之会虽短暂，但传统白酒的原貌尽展，定会有酒友将它装进心里，带到远方。或许未来在某个场合，有人提起传统白酒，他会忆起小城春分，于传统白酒侃侃而谈。

人海茫茫，爱酒者不绝。

往往醉后

有位王先生，酒醉以后走起路来忽左忽右。据他说，他只要三杯下肚，再看马路皆弯弯曲曲呈S状，为了防止摔倒，他尽量沿路的中间走，别人看他忽左忽右，可他自己却以为一直走在路的正中间。

还有一位冯先生，走起路来一会儿抬起脚，一会儿弓着腰。据他说，他喝醉以后看马路起伏不平，一会儿上坡一会儿下坡。

另一位丁先生，喝多了不分昼夜，若是酒喝得尽兴，恨不得不眠不休，谁敢言："哥几个，天不早了！"丁先生会很不高兴，用手一指漆黑的夜空，怒斥："这天还大亮呢，晚什么！"

酒酣之际，心醉魂迷，哪怕平时再谨言慎行的人，也难免性情尽显。

有人越喝越开心，有人越喝越沮丧；有人笑对当下，有人缅怀过去；有人越喝越坦荡，有人越喝越刻薄；有人遇人送钱，有人逢人讨债；有人哭，有人笑；有唱歌的有唱戏的，有要跳舞的有要跳河的……

醉态种种五花八门，酒里乾坤煞是热闹。如果必须用最简明的一句话来概括，我想起那一句"往往醉后、最见性情"。

这八个字是从傅二石先生那里听来的。据他说，外行看抱石先生的画，分辨高低的最简单办法是看落款，有"往往醉后"这个章的，即是抱石先生得意的作品。大师嗜酒，每每醉后挥毫，醒后观之惊喜连连，由此刻了这个"往往醉后"的章，只有在自己十分满意的作品中，才舍得用此章。由此我学个乖，遇到抱石先生的画，就看有没有这个章，有的咱就使劲地叫好，没有的就做迟疑状略一沉吟"似有不足"，总能在行家面前遮遮丑。

抱石先生往往醉后，前人亦有印证。如王羲之的《兰亭序》，也是醉后方得。传说他乘着酒兴用鼠须笔，在蚕纸上写下了二十八行三百二十四字，醒后观之惊喜连连，赞叹不已。后来几次重写，都无复当时神韵，叹曰："此神助尔，何吾能力致。"王羲之所言的神是哪位尊者呢？无他，酒也！酒徒以为，这"天下第一行书"若落个款，"羲之与酒"，也甚贴切。

王羲之把《兰亭序》视为珍宝传家，要世世代代地传承下去，可传到第七代王法极手里时，这位却在湖州永欣寺出家当了和尚，法名智永。智永和尚无后，就把《兰亭序》交给了徒弟辩才，而辩才在绍兴云门寺里把宝贝给丢了。传说是被御史萧翼骗去的，不管怎么丢的，总之就到了李世民手上，后来也给他陪了葬。

如今能看到的都是摹本，虞世南、褚遂良、冯承素这三位是唐摹本，据说是太宗让这三位比着真迹摹写的。其中冯承素用的是勾填法，先描边画框，然后填墨。冯先生不是写，而是画，算是手工复制了一份，因此最为接近真迹，被称为"神龙本"。

据说好的摹本不让真迹，内行讲起来头头是道。可惜我是外行，就像不耐烦看模仿秀一样，一听是摹本，本能地就有些不快，而且它越是模仿得像，咱看着心里越别扭，谁叫咱是外行呢。

虽是外行，偶尔却爱附庸风雅，可年轻时候对书法却着实欣赏不来，不会欣赏。好比自己不识字，却想读一本书，别人都说好，自己却不会看，既着急又痛苦。

有人说，你要想看得懂书法，必须要学着写，真草隶篆勤学苦练，三年下来就看得懂《兰亭序》的妙处，五年下来就知道苏黄米蔡的高明。对此观点，小庙至今不以为然。

如果这观点成立，那么书法艺术其实是书法家艺术！这意思就像在说，要想读书就得先学写作，岂不怪哉！咱平头百姓，只希望自己懂得欣赏，没工夫去成为艺术家。但令人悲伤的是，只要你对某种艺术感兴趣，老师总会让你从基本功练起。我只是要感受它的美，干吗非逼着我去掌握呢。

学书法的才能看得懂书法，学音乐的才能听得懂音乐，那样的世界岂不太无趣。总以为学会欣赏艺术，比掌握艺术技巧更重要。可现在好像学技巧容易，学欣赏很难。各种培训林立，却找不见一个赏析班。

书法虽好，可不得其门而入，耿耿于怀多年。帖没少买，就是看不懂，到底好在哪呢？着急又痛苦！

小城有位梁先生，嗜酒爱书法。一次逛小城黉学，遇见梁先生溜腿，聊起来照壁上"宫墙万仞"四个字。但凡有孔庙，正门前都有这一面照壁，上书"宫墙万仞"，直到当地出了状元，才能把这堵墙打掉，让状元从正门进去礼拜至圣先师。看一个地方的孔庙有没有这面墙，就知道当地有没有出过状元。

皖北小城没出过状元，"宫墙万仞"至今屹立不倒。梁先生指着照壁，由典故到书法，滔滔不绝。原来欣赏书法是有窍门的，梁先生指点说，观帖要"视线移动"，以眼作笔，随着帖里的字一笔一笔地走，想象作者正在写，你在身后观。

是日晚，粉墙上挂起神龙本，三杯酒后，细细观之。以眼作笔，心随笔动，两遍看下来，醉眼惺忪，呼呼睡去，第一次赏帖完败。性本愚钝啊，奈何！

赏帖虽失败，但治了我的失眠症，早睡早起，神清气朗。自此每晚以帖下酒，观上几遍，心如禅定，妙不可言。

如此月余以后，神龙帖了然于胸，闭上眼也能走上几遍，渐渐感觉出那个味道来，每到妙处喜不自胜，不觉又是几杯下肚，甚至也有想写上几笔的冲动。

小庙自此渐入佳境，往往醉后百无聊赖，随手挂个帖，就是半日悠闲，或一枕好梦。如遇秋日艳阳，几杯老酒下肚，或河边或草地仰躺，看晴空万里，以心为笔，蓝天白云之上挥毫泼墨，甚是陶冶。梁先生的教诲，小庙受益匪浅。

梁先生是通达之人，爱好广泛，多知多懂。梁先生曾经学佛，常以居士自居，不管人前人后，到了时间就得诵经。有时良朋欢聚，酒过三巡他就悄悄离了席，不远处找把椅子款款而坐，双目微闭，喃喃自语念起经来。"酒肉穿肠过，佛祖心中留"，多少年都是如此，大家也都见怪不怪。可有一次很不巧，碰到个爱较真的柳先生。

柳先生见梁先生离席念起经来，他也走过去听了听。梁先生念的是《心经》，"揭谛揭谛，波罗揭谛……"总计十四个字，柳先生听了听，一拍梁先生的肩膀，说："你念错了。"不仅是梁先生，同桌酒友都惊住了，这念了多少年的经怎么会错呢。

柳先生娓娓道来，仔细解说了一番。原来《心经》传入时正逢盛唐，由于经是梵文，所以官方按照当时汉语音译记录，而当时官方语言却不是如今的普通话，因此今人读经，不能以现在的普通话发音来读它，正确的读音是"gai dai gai dai ba la gai dai……"

柳先生由此展开，侃侃而谈，梁先生在一旁难免五味杂陈。梁先生本是生意人，逢山拜佛遇庙烧香，只求福星高照财源滚滚，知其然不知其所以然，没人指点自然学得不精，当然他也从没找人请教过。可就算如此又如何呢？只是把经念歪了而已，歪嘴和尚念歪经，没什么大不了的。

　　"人之患在好为人师"，柳先生不厚道，揭了人家的短处。他念他的歪经，你喝你的闲酒，夸夸其谈何必呢？真不如揣着明白装糊涂。"春草暮兮秋风惊，秋风罢兮春草生；绮罗毕兮池馆尽，琴瑟灭兮丘垄平。"是非对错，其实真的不重要。

　　人生识字忧患始，难得糊涂最高明。

　　多么痛的领悟！善哉善哉。

后　记

2014年2月2日，农历正月初三。小庙网络游目，见有酒徒问酒，观其言，于酒误会颇多。感传统白酒渐远，今夕居然穷途，思来不胜唏嘘。

皖北小城本酒乡，小庙亦是爱酒人，于酒之种种有所闻，亦有所见，逞一时之勇，竟滔滔数万言。

小庙酒徒尔，恋酒贪杯，半生蹉跎，于酒从未敢言懂，酒谈种种，不过以己之心，言酒之于我也，野语村言无章法，言不及义亦常有。

幸承诸友抬爱，不弃草昧，小庙诚惶诚恐。以酒会友，倍觉欢欣，红尘得一隅，幸甚至哉。

犹记甲午春分，适逢春酒当时，为一展传统白酒之原貌，小庙将其分寄诸友，相约春分同饮。

春分如约，诸友纷纷响应，五湖四海举杯，陶然纵情难忘。红尘如许，感慨难陈，酩酊之际草率填词，今录在此以为永记：

入秋制酒，至春分，经冬尽除苦涩。玉液琼浆三百杯，与我南北诸友。素昧平生，相逢陌路，均为天下同好。笑语欢歌，唏嘘引为知己。

幽思古往今来，苦乐悲喜，爱恨皆有酒。十万里外共一醉，孰问于今何曾。权且贪杯，莫负此会，壶中暂寻欢。醉梦依稀，不觉人间风尘。